IV
약속의 나라

카를로 젠

Illustration / 이와모토 에이리
한신남 / 옮김

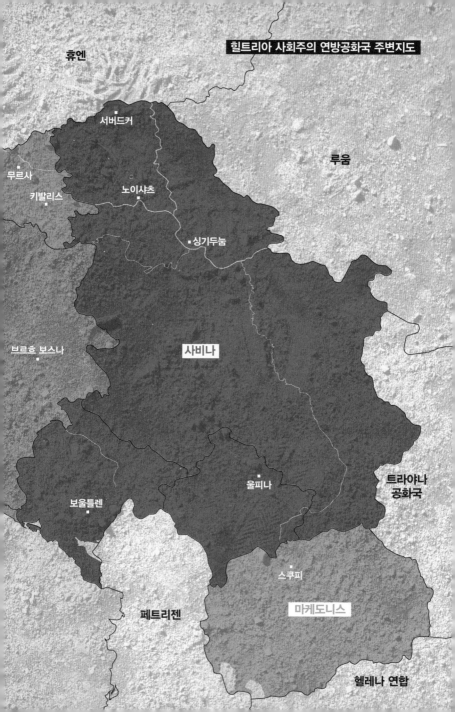

힐트리아 사회주의 연방공화국 주변지도

휴엔

루움

서버드커

무르사

키발리스

노이샤츠

싱기두눔

브로흐 보스나

사비나

울피나

트라야나
공화국

보울틀렌

스쿠피

페트리젠

마케도니스

헬레나 연합

힐트리아 사회주의 연방공화국 헌법 (발췌)

· 제1조 : 힐트리아 사회주의 연방공화국은 자주관리를 통한 사회주의 체제를 건설하는 노동자의 국가다.

· 제3조 : 연방을 구성하는 공화국은 헌법 및 연방법 아래에서 그 경제주권을 인정받는다.

· 제12조 : 사회적 소유를 해하는 모든 행위 및 거래를 금한다.

· 제22조 : 노동자 및 기타 근로자는 공동의 사회적 이익 증진과 자신의 노동을 위하여 이익공동체인 자주관리조직을 설립한다.

· 제126조 : 힐트리아 공산당은 힐트리아 사회주의 연방공화국에서 모든 노동자의 지도적 중추이다.

· 제157조 : 모든 힐트리아 국민은 사회주의 체제 방위를 위하여 종군할 권리와 의무를 가지고, 의무의 방치는 인민에 대한 반역으로 간주한다.

· 제158조 : 힐트리아 연방인민군은 연방의 일체성과 사회주의 체제 방위의 임무를 띤다.
군은 그 목적을 위해 연방의 상비전력인 연방군과 모든 각 공화국 노동자로 이루어진 향토방위군(TO)으로 구성된다.

힐트리아 사회주의 연방공화국

	사비나 공화국	흐르바츠카 공화국	보르니아 공화국	마케도니스 공화국	슬로니아 공화국
면적	102,000㎢	57,000㎢	51,000㎢	26,000㎢	20,000㎢
인구	1,050만 명	480만 명	340만 명	220만 명	200만 명
민족 구성	탈보이계 60% 칼레드계 13% 알바르트계 12% 나슈계 8% 사르니아계 5% 기타 2%	알바르트계 60% 탈보이계 15% 칼레드계 10% 나슈계 8% 사르니아계 5% 기타 2%	사르니아계 48% 탈보이계 20% 알바르트계 14% 칼레드계 10% 나슈계 6% 기타 2%	칼레드계 50% 탈보이계 22% 알바르트계 11% 사르니아계 10% 나슈계 5% 기타 2%	나슈계 91% 탈보이계 3% 알바르트계 3% 기타 3%

※성력 1980년

힐트리아 연방인민군	힐트리아 연방 직속의 상비전력. 직업군인.

향토방위군(TO)	각 공화국 단위로 노동 연령에 해당하는 모든 시민들로 구성된, 교전자격을 가진 시민군. 전시에는 연방인민군에 속한다.

【다비드 에른네스트】
공산당 서기국 당 중앙위원회
공산당 중앙정치국 국원 후보 및
중앙서기.

【지글드 슈링크】
공산당 서기국 당 중앙위원회
연방군 참모본부 정치총국
내무정찰부 반장.

【카넬리아 카라조르조】
공산당 서기국 지국 당 중앙위원회
중앙규율감사위원회 내무성 파견 /
수도공공질서경비부
정보성 민족문제 대책과 1과장 대리

【니콜라우스 바라프】 (고인)
전 공산당 서기국 지역당 위원회
슬로니아 공화국 당 정치위원회 소속
이등서기관.

【알렉산드라 로가노프】
공산당 서기국 당 중앙위원회
내무성 경제규율사찰국
광역조직범죄대책부 상급감사관.
힐트리아 중앙대학 상석연구원.

【노라스 토르바카인】
공산당 중앙서기국
국가주석.

등 장 인 물

【세르게이 호놀리우스】
정보성 민족문제대책과 주임.

【콘라트 하야넨】
공산당 서기국 지역당위원회
당 정치총국 슬로니아 지부 지국장
차기 갈리아 대사 내정.

【슐츠 아놀드】
연방군 제101수도경비대대 대대장
경비부대 소속 대령.

【미스터 버나드】
힐트리아 대사관 소속 이등서기관
랭글리산 생쥐.

【미스터 듀마스】
힐트리아 대사관 소속 일등서기관
랭글리산 늙은 생쥐.

【나탈리아 옥타비아】 (고인)
내무성 경제규율사찰국
보로니아 관구 국장.

【타치야나 에른네스트】
힐트리아 사회주의 연방공화국
싱기두눔 중앙대학
로가노프 세미나 소속.

목차

introduction

힐트리아 사회주의 연방 공화국에 생명을 바친 무명의 혁명 투사들이 잠든 국립묘지.

다비드 에른네스트라는 남자는 선물로 테란 와인을 한 손에 들고, 입에 문 담배에서 연기를 뿜으면서 울적한 기분으로 비틀대며 걸었다.

힐트리아를 둘러싼 소란이 수습되고 토르바카인 정권이 순조롭게 노를 젓기 시작한 시기에, 기세등등하게 걸어 다녀야 할 노멘클라투라가 어깨를 움츠리고 맥없이 걷고 있었다.

지금 이곳에서 그는 아무것도 아닌 다비드였다. 갓 취임한 공산당 중앙정치국 국원 후보 및 중앙서기라는 직함 따윈 다비드의 이름 앞에서 완전히 사라졌다.

친구의 묘 앞에서 말할 거라면 쓸데없는 것을 짊어지지 않고 한 명의 힐트리아인으로 충분했다. 친구의 묘 앞에서 권위를 들먹여서는 안 된다.

의무를 다한 선배들이 잠든 묘지. 엄숙한 공간을 가로질러서 목적지인 묘비 앞에 섰을 때, 다비드는 울음인지 웃음인지 모를 표정으로 묵례했다.

애도의 자리에서는 억지로라도 웃어야 하는 법. 그렇다. 빨치산의 전통으로 배웠다. 하지만 머리로는 이해해도 마음이 울부짖었다.

니콜라오스 바라프, 내 친구는…… 최고의 힐트리아인이었다.

하지만 사람들은 그를 과격한 민족주의자로 기억하겠지.

공식으로는 정치총국 지국 본부에서 지국장의 암살을 기도한 흉악한 나슈계 지상주의자. 당 조직에 미친 여파는 역사적인 충격으로 받아들여졌다.

사관학교를 나온 노멘클라투라에게도 분리주의가 영향을 미쳤다는 생생한 사례다. 사태의 심각성은 책임이라는 단어와 함께 당 내부에 큰 경종을 울렸다.

그래야 했다. 그래야만 했다.

그렇기에 민족주의자의 폭위와 침식에 맞서 연방은 가까스로 최후의 힘을 쥐어짜 망치를 휘두를 수 있었으니까.

최소한의 희생?

"친구여, 그래, 너는 옳았다."

엿 같은 현실에서, 슬로니아 공화국은 가까스로 힐트리아에 남았다. 구멍 중 하나, 힐트리아가 무너지는 길로 가는 도표를 깨부쉈다.

최소한의 희생이 맞겠지. 더 넓은 시야로 본다면 필요한 일이었다고 이해할 게 틀림없다.

"너란 녀석은 언제나 요령이 좋았지."

전우여, 너는 자랑스럽겠지.

그리고 전우여, 네가 부럽다. 입에 문 TKP의 싸구려 연기를 폐에 들이마시고, 다 끝났다는 듯이 꽁초를 밟는 내 모습은 어떤가?

다비드는 지참한 테란 와인의 마개를 뽑고, 자조를 섞어서 푸른 하늘을 올려다보며 뜻대로 되지 않는 현실을 저주했다.

힐트리아 인민의 꿈이란 뭘까.

그것은 모두가 다툼을 뛰어넘어서 함께 걷는 미래.

마지막 담배 한 대도 나누는 것을 주저하지 않았던 선배들. 그들은 믿어 의심치 않았다. 가족과 형제와 동료와 친구와. 같은 길을 걸어갈 수 있다고.

이타주의와 선의를 기반으로, 새로운 인류가, 새로운 미래를 당의 지도하에 닦아 나간다.

아름답고 숭고하고 눈부신 이상이었다.

"과거형으로 말할 수밖에 없군. 너무 서글픈 일이야."

오늘의 현실은 순수한 과거의 꿈을 계속해서 짓밟고 있다.

TKP 한 대조차도 어지간히 친한 사이가 아니면 서로 나누려하지 않는 것이 오늘.

연이은 자주관리 살인, 당의 공식견해로도 감출 수 없는 경제불황, 노멘클라투라를 필두로 하는 국가 전반에서의 부정부패, 연고주의의 횡행.

빨치산이 총을 들었을 때 믿었던, 번영의 과실을 손에 넣는다는 약속도, 순수한 이상을 받든 고결한 마음도, 형제애와 통일을 바란 원초의 계약조차도 완전히 유명무실해졌다. 부분적으로 땜질해 나가는 모습도 보이지 않을 정도로 무너졌다.

'약속된 번영은 어디에 있는가?'

그 질문에 대답해야 할 공산당은 시치미를 뚝 떼고, 말이 통하지 않을 것을 알기에 자기 입을 다물 수밖에 없다. 다비드만이 아니라 모두가 침묵한다. 침묵할 수밖에 없다.

"네 목을 축일 것조차 부족하다. 정말 대단하지 않나?"

니코의 무덤에 붓는 테란 와인의 가격은 다비드에게 주어지는 '정규' 급여를 뛰어넘는 차원에 이르렀다. 그러는 한편으로 권한과 지위를 쓰면 쉽사리 손에 넣을 수 있다.

공산당 중앙정치국 국원 후보 및 중앙서기의 자리에 있는 인간조차도 부정행위 없이는 와인 한 명도 살 수 없다!

정식으로 국가주석에 취임한 동지 토르바카인의 밑에서 당 기구의 과오에 근본적인 개혁의 메스를 대서 손보려고 하지만.

구조상의 문제는 하나도 해결되지 않은 것이 실태다.

울고 싶어지니까 웃을 수밖에 없다.

경제적인 곤경은 엄연한 위협으로서 힐트리아 공산당 전체를 좀먹는다. 그저 일상적인 생계를 유지하기 위해서 청렴결백한 관료조차도 손을 더럽힐 수밖에 없다. 당의 규율에 저촉되지 않는 이상적인 당 관료를 찾는 것은 멸종 위기종을 재발견하는 것보다도 어렵겠지.

구태여 찾는다면 이 무명 혁명 투사 묘지라도 파헤쳐야 할까?

당의 인간조차도 그렇다.

세간에서는 한숨이 넘쳐나고 있다.

괴로운 나날의 생활을 통해 모두가 가슴속으로 거듭 중얼거렸겠지. 이런 일상은 더 이상 못 참겠다고.

무겁게 가라앉은 공기는 원한과 분노로 가득 차 있다.

소리 없는 아우성은 이윽고 불평불만을 뛰어넘어 정부에 대한 절망이라는 지하수맥을 형성한다. 힐트리아라는 국가 정체성에 대한 의심이 곳곳에 가득해진다.

하나의 집을 바란 것은 불행한 동거일까? 형제애와 통일은 공허일까? 양식적인 힐트리아인이라면 모두가 고민할 수밖에 없는 질문이다.

하지만 언제나 다비드의 안에선 그 답이 확고하다.

TKP를 다 피우고, 품에서 납작해진 아크 로열 곽을 꺼내 한 개비 입에 물고 다시금 하늘을 올려다보면…… 평소와 변함없이 푸른 하늘.

친구의 무덤 앞에서 담배를 피우면 일은 더없이 자명했다.

예전에도 모두가 이 푸른 하늘 아래에서 바랐다. 이름도 없는 선배들은 힐트리아에 꿈을 보았다. 이름조차도 새기기 꺼려지는 친구의 묘비도 무명의 전사자와 똑같다.

"역시 부러워. 너한테는 고개를 들 수 없어."

남겨진 자는 의무를 다할 수밖에 없다. 의무를 다하지 못하는 한심함을 비웃는 것은 그리 유쾌한 일이 아니겠지.

그때 다비드는 살짝 쓴웃음을 지었다.

마음을 정리하기 위해 나는 친구의 무덤에 왔을 것이다. 그런 정리를 원했던 걸까?

"각오가 필요했을지도 모르겠군."

조포를 울렸을 때, 알렉산드라와 나눈 말을 다시금 떠올린다.

그녀는 말했다. '하나의 국가, 하나의 질서, 그리고 하나의 당이라는 환상을 나도 믿고 있었어. 지금도 믿고 싶어. 하지만 믿고 싶은 거야. 믿지는 않아.' 라고.

조국에게도 영원은 약속되지 않는다.

그 자리에서 모두가 각오하고 있었다.

그렇기에 다비드도, 지글드도, 카넬리아도, 알렉산드라조차도, 바라지 않았나.

힐트리아를 지키고 싶다고. 힐트리아인에게 무기를 겨눌 거라면, 다비드 에른네스트는 차라리 그 손을 자르는 게 나을지도 모른다.

어째서 동포를, 가족을 해칠 수 있지? 뭐가 잘못된 걸까?! 잘못된 거라고 말한다면, 그 말이 틀렸다!

니코의 무덤 앞에서 다비드는 다시금 맹세했다.

"힐트리아, 그대, 약속의 나라여. 맹세하지, 그대여, 나의 조국이여."

평화롭고 관용적인 미래야말로 사람들이 바라는 이상이다. 모두가 실망하고, 그저 타성에 불과한 생활이라고 해도, 자랑스러운 평화와 통일을 달성하지 않았나!

"모든 것은 한 명의 힐트리아인을 위해서."

니코, 너라면 뭐라고 할까? 앞으로 쓸 수법은 떳떳하지 못한 사기라고 할 수도 있다. 네 대답을 들을 수 없는 것이 아쉬울 따름이다.

우리는 약속의 나라를 위해 맹세한 손을 더럽히자.

다 피운 아크 로열을 천천히 짓밟아 끄고, 다비드는 발길을 돌려 걷기 시작했다.

당 중앙으로 차를 돌리고 위병들의 수하를 받을 때쯤, 공산당 중앙정치국 국원 후보 및 중앙서기로서의 가면도 다시 쓴다. 무기질한 페르소나는 주위의 시선을 받아도 의미심장한 웃음을 계속 지킬 정도의 강도를 자랑한다.

사관학교에 입학했을 무렵에는 불쾌하게 여겼는데…… 지금은 다비드도 노멘클라투라의 미소에 담긴 의미를 이해할 수 있다.

사관학교를 방문한 노멘클라투라로서는 가면을 써서 자기 마음을 감출 수밖에 없는 것이다.

울고 싶지 않다면 허세로라도 웃을 수밖에 없다.

토르바카인 주석의 집무실로 가는 익숙한 통로를 호쾌하게 나아가는 겉모습이야말로 노멘클라투라가 지켜야 할 사회적 체면이었다.

익숙하지 않지만, 익숙해졌다.

노크를 하고 정중한 경호원들의 안내를 받아 입실 허가를 받는 과정도 익숙해진 것이 다비드의 일상이며 리얼한 현실이다.

능숙하게 주위 사람들을 물리는 토르바카인 주석과의 밀담은 수완가라는 소문을 부풀릴 뿐이겠지. 정작 당사자의 기질로는 익숙해지지 못하지만.

모순이지만, 어쩌면 그 모순이야말로 노멘클라투라라는 생물의 본질일지도 모른다.

다비드는 살짝 자조했다.

애초에 체제파인 자신이 지금 토르바카인 주석에게 제출하려는 것은 '반역적이다' 라는 말도 약소할 정도의 극약이다.

"수고했다, 다비드 동지."

기다렸다는 듯이 일어서서 시선을 보내는 주석 동지의 밑이 아니라면 도저히 인가를 받을 수 없을 만큼 커다란 장치.

"다 됐나?"

"예."

다비드는 솔직하게 끄덕였다. 필요는 발명의 어머니다. 괴물이 필요하다면 만들어낼 뿐.

"포럼의 초고입니다."

그것은 아마도 힐트리아 공산당의 역사에서 가장 무시무시한 반체제파가 될 집단이다.

정식명칭은 〈힐트리아 민주개혁 포럼〉이 될 예정이다. 당의 어느 보안 부문보다도 먼저 다비드는 그 이름을 알고 있었다.

아마 포럼을 구성하는 대다수의 간부들이나 지도자조차도 진정한 발안자가 누구인지 모를 것이다.

아는 일은 영원히 없다. 애초에 그들 대다수는 스스로를 반체제파라고 믿어 의심하지 않으니까.

공산당이라는 여당에 대항할 수 있는, 포럼의 간판을 단 사실상의 야당. 그것이 하필이면 그들과 대치할 터인 당 중앙에 의해 의도적으로 조성되려 한다고는 꿈에도 생각할 수 없다.

"언뜻 보기로는 '당 조직' 의 강령과 큰 차이가 없군."

"예, 겉으로는 당의 정론을 답습하도록 꾸몄습니다."

"체제의 이론에 따라가면서도, 극약이 되나."

TKP와 아크 로열로 꽁초 무더기를 만들고, 다비드와 토르바 카인 주석이 지혜를 한껏 쥐어짜 완성했다고, 그 누가 알까.

당 내부를 단속하려면 적이 필요했다.

민족주의와의 싸움을 마친 지금, 힐트리아에서 불평불만의 폭발을 막기 위해서라도 당 재건은 급무다.

물론 개혁이란 사회 전반에 반동이나 동요를 퍼뜨리는 것을 피하기 어렵다. 그때 이상주의적으로, 이지적으로, 폭력을 꺼리면서 개혁을 목표로 하는 '아주 써먹기 좋은' 반체제파가 '대체제'로 있다면? 민주주의 사회에서 볼 수 있는 야당이 있다면?

통치기구에서 보자면 이만큼 써먹기 좋은 것도 없다. '이상적인 반체제파'를 원한 그들은 기괴한 키메라를 만들고자 했다.

통치상의 필요성이라는 정치적 요청에 따라 당의 사악한 손이 산파 역할을 떠맡아서 창조된 키메라. 흔해빠진 말이지만, 필요하다면 반드시 태어나는 법이다.

"좋은 작문이군. 동지, 어디까지 손을 써봤나?"

"실제로 몇몇 공작원을 움직일 것도 없었습니다. 포럼의 지도자는 '우리'의 임계점을 아주 잘 아는 거겠지요."

"잠깐, 이것들을…… 놈들이 자발적으로 작성했다고?"

토르바카인 주석의 예리한 눈빛을 받으면서도 다비드는 그렇다고 말할 수밖에 없었다. 고개를 끄덕여 긍정하고, 다비드는 말을 이었다.

"당의 역할을 명확하게 지시하는 조항이 없는 것을 빼면, 우리의 의향을 완벽하게 받아들인 거나 마찬가지인 내용입니다."

"너무 완벽하군."

"마음에 들지 않으십니까?"

토르바카인 주석은 고개를 끄덕였다.

"마음에 안 드는군."

담배 끝을 씹으면서 토르바카인 주석은 떫은 표정을 지었다.

"동지, 너무 완벽하게 우리 입맛에 맞는 이야기다. 정보 담당자라면 모두가 의심할 부류의 전개다."

"달콤한 독약이라는 말씀입니까? 하지만 각종 정보 부문에 검증시켰습니다. 그렇게 해서 문제없다고 결론이 난 것입니다만."

"동지, 이건 감성의 문제다. 애초에 조사의 주목적을 현장에 숨길 수밖에 없었겠지? 그러한 제약 속에서 정보에 편견이 생길 것은 부정할 수 없지."

실제로 제약이 있는 것은 다비드도 인정할 수밖에 없다. 조사에 종사한 직원들 중에 세부 내용을 아는 인간은 한 손에 꼽힌다.

다비드 직속의 세르게이 호놀리우스 주임이나 토르바카인 주석 직속인 슐츠 아놀드 대령조차도 현시점에서는 전체 그림을 모를 정도로 비밀 유지에 철저했다.

설마 포럼에게 힘을 실어 주려고 한다는 것을 하부조직에 솔직히 알려줄 수는 없겠지. 그렇다고 해도 이게…… 정보 수집에 장애가 되는 것은 엄연한 사실이다.

하지만 다비드는 조사 결과에 일종의 자신감이 있었다.

"외람됩니다만, 저희에게 너무 유리하다는 것을 제외하면 수상한 점은 발견할 수 없었습니다."

이런 정보의 세계에 몸을 담으면 편집증에 시달리는 것도 이해할 수 있다.

모든 것을 의심하고 모든 것을 의심한 끝에 또 의심한다? 혼자 끌어안기에는 너무 복잡기괴한 일이다. 그리고 때로는 기묘한 현실을 인정하게 된다.

이해해 주길 바란다는 듯 말없이 아크 로열의 연기를 뿜는 다비드의 태도. 이에 살짝 눈길을 누그러뜨리며 토르바카인 주석은 손을 흔들고 대답했다.

"일단 넘어가지. 서쪽의 대응은?"

"엉클샘의 준동은 있었습니다만, 이쪽은 완전히 파악하고 있습니다. 조만간 위장 계획도 성과를 낼 거라고 봅니다만."

"아주 좋아. 그럼 그쪽은 일임하지. 놈들의…… 입을 틀어막는 거다."

"예."

다비드는 짧게 대답했다.

포럼 설립에 서방 진영이 자금을 듬뿍 원조해 줄 것은 틀림없다. 달러가 풍부해서 부러울 따름이다. 모처럼 생긴 기회니까 힐트리아 공산당도 조금 받을 수단을 계획하고 있다.

아이러니하게도 이쪽의 계획은 대단히 순조로웠다.

"본론으로 돌아갈까, 동지. 포럼의 이 선언 말인데, 조금 수상하다. 단속하는 쪽으로서는 어떤가?"

'파고들 틈을 찾을 수 있겠나?' 라는 뜻이 은연중에 포함된 질문에 다비드는 즉각 대답했다.

"대단히 놀랍다고 할까요. 아니면 필연이라고 할까요. 아무튼 이렇다 할 빈틈은 찾을 수 없었습니다. 정치적으로 보면 모범적 해답에 가깝지 않을까요."

한숨을 쉬는 상사에게 내키지 않는 보고를 하는 것을 힐트리아에서는 '만용'이라고 한다. 다비드도 상대가 토르바카인 주석이 아니라면 변명했을 정도다.

생각해 보면 불리한 사실을 덮어버리려는 것도 힐트리아 공직 사회에 만연한 악폐겠지.

아무리 판단력이 뛰어난 인간이라도 퍼즐 조각을 똑바로 갖추지 못하면 퍼즐을 완성할 수 없다.

억지로 조립해도 일그러진 형태가 만들어질 뿐이다.

그렇기에 다비드는 당당히 자기가 아는 진실을 토해낸다.

"법적 개입은 꽤 어려울 겁니다. 당의 주도권에 관한 해석에 따라서는 파고들지 못할 것도 없습니다만……. 강권의 발동으로 보일 건 틀림없습니다."

정보성을 비롯해 대내 보안 부문을 통괄하는 입장으로서 개입하지 않고 조성을 부추길 이유는 얼마든지 준비할 수 있다.

반대로 개입하라는 요구를 받게 된다면 진심으로 고뇌하게 되겠지. 포럼은 언뜻 봐도 '위험'하지만, 형식적으로 법적 근거를 찾기 어렵다.

"우리 수중의 카드도 제법 알려졌다고 각오해야 할까."

"당의 방식을 아는 인간이 포럼에 참가했을 것은 애초에 예상한 범주 아니었습니까?"

"맞는 말이지."

그렇게 말하며 상사가 흘리는 쓴웃음이 모든 것을 말한다.

당의 기강 바로잡기는 아무래도 필연적인 작용으로 노멘클라투라의 낙오자를 만든다. 도망친 자들이 자기 몸을 지키기 위해 연줄을 찾을 때, 유력하게 보이는 반체제파를 피할 까닭이 어디 있을까?

"동지, 논리적으로는 자네에게도 일리가 있지만…… 아무래도 뭔가 찜찜하다. 애초에 놈들은 어엿한 악당이다."

"솔직한 아첨꾼은 아니지요."

덧붙이는 다비드에게 토르바카인 주석은 코웃음을 치면서 시선을 천정으로 옮겼다.

"그러니까 더 그렇지. 그러니까 만사가 마음에 안 들어, 동지. 이래선 마치 우리를 위해서 준비된 특등석이다. 적 덕분에 만사가 순조롭게 이행되고, 우리 안의 잘못을 영원히 얼버무린다?"

"당을 재건할 때까지는 그렇게 되는 것도 어쩔 수 없다고 봅니다만."

"훌륭한 진리지. 엿 같은 현실이야."

시선을 내린 토르바카인 주석이 책상에서 꺼내 "자네도 피우게."라며 내민 것은 다비도프 시가. 감사히 받은 다비드는 천천히 담배를 태우며 연기를 만끽하려고 애썼다.

고급품의 향기는 진하면서도 깔끔하다. 사실 군 담배라도 충분하겠지. 헤비스모커에게는 니코틴의 유무가 최우선 문제인 모양이다. 당사자가 되고서야 처음 실감하는 현실 중 하나지만.

"수뇌부의 장악은?"

"난처하게도 꽤 폐쇄적이라서……. 난항을 겪고 있습니다. 솜씨 좋게 지도부에 파고든 두더지들조차도 전체를 파악하지 못합니다."

포럼의 수뇌진은 비밀주의인 데다가 대부분이 지조가 굳다.

'학교', '백로', '두꺼비', '게으름뱅이'라는 비밀 코드를 가진 간부 넷을 매수하는 게 고작. 전체의 3분의 1을 장악한 시점에서 그 이상은 리스크가 너무 크기 때문에 공작 활동을 자중할 수밖에 없었다.

"이쪽의 수완을 상대도 잘 알고 있다는 소리다."

"예, 역시나 동업자입니다."

"동지, 열쇠가 되는 데우스 엑스 마키나의 후보자 말인데, 포럼의 지도자인 알렉산드라라는 자는 자네의 동기였지?"

고개를 끄덕이며 다비드는 몇 번이나 읽은 자료로 시선을 내렸다.

알렉산드라 로가노프, 내무성 경제규율사찰국의 광역조직범죄대책부에서 상급감사관 자리에 있는 노멘클라투라. 그리고 고인이 된 나탈리아 옥타비아 여사의 계보를 따라서 포럼을 형성하려는 체제 속 벌레다.

기나긴 수식어를 생략하면 그녀는 '반역자'라고 해야겠지.

다비드로서는 그 앞에 '유익한'이라는 글자를 덧붙이겠지만.

옥타비아 여사의 계보와 그녀의 경험이 맞물리면, 정보성이나 서기국의 수완가들도 파고들 틈을 찾기란 쉽지 않다.

본래 매수할 수 없는 예외적인 존재가 있다고 해도 문제는 없었다. 매수할 수 없는 인간은 추위에게 팔게 하면 된다. 조략 따윈 일도 아니라고 정보성의 분석관은 믿어 의심치 않았다.

그런데 현실은 어떤가! 공작이 속속들이 실패할 정도로 수비가 굳건하다. 이 상대가 아니었으면 현실로 생각할 수 없는 일이다.

"적어도 우리가 고삐를 쥐고 있으면 문제없겠지."

거기서 토르바카인 주석은 쓸쓸하게 덧붙였다.

"쥘 수 있다면, 이라는 유보 조건이 붙지만."

"예. 당에 적당한 자극을 주기는 해야겠습니다만, 당 자체가 위험해지는 것은 허용할 수 없습니다. 미묘한 줄타기가 계속되겠지요."

"실수했다간 대참사다. 우리는 달리 길이 없으니까 이 길을 건너는 것에 불과하다. 험한 길을 가는 것은 쉽지 않다."

"명심하겠습니다."

"좋아."

토르바카인 주석은 그제서야 입가를 누그러뜨리며 투덜대듯이 웃었다.

"이 초안으로 진행해 보게. 동지가 실수할 것 같진 않지만…… 확신은 방심의 새싹이기도 하지. 주의하면서 진행했으면 한다."

"예의주시하겠습니다."

"좋아, 그럼 착수하자. 조국을 위해 한 번 성대한 거짓말을 써 보도록 할까."

"거짓말쟁이가 되는 건 익숙합니다. 맡겨 주시길."

"아주 좋아."

제1장 기묘한 우정

필요라는 이유가 우리에게 악수를 나누게 한다.

풍! 하고 마개가 뽑히는 소리가 식당차에 가볍게 울렸다. 탄산이 터지는 소리와 함께 차가운 잔에 따르는 것은 상쾌하게 넘어가는 검은색의 코카콜라.

하얀 테이블보와 중후한 의자에 어울리지 않게 가벼운 음료이리라.

그리고 테이블 주위에 있는 것은 대조적인 네 명. 힐트리아 연방군의 제복을 입은 지글드를 제외하면, 전원이 양복 차림이면서도 전체적으로 딱딱한 느낌이 없었다.

호스트를 맡은 다비드는 싱글싱글 웃는 채로 형식뿐인 건배사를 한 뒤에 바로 잔에 따른 콜라를 비웠다.

"하아, 간신히, 간신히 한숨 돌릴 수 있겠습니다. 슬로니아 측과의 힘든 교섭도 무사히 끝났습니다. 이제 수도에 돌아가서 침대에 몸을 던지기만 하면 되겠죠."

웃으며 말하는 자신의 목소리는 꽤 밝게 들리겠지.

"여러분, 정말로 수고 많았습니다."

빙그레 웃는 표정을 하면서 다비드 에른네스트 서기는 노멘클라투라에게 어울리지 않는 부드러운 거동으로 고개를 숙였다.

"듀마스 일등서기관, 버나드 이등서기관, 두 분의 협력에는 특

하나 더 감사하고 싶습니다. 당의 일원으로서 거듭 감사의 말을 드려야 하겠습니다."

동석한 손님들의 반응 또한 예의 바르다. 다비드의 말에 대하여 고개를 숙이는 듀마스 일등서기관의 어조도 부드러웠다.

"아뇨, 저희가 무슨. 두 분의 힘이 있었기에 가능했겠지요. 어려운 안건이었습니다만, 슬로니아 측을 설득할 수 있었던 것은 정말 다행입니다."

부드러운 분위기 속에서 본심을 숨기는 미소를 짓고 힐트리아 측 인원인 다비드와 지글드의 공헌을 칭송하며 과장스럽게 나란히 고개를 숙였다.

알맹이 없는 빈말과 외교적 표현의 교환.

예의란 것은 자본주의 사회든 공산주의 사회든 만국공통이겠지. 인간이 하는 일이다. 어딘가 통하는 게 틀림없다.

테이블을 둘러싼 이들이라면 그 수순도 잘 알고 있다. 그렇기에 구태여 그럴싸한 말을 주고받은 뒤에 친교와 개인적인 관계를 강조하여 내비치는 듯한 말.

"뭐, 형식적이긴 하지만. 이제 일도 다 끝난 거겠죠. 아닙니까, 동지?"

"그렇습니다. 뭐, 금괴 수송이라서 경비도 요란하게 붙어있습니다만."

경비는 맡겨달라는 듯이 서방 측 손님에게 말하는 지글드의 목소리는 정말 태연하다. 말에서도 기죽은 빛은 보이지 않았다.

물론 완전히 대비했으니까 당연한 거겠지만.

금괴 수송이라는 임무의 중대성을 볼 때, 힐트리아 연방군 참모본부는 경비에 모든 힘을 쏟아부었다. 말 그대로 비장의 카드인 경비부대를 준비하여 완전무장한 1개 중대를 경호 임무에 종사하게끔 했다.

"수도경비부대라고 했습니까?"

"예, 완벽하게 규율훈련된 정예입니다. 귀국으로 말하자면 특수부대가 호위에 임한 거라고 보시면 되겠지요."

서방 측 외교관으로 설정된 이들이 모르는 척 묻고, 뻔뻔스러운 얼굴로 모두가 다 아는 사실을 설명하는 대화.

당과 군 관계로 괜한 억측이 생기기 전에, 관계기관이 긴밀하게 협조하는 모습을 보여주는 것은 순조로움 그 자체.

"그런고로 우리가 할 일은…… 하나도 없습니다."

"다드 동지, 정정했으면 싶군. 만사는 정확히 말해야 하지."

무슨 말이냐고 고개를 갸웃거리는 다비드에게 지글드는 떫은 표정으로 계속해서 말했다.

"너는 물론 한가하겠지. 하지만 나는 경비부대의 책임자니까 할 일이 많다고."

"거참, 이래서는 공짜 밥을 먹기 힘들다니까."

지글드의 말에 두 손 들었다는 듯이 다비드가 투덜대고, 오랫동안 알고 지낸 친구는 재주도 좋게 눈썹을 찌푸렸다.

당의 인간들이 주고받는 대화가 아니라 친한 사람들끼리 하는 대화라고 보여주기 위한 노골적인 연출. 끼어들 기회를 엿보는 준비운동 단계로서는 나쁘지 않겠지.

이 자리에서 다비드와 지글드가 쌓으려는 것은 친근함. 공인이 아니라 개인으로서 친구와 대화하는 분위기를 연출하기 위해, 일부러 속내를 털어놓고 있다.

"지글드 씨는 경비 담당이시니까 당연한 배려이지요."

"듀마스 일등서기관이 그렇게 말씀해 주신다니 정말 기쁩니다."

옆에서 보자면 참 한가로운 대화겠지.

나이 많은 자칭 외교관이 중재하고, 다비드가 과장스럽게 안도의 한숨을 쉬는 잡담. 이 자리에서 있는 것은 겉치레뿐인 친근함. 모두가 알고 있는 가짜 얼굴에 불과하다.

모두가 아는 기만이라면, 거짓도 방편이 된다는 무시무시함. 친근함을 느끼는 것이 아니라 친근하게 행동해야 한다는 코드.

결국 어이가 없더라도 의미가 있는 형식이다.

"도둑을 경계하는 것은 당연하겠지요."

"일등서기관, 아무리 그래도 실례 아닙니까?"

넉살도 좋게 솔직함을 발휘하는 듀마스 씨.

수행원인 듯한 버나드 이등서기관이 당황하기 시작할 때, 지글드가 "걱정하시는 것도 당연합니다."라고 맞장구를 친다. 적당히 밀고 당기면서 서로 거리를 좁히는 양식.

예정조화라는 단어가 이만큼 잘 어울리는 대화도 없겠지.

"아뇨, 옳은 말씀이라고 생각합니다."

그렇기에 다비드도 태연히 듀마스의 말에 수긍했다.

"슬로니아 중앙은행에서 보관하던 금괴 20톤! 이 정도 보물이라면 예삿일이 아니니까요."

슬로니아 발, 싱기두눔 행, 힐트리아 철도성의 특별 배차로 수도를 향해 동진하는 열차. 그리고 네 사람이 편승한 열차의 정체는 힐트리아 육군 참모본부가 준비한 금괴 수송용 특별열차다.

거기 실린 것은 외화 정도가 아니라 신용이란 점에서 최강으로 인정받는 금괴. 시가 총액은 5억 달러를 가볍게 넘어선다. 슬로니아 중앙은행이 계속 내놓기 싫어했던 것도 그들의 입장에서는 오히려 당연하겠지. 그걸 토해내게 한 시점에서 다비드와 듀마스 일등서기관, 버나드 이등서기관은 큰 임무를 다한 거나 마찬가지였다.

"그렇긴 해도 우리, 아니지. 진 동지 이외의 사람들은 일이 끝났습니다. 이 열차는 그대로 수도로 직행하니까, 우리는 잠자코 운송되기만 하면 됩니다."

"아니, 이런 걸 지키라는 명령을 받은 신세가 되어 보시죠."

진이 투덜거린 말에 일동이 쓴웃음을 지었을 때, 다비드는 슬쩍 화제를 바꾸었다.

"아무리 그래도 서방에서 온 손님에게 아무런 대접도 하지 않으면 체면이 말이 아니겠다 싶어서. 일을 끝내고 약소한 뒤풀이를 하게 된 겁니다."

고생이 많았다고 겉으로나마 웃을 수 있으면 다행이겠지. 솔직히 콜라로 축배를 들 수 있으면 얼마나 호쾌할까.

슬프게도 힐트리아 측으로서는 지금부터가 진짜다.

옆에 앉은 지글드를 공범자로 삼고, 서방 측의 동업자들을 상대로 어려운 안건을 마무리해야만 한다.

하지만 그렇기에 다비드 에른네스트는 웃었다.

힐트리아 관료계를 오가면서 엿 같은 참견쟁이들을 계속 상대하고, 흙탕물을 마신 경험이 가르쳐 주었다.

울고 싶지 않다면 억지로라도 웃을 수밖에 없다. 웃을 수 없거든 하다못해 세상을 비웃을 수밖에 없다. 엎친 데 덮친 꼴을 보지 않기 위해서, 내일을, 모레를 비탄 없이 맞이할 수 있도록.

울지 않기 위해서라도 웃는 것이다.

자, 시작해 보자. 다비드는 지글드에게 슬쩍 눈짓했다.

"준비한 것을 가져와."

다비드가 말한 순간이었다. 대기하던 웨이터들이 순식간에 준비를 마치고 코스 요리를 서빙하기 시작했다.

조용하게 놓이는 것은 쟁반 하나.

그 위에 차려진 것은 색색의 다양한 소시지와 신선한 채소, 특산 돼지고기를 더없이 잘 활용하여 쉐프가 한껏 기교를 부린 요리들이다.

"전통적인 슬로니아 요리를 준비하게 했습니다. 뭐, 딱딱한 예의를 접고서 즐기시지요."

"이쪽은?"

"농민의 축연이라고 불리는 전통적인 향토요리입니다. 여러분의 입맛에도 잘 맞을 것 같습니다."

듀마스 일등서기관의 의문에 다비드는 막힘없이 대답했다.

"그 유래는 수확의 기쁨이라고 들었습니다."

"지방의 맛이라는 겁니까."

"우리 힐트리아의 식탁도 농민 동지들의 근면함으로 성립하는 셈이죠."

대수롭지 않은 분위기를 가장하면서 다비드는 일종의 의도를 담은 말을 이어나갔다.

"조금 자화자찬 같아서 죄송합니다만, 우리 나라가 소중히 여기고 싶은 사람들의 생활, 기쁨이 형태가 된 음식이라고 생각하고 있습니다."

말을 마친 다비드의 속마음에는 수치심이 살짝 꿈틀거렸다. 서투른 선전문구라고 자조하고 싶어질 정도로 엉망인 말이었다.

식사 이야기를 하지 않고 정치 이야기를 한다. 분명 니코라면 웃어넘길 만큼 뻔뻔함이 과했겠지. 호스트로서 제공하는 요리에 대해 말해야 할 텐데, 다소 마음이 앞섰을까.

"호스트로서 여러분이 즐겨주셨으면 합니다만."

다비드는 옆자리의 지글드가 보내는 힐난 어린 시선을 일부러 무시하면서 말을 이었다. 한심하기 그지없지만, 식탁을 다채롭게 꾸미는 화제조차도 자신은 제공할 수 없다.

니코처럼 정열적으로 말하는 재주가 자신에게는 없다.

진도, 카나도, 그처럼 식탁 앞에서 식사에 대해 진심 어린 말을 하는 것은 무리겠지.

"어허, 다드 동지는 요리에 대한 설명이 전혀 없군요. 뭐, 우리의 선전문구에 손님들도 질리셨겠죠."

지글드가 끼어들어 수습하려 하는 게 참으로 고맙다.

"애초에 말이 서툴러서. 죄송합니다."

다비드는 고개 숙이는 시늉을 했다.

"다드 동지의 선전문구 다음에 이런 말을 해서 죄송하지만, 요리 자체는 저도 보증합니다. 이래 보여도 식도락 취미의 친구를 따라다니며 먹은 적이 있기에."

진이 미소 지으면서 하는 말. 다비드는 그 말에 니코와 지낸 나날을 떠올렸다. 먹보라고 놀렸던 나날은 얼마나 눈부셨던가. 그는 함께 식사한다는 것을 대단히 중시했다. 생각해 보면 무엇과도 바꿀 수 없는 인연이겠지.

잡념으로 치부하기에는 너무 아쉬운 생각을 뇌리에 접어두고, 다비드는 한층 예의 바르게 미소를 지었다.

"진 동지의 말이 진실이라고 증명할 수 있으면 좋겠습니다. 자, 드시지요."

군침 도는 요리의 질은 진짜였다.

당과 각 공화국이 공업화를 독려한 끝에 서비스 산업만이 제대로 형태를 갖추었다는 아이러니. 자주관리 사회주의라는 비효율성이 만연하는 힐트리아 사회에서도 식사라는 기본적인 욕구 쪽으로는 선별과 숙련이 작용한 걸지도 모른다.

어쩌면 당이 개입하지 않았기에 '성공하고 있는' 분야일지도 모르지만.

무엇보다도 동쪽의 우방국들을 방문하면 사례가 적지 않다. 국영 레스토랑이란 것은 대부분 기가 막힌 수준이다.

"여러분께서도 방문해 주셨으면 싶군요. 말이 많은 힐트리아

산업계입니다만, 와인이나 식사만큼은 별개입니다. 서방에 뒤지지 않는다고 자부하고 있지요."

미식가가 감탄할 정도의 음식들.

그것은 자주관리라는 허울을 걷어낸 '가정의 맛'이라는 진짜 자주적인 관리, 육성이 계속된 이상향일 것이다.

더없이 얄궂고 웃음이 나오는 차원이겠지.

감상적인 기분이 드는 것은 너무 모순이 많은 현재 상황에 정신이 팔린 탓일까? 마음속으로 흘러나오는 한숨의 회수를 세는 것만큼 허튼 일도 없겠지.

서방 측에 대응해야 한다.

"슬로니아가 미식의 지방으로 관광명소가 될 수 있다고 저희가 믿는 것도 이해해 주시겠습니까? 여러분도 바캉스 시즌에 꼭 방문해 주셨으면 합니다."

듀마스 일등서기관이나 버나드 이등서기관을 상대하고 있으면 다비드조차도 여러 생각을 하게 된다. 언제나 힐트리아는 풍요로운 서방과의 비교를 피할 수 없다.

자신들은 자주관리 사회주의를 잘하고 있다고 외칠 필요가 있고, 자신들이 만든 것이 이웃에게 뒤지지 않는다고 내보일 필요에 사로잡힌다.

"하하하, 기회가 있으면 신세를 지고 싶습니다. 그리고 우리나라에도 꼭 찾아와 주시길 바랍니다."

예의 바르게 답하는 버나드 이등서기관의 말에 다른 뜻은 없겠지. 그래도 비뚤어진 생각이 마음을 채운다. 바캉스로 그쪽에

갈 수 있는 힐트리아인이 과연 몇 명이나 될까?

하지만 그 말은 화제를 바꿀 계기였다.

"빈말이 아닙니다. 슬로니아에 꼭 좀 오셨으면 합니다."

"아니, 슬프게도 어렵겠지요. 애초에 국방성의 급료는 의회가 눈엣가시로 여기고 있어서 넉넉하지 않은 바람에 말입니다."

절절하게 말하는 듀마스 일등서기관의 목소리는 겸허하고, 기막힐 정도로 훌륭한 야유와 빈정거림으로 가득했다.

달러로 급여를 받는 그들이 대체 왜 힐트리아에서 구매력 부족으로 근심할 일이 있을까?

화제의 유도임을 깨닫는 데는 시간이 오래 걸리지 않았다.

다비드는 곧장 끼어들었다.

"힐트리아의 인플레이션이 생각 외로 번거로우시겠죠. 공식 환율로 환전을 요구해서 그저 죄송스러울 따름입니다."

"주재원인 이상 어쩔 수 없습니다. 하지만 감사합니다. 다비드 서기의 배려에는 아무리 감사해도 부족할 정도입니다."

자기 분수를 안다고 말하는 듯한 듀마스 일등서기관의 발언. 하지만 이어지는 말은 너희 때문에 불편하다고 명언하는 거나 마찬가지다. 즉, 인플레이션 대책에 관해 조금 경고하고 있다.

"별말씀을. 번거롭게 해서 죄송하지요."

우회적인 말로 힐트리아 사회를 평하는 말은 신랄하다.

내심 치미는 분노를 삼키면서 다비드는 흐르지도 않는 땀을 닦듯이 테이블 냅킨으로 이마를 문지르면서 형식뿐인 사과를 하고 말을 이었다.

"그렇기에 저희는 이 인플레나 경제 문제 등을 어떻게든 해결하기를 바랍니다."

말꼬리를 잡는 대화. 로고스(Logos)란 어디를 가든 냉철하다. 바로 그렇다는 듯이 다비드는 빈틈없는 어필을 덧붙였다.

"서방 측의 조력이 있기에 경제 재건이 가능하니까요. 종합적인 지원 패키지가 있으면 우리도 채무 문제에서 한숨 돌릴 수 있습니다."

힐트리아 경제의 현황을 노멘클라투라가 암암리에 인정한다는 발언은 중대하다.

비교적 경험이 부족한 버나드 이등서기관만이 아니라 노련하다고 할 듀마스 일등서기관까지 조금 놀라고 있다……는 것으로 보이는 것은 꽤 흥미로운 광경이겠지.

듀마스 일등서기관이 진심으로 놀란 건지, 놀란 것으로 가장한 건지는 전혀 알아볼 수 없지만.

통하지도 않을 거짓말을 불필요하게 늘어놓을 정도로 낯짝이 두껍진 않다. 다비드는 지금부터가 진짜 화제라는 듯이 몸을 불쑥 내밀며 입을 열었다.

"융자의 일원화와 개혁 촉진에 따른 경제 재건. 저희로서는 크게 협조할 수 있다고 생각합니다."

하고 싶은 말은 단순명쾌.

힐트리아 경제를 재건하고 싶다. 적어도 말기적 임종상태에서 나쁜 상태가 되는 정도라도 좋다. 견디기 힘든 현황을 조금이라도 나은 방향으로 이끌기 위한 스텝을 밟는다.

본심에서 나온 제안이었다.

숨길 수 없는 필사적인 심정마저 섞였겠지. 선을 넘었을지 걱정스러울 만큼 다비드는 말을 서둘렀다.

구원의 손길은 옆에서 대수롭지 않은 어조로 뻗어왔다.

"듣자니 저 같은 군인에게는 너무 심오한 이야기 같군요. 이렇게 됐으니 테란 와인이라도 어떻습니까?"

'식탁에서 어려운 이야기를 하기 전에 즐거운 이야기나 하지 않겠습니까?'라며 쓴웃음과 함께 제안한 것은 지글드. 서방 측 사람들도 예의 바르게 동의했다.

듀마스 일등서기관은 반발하고 싶은 점이나 제기하고 싶은 의문이 있겠지만, 다비드로서는 어울려 줄 이유가 없다.

지글드가 화제를 바꿔주었기에 외교적인 의례라는 벽이 뚫리지 않은 것도 다행이었다. 예의란 정말로 귀찮기 짝이 없으면서도 확립된 룰로서 써먹기에 따라서는 대단히 편리하기도 하다.

"그렇군요. 모처럼 나온 식사니까 즐기도록 하지요. 버나드 군, 나는 와인을 전혀 모르는데, 자네가 즐기는 게 있으면 부탁해 보게나."

"감사합니다. 그렇군요……."

"고민을 더해드리지 않는다면 좋겠습니다만, 사실은 다른 슬로니아 와인도 준비시켰습니다."

"오호, 준비성도 좋군."

의외라는 듯한 지글드의 말에 대해 다비드는 쾌활하게 웃어보였다.

"실은 수행자 동지들에게 조달을 부탁해서 서둘러 사들인 것이라서 말입니다."

서둘러 사들였다는 말에 듀마스 씨가 이해했다는 듯한 표정을 지었다.

"우리가 고생하며 슬로니아 측과 협의하는 와중에 사들였다는 거군요?"

다비드는 고개를 끄덕이며 말을 이었다.

"예, 횟술이 될지 축배가 될지는 알 수 없었습니다만. 다행스럽게도 축배가 될 수 있었습니다. 자, 취향을 말씀해 주시지요."

"호의에 감사드립니다. 다만 말했다시피 저는 그쪽으로는 문외한입니다. 추천하는 게 있습니까?"

듀마스 일등서기관의 말에 다비드는 모호한 웃음과 함께 '저도 그렇습니다' 라는 대답을 했다. 크나안 공화국 시절, 분리독립한 슬로니아산 와인은 '금기' 였다. 뒤늦게나마 공부해야겠다고 생각은 했지만…… 너무 바빠서 손대지 못했다.

집의 와인셀러로 보내긴 했지만, 카나와 함께 마실 시간조차도 내지 못했다. 일, 일, 일, 그렇게 변명만 하는 것은 괴롭기 짝이 없다.

카나는 무슨 생각을 하고 있을까?

"부끄럽게도 여러분을 접대한다는 구실로 준비하게 한 것이라서…… 저도 그 분야는 잘 모릅니다. 잘 아시는 분이 있다면 가르침을 청하고 싶은데요."

"동지도 알 텐데. 나도 전혀 몰라."

어깨를 으쓱이는 시늉을 하는 지글드를 보며 다비드는 쓴웃음을 지었다.

"버나드 이등서기관은 어떻습니까?"

"하하하, 그건 마찬가지로군요. 전혀 모릅니다."

솔직하게 웃는 그 성격이 정말 올곧아서 부럽다. 웃었다고 할까, 자연스럽고 인품이 좋다고 해야 할까.

"저도 이쪽을 자주 마시니까 말입니다."

버나드 이등서기관이 잔에 따르는 것은 코카콜라.

슬로니아 요리에 맞을지 어떨지를 보면 솔직히 말해 미묘하다. 하지만 미각은 사람에 따라 다르다. 향토요리를 대접받고 자기 고향이 떠올랐다면 버나드 이등서기관은 꽤 솔직한 성격인 것이겠지.

"입맛에 맞으신다니 다행입니다."

가까스로 평정을 지켰지만, 자신처럼 뒤틀린 노멘클라투라에게는 너무 눈부셔서 짜증마저 느끼게 된다.

화제를 바꾸어야겠다 싶어서 다비드는 넌지시 말을 돌렸다.

"최근에는 간신히 코카콜라도 안정적으로 힐트리아에 유통되게 되었지요. 귀국과 우리 나라의 합동사업의 시작이 순조로워서 다행입니다."

자기가 꺼내는 화제는 죄다 일 관련이라고 마음속으로 자각하는 것은 언제라도 유쾌하다고 말하기 힘들었다. 이럴 때 조금 눈치 있는 화제를 꺼낼 수 있었으면 싶다.

"듀마스 일등서기관, 그때는 대사관에서도 꽤 고생하셨지요.

저희로서는 거듭 감사합니다."

"아뇨, 아뇨, 저희가 한 일이라고는 하찮은 거라서."

정형구를 형식적인 예의범절에 따라 말하는 것뿐이라면 할 수 있지만.

노멘클라투라의 예의범절은 그것뿐. 마음이 담기지 않은 감사에 겉치레뿐인 답례. 말이란 건 참 편리하다고 비웃고 싶어지는 형식이다.

대화가 무르익는 척하면서 서로의 속내를 캐는 기묘한 투쟁. 아무것도 아닌 듯한 대화도 속에 감춰진 신랄한 의도를 왕왕 숨기기 어렵다.

슬쩍 듀마스 일등서기관이 흘린 말은 의미심장하다.

"그런데 저희가 즐겨 마시는 코카콜라 말입니다만…… 힐트리아 시장에서 잘 받아들여지고 있습니까? 실제로 평판은 어느 정도입니까?"

"제 주위에서는 애음자가 그럭저럭 있습니다."

지글드에게 스윽 시선을 보내자 그도 이해했다는 얼굴.

"저는 군인이라 세상물정에 어둡습니다만…… 보르니아 관구를 필두로 지역 군대에서도 PX에서 판매를 시작했는데, 상당한 호평을 얻었습니다."

'힐트리아 전역에서 팔리고 있는가?'라는 질문에 대한 답으로는 괜찮겠지. 군인이라서 잘 모른다며 지글드가 시치미를 떼는 것도 판에 박힌 말이다.

임지인 보르니아 관구 말고는 모른다며 멋지게 핑계를 댔다.

"스파르타키아드 대회 때 저희도 이 맛을 배웠습니다. 그 이후로 열렬한 애호가도 적지 않습니다."

"사실입니까?"

"물론입니다. 무척 인기가 있다나요."

듀마스 일등서기관에게 고개를 끄덕인 지글드의 말은 거짓이 아니다.

그 증거로 다비드에게 코카콜라와 경합하는 자주관리조합에서 고충의 말이 올라온 지 오래되었다. '부당한 시장 독점'이라나 뭐라나.

'코카콜라'의 유통으로 자신들의 기득권익이 망가진, 보르니아를 중심으로 하는 각계각방에서의 탄원이나 항의가 산더미만큼 들어왔다. 통일된 힐트리아 시장이란 '힐트리아 기업'의 것이 아니냐는 불평은 질릴 만큼 들었을 정도다.

그렇기에 다비드는 다소 씁쓸하게 입을 열었다.

"만사가 모두 순조롭게 진행되는 것을 바라는 것도 오만한 거겠지요. 너무 성공했기 때문일지, 실제로는 당의 높으신 분들이 꼭 좋은 얼굴만 하진 않습니다."

"그 말씀은?"

"아시다시피 힐트리아에서는 각 공화국의 재량권이나 관습법에 미묘한 다양성이 존재해서…… 예상치 못한 오해나 문제도 생길 수 있습니다."

시장경쟁을 통해 세련되어진 코카콜라의 임팩트는 시장 독점으로 구태의연해진 옛 보르니아 음료 시장의 독과점 구조를 말

그대로 분쇄했다. 힐트리아 전역으로 판매를 확대하려면 지역이권기구의 '극심한' 저항을 배제할 필요가 있겠지.

"실례합니다, 서기. 그건…… 관료기구의 저항을 뜻합니까?"

"바로 그렇겠지요, 미스터 듀마스. 유감스럽지만 저희도 관습적인 장해물을 극복하려고 힘든 노력을 계속하고 있는 참이라 부끄러울 따름입니다."

다비드는 태연한 얼굴로 고개를 숙였다.

저쪽도 이미 다 알고 있을 사실을 '말할 수밖에 없는 상황'. 이게 부끄러워서 얼굴을 붉힐 정도면 손바닥 위에서 놀아나게 되겠지.

"어라, 저희에게 말해도 되는 겁니까?"

"함께 일을 끝마친 참 아닙니까. 신용을 중요시해야지요."

정색이란 것은 때와 장소에 따라서 최고의 도구가 될 수 있다.

"틀림없군요. 그럼 이쪽도 한 가지 말씀드리죠."

맞는 말이라는 듯이 이해했다는 표정으로 끄덕이는 듀마스 일등서기관은 완전히 너구리다. 외교관인 듯한 연기가 실로 당당하다고 할 수 있겠지.

"호오?"

그리고 다비드는 마음속으로 웃었다. 자신도 서툴게나마 너구리를 연기하는 것으로 보일 게 틀림없다.

"여기서만 말하는 중대기밀입니다만, 대사관도 외교행랑에 챙기지 않아도 되어서 안심하고 있습니다. 특히나 버나드 군 같은 사람들은 크게 기뻐했고요."

"아니, 진짜입니다. 저 같은 애음자로서는 고마운 이야기지요. 역시 익숙한 음료가 더없이 당길 때가 있어서."

비밀을 털어놓듯 미소를 띠며 말하는 것은 참으로 사랑스러운 비밀이다.

아무튼 버나드 이등서기관처럼 익숙한 음료를 마시고 싶다고 바라는 것은 인간의 본심이 틀림없다.

"익숙한 고향의 맛이란 것은 무엇과도 바꾸기 어려우니까요. 이해합니다."

고개를 끄덕이면서도 다비드는 생각했다.

누구든지 익숙한 것에는 애착이 있다.

그리고 다비드는 마음속으로 덧붙였다.

신참자인 '코카콜라'가 기존 힐트리아 음료업계를 압도한다는 현상이야말로 역설적으로 힐트리아 음료업계의 매력 부족을 말하겠지.

오래전부터 있었음에도 불구하고 현지인들에게 그리 애착을 주지 못한다는 사실은 서글플 따름이다.

잔혹한 진리의 응축이겠지.

사람들은 좋게 여기는 것을 즐긴다. 판매자가 좋다고 주장하는 물건이 아니라, 사는 쪽이 원한다고 생각하는 물건만을 산다.

이 흐름은 심각한 의미도 갖는다. 오래된 것이 버림받고, 새롭고 세련된 것으로 대체된다. 이것이 음료업계만의 이야기라면 그래도 낫다. 하지만 국가는?

지금은 노멘클라투라조차도 자문자답할 수밖에 없다.

공산당 일당 지배와 국가 운영은 사랑받고 있는가? 어느 정도의 사람이 애착을 느낄까?

힐트리아를 붕괴시킨 적이 있는 다비드 에른네스트에게 대답은 암담할 뿐이다.

이미 모두가 저버렸다.

당과 공산주의 따윈 내쫓겨야 할 구시대의 유물이라고 코웃음 치는 자들밖에 없다. 대체할 수단을 찾지 못하였기에 존속이 허락된 것에 불과하다.

이 슬로니아 요리 하나만 봐도 알겠지.

슬로니아 요리는 힐트리아가 망해도 남을 게 틀림없다. 전통 요리는 현지인들에게 사랑받는다. 한편 힐트리아 공산당과 공산주의는 이미 사랑받지 않는다.

힐트리아라는 하나의 국가에 대해서도 애증이 반반이다.

언젠가 버림받는 일도 있겠지. 다비드는 고개를 흔들어서 잡생각을 머리에서 떨쳐내고, 페르소나 너머로 진과 버나드 이등서기관의 대화에 귀를 기울였다.

"그렇긴 해도 음료는 무겁겠죠."

"좋아하는 이상 이것만큼은 어떻게 안 됩니다. 힐트리아 분들도 와인이나 맥주가 무겁다며 놓고 가지는 않으시겠죠?"

"하하, 이거 한 방 먹었습니다. 야외연습 중에 어째서인지 병맥주가 배낭에 섞여 들어가는 경우도 때때로 있었으니까요."

그들의 대화는 진리를 찌르겠지. 액체류는 무겁다. 하지만 좋아한다면 그 무게도 고통이 되지 않는다.

좋아한다면 무겁다는 부담조차도 허용된다.

힐트리아 공산당은 어떨까? 그렇게 생각하는 것도 우울해지는 테마다.

그렇기에 다비드는 의식적으로 밝은 목소리를 지키면서 대화에 끼어들어 화제를 식사 쪽으로 되돌렸다.

"자, 전채도 즐거우셨으면 기쁘겠습니다만, 어떻습니까?"

미소와 함께 던진 질문.

"농민의 축연이라는 말에 어울리는, 소박하면서도 정성스러운 맛이었습니다."

"왠지 익히 먹어본 맛과 비슷한 느낌도 드는군요."

맞는 말이라는 듯이 다비드는 웃었다.

"아, 좋은 말씀입니다. 동쪽에서 서쪽으로 전파된 소시지의 조리법 등, 몇 가지 통하는 부분도 있겠지요."

대화 틈틈이 웨이터들이 빈 접시를 치웠다.

타이밍을 재고 있었겠지. 요리 이야기가 일단락 날 때 새 식기가 솜씨 좋게 나왔다.

"메인도 기대해 주세요. 이번에는 좋은 야생 짐승 고기가 들어왔다고 요리사들이 말해 주었습니다."

다비드는 최고로 붙임성 있는 미소를 지으면서 밝게 말했다.

"와인도 질 좋은 레드 와인을 갖추었겠죠. 어떤가?"

마지막 말에 웨이터들도 고개를 끄덕였다. 제시된 와인 리스트에 실린 이름은 슬로니아 와인에 까다로운 카나가 즐겨 마시는 것들뿐.

평판에 구애받는 일 없이 그 퀄리티를 보고 개성이 확실한 것을 중심으로 와인 본연의 맛을 중시한 라인업.

그리고 요리와의 조합을 섬세하게 고려한 품목들.

힐트리아 사회나 문화에 별로 정통하지 않은 손님이 접근하기 쉽도록 고려했겠지. 너무 독특하지 않고, 한편으로 단조롭지도 않은 맛. 와인에 별로 관심이 없는 다비드조차도 즐길 수 있다.

입맛을 다신다는 표현은 실로 절묘하다. 듀마스 일등서기관, 버나드 이등서기관이 진심으로 즐길 수 있게 하려는 식당차의 배려는 훌륭하다.

힐트리아에서 식사만큼은 서비스, 품질, 나아가서 공급량까지 확실하다는 증거다. 신뢰할 수 있는 경호원의 확보에는 고생해도 일류 조리원의 확보에는 고생하지 않는다는 게 좋은 일일까, 나쁜 일일까.

다비드는 그것을 잡생각으로 치부하고 마음을 정리했다.

식사 매너 하나만 해도 야유나 빈정거림, 공격의 빌미가 될 수 있다. 방심할 수 없었다. 물론 이 점에서 힐트리아 관료계는 서방과 비교해도 빈틈없는 만큼 다비드도 지글드도 실점은 없다. 엉클샘의 개들도 뛰어나다는 범주에 머무른다. 구태여 말하자면 버나드 이등서기관의 매너가 다소 어설픈 정도겠지.

초반의 힘겨루기는 다소 평범한 귀결로 끝났다. 거기서 먼저 치고 들어온 것은 역시나 듀마스 일등서기관이었다.

"으음, 이 정도로 맛있다니. 정말 맛있게 먹었습니다."

그 밝은 말에 동감이라며 끄덕이는 버나드 이등서기관은 외교관으로서 다소 부족하다. 슬쩍 부하에게 아쉬워하는 시선을 보낸 뒤에 듀마스 일등서기관은 대수롭지 않게 표정을 정중한 페르소나로 바꾸지 않는가.

"하지만 이럴 때 죄송합니다."

"예? 무슨 말씀이십니까?"

뻔히 다 알고 있으면서도 다비드는 일부러 모르는 척하면서 되물었다. 야유라는 것은 통하지 않으면 단순한 허언이다.

"너무 과하게 마음을 써 주시는 게 아닐까 해서 말입니다."

"아뇨, 아뇨, 사양하지 마시지요. 양국 관계의 발전에 대한 저희의 기대라고 봐주셨으면 합니다."

온화한 어조를 의식하면서 천연덕스러운 모습으로 다비드는 대답했다.

"마음씀씀이에 감사를. 하지만 귀국도 돈 드는 일이 많겠죠? 폐가 되지 않는다면 좋겠습니다만."

친절 어린 한마디.

하지만 그 말에서 거품을 걷어내면 속내가 명백하겠지. 돈을 빌리는 쪽인 나라 사람이 돈을 빌려주는 쪽의 인간에게 허영 부리지 말라는 말이나 마찬가지.

"시기가 시기인 만큼 이런 말씀은 실례일지도 모르지만…… 절약하는 게 좋겠지요."

한없이 정중한 어조.

그렇기에 듀마스 일등서기관의 말에 묻어있는 악의와 야유는 선명하다.

한순간 자제하지 못하여 표정이 굳어진 지글드나 멍하니 상사를 바라보는 버나드 이등서기관의 놀란 얼굴은 자연스러운 반응이라고도 할 수 있다.

하지만 다비드는 웃고 있었다.

아니, 소리 내어 웃지 않을 수 없었다.

"아, 실례했습니다."

너무 웃겨서 웃어버렸다는 말은 하지 않는 것이 좋다. 그들은, 랭글리의 생쥐들은 깨닫지 못한 것이다. 그것만으로도 다비드는 충분히 통쾌한 기분에 젖었다.

"안심하시길."

"어허?"

"자랑하는 꼴이 되어서 죄송스럽습니다만…… 열차를 빌린 것도 포함하여 모두 제 주머니에서 나온 돈입니다."

정말로 우습기 짝이 없다.

"허……? 그, 그거 부러울 따름이군요."

예상하지 못한 거겠지. 듀마스 일등서기관의 어조가 살짝 무너졌다.

"아, 무슨 나쁜 짓을 한 것은 아닙니다. 성실하게 일하면 돈이란 것은 자연스럽게 들어오는 법이라서."

"그 말씀은? 급여 체계가 그렇게 좋습니까?"

"급료가 좋을 리는 없지요. 저는 그와 동료였습니다만, 그렇게 받은 기억이 없습니다."

지글드는 한탄하는 시늉을 했다.

"애초에 의식주가 완비된 군인이니까 다소 여유가 생긴다고 해도 말입니다? 참모본부 정치총국 소속인 제가 이 열차를 빌리려고 해도 좀처럼 손대기 어렵습니다. 몇 년 동안 갚아야 할지 모르죠."

그렇게 말하며 어깨를 으쓱이는 지글드의 모습. 듀마스 일등서기관이나 버나드 이등서기관이 예의 바른 쓴웃음으로 반응하는 것을 기다린 다음, 다비드는 그 수수께끼를 밝히기 위해 입을 열었다.

"으음, 낯부끄럽다고 할까, 창피한 이야기입니다만……. 제게 잘해 주시는 유복한 삼촌이 계셔서."

뭐, 물론 실존하는 삼촌이 아니지만.

에른네스트 집안은 사비나 공화국에서 대대로 농사를 짓던 집안. 친척 중에 유력한 정치가나 자산가 따윈 없다.

"얼마 전에도 말이죠, '앞으로도 열심히 일하거라.' 라면서 용돈을 듬뿍 주셨습니다."

"꽤 유복한 삼촌이 계시는군요."

어떻게 대응할지 몰랐던 거겠지. 듀마스 일등서기관의 대답도 무난하기 그지없었다. 하지만 그것이야말로 다비드가 기다리던 단서이기도 했다.

"예, 아무래도 세계에서 제일 돈이 많은 삼촌이니까요."

"실례, 지금 뭐라고 하셨죠?"

의아해하는 목소리의 듀마스 일등서기관은 역시나 뭔가 이상하다고 느낀 거겠지. 세계에서 제일 유복한 '엉클'이라니.

그게 무슨 야유인지는 랭글리산 생쥐에게 너무 노골적이다.

수수께끼를 해명할 시간이다. 태연한 척하면서 다비드는 책상 위에 서류 가방을 꺼냈다.

그 서류 가방은 두 외교관에게 낯익은 매의 로고가 들어간 특별품. 시각 효과와 임팩트를 중시하여 일부러 준비한 것인 만큼 효과는 발군이었던 모양이다.

"민주화를 위해 마음껏 쓰라면서. 저희가 경영하는 회사 앞으로 서류 가방에 한가득 담아주셨습니다."

달칵 소리와 함께 서류 가방을 열자, 가득히 채워진 달러 뭉치. 몸을 꿈틀거린 두 명의 랭글리산 생쥐에게도 짚이는 바가 많은 물건이리라.

"어라, 왜들 그러십니까?"

경악하는 첩보원들을 향해 다비드는 조금 전까지와 전혀 다름 없이 부드러운 어조로 말을 이어나갔다.

"아, 이거 실례. 그만 자기자랑을 하고 말았습니다."

'대(對)힐트리아 불안정화 공작'의 일환으로 투입된 '힐트리아 민주화 공작금'은 대부분이 힐트리아 정보성의 더미 조직에 흡수되었다.

일련번호를 확인하면 그들도 자연스럽게 이해하겠지. 그 임팩트를 이해하기에 다비드는 듀마스 일등서기관에게 정중한 야유를 잊지 않았다.

"쓰다가 남은 '약소'한 것입니다만…… 기왕이면 행복을 나눈다고 생각하고, 사양 말고 랭글리에 선물로 가져가시죠."

"어이어이, 다드. 국무성의 인간이 할 말이 아니잖아."

"어라, 실례했군요."

지글드의 말에 '실수했습니다, 죄송합니다.'라며 다비드는 고개까지 숙였다. 물론 의미심장한 말이 아닐 수 없다.

"후우, 못 당하겠군요."

먼저 투구를 벗은 것은 듀마스 일등서기관 쪽이었다.

"신랄하고 두터운 환영입니다. 한 방 먹었습니다."

항복이라는 포즈겠지. 두 손을 머리 위로 드는 포즈라니 정말로 시사적이다.

"우리의 공작이 탄로났다. 아니, 손바닥 위에서 놀아나고 있었다는 사실을 일부러 알려주시다니. 그래서? 귀국의 요구를 말해주시겠습니까?"

빙긋 웃었다고 형용해야겠지. 다비드는 떠올릴 수 있는 최고의 미소를 얼굴에 드러내며 기다렸다는 듯이 입을 움직였다.

"랭글리 여러분이 그렇게 말씀해 주신다면 이야기도 간단하지요. 만사는 간결하게 진행해야 합니다. 단도직입적으로 용건에 들어가죠."

그런 서두를 깔고 다비드는 양해를 구하듯이 지글드에게 시선을 주었다. 문제없다며 끄덕이는 오랜 친구의 태도는 더없이 든든하다.

모든 길은 이것을 위해 닦아왔다.

만전의 체제, 공들인 준비. 그리고 옆에는 전우. 다비드는 테이블 아래로 주먹을 움켜쥐었다.

시작하자.

힐트리아를 위해서.

"질문은 없고 반론도 없습니다. 그저 요망의 통지라는 형태를 취했으면 싶군요."

"괜찮습니다만, 한 가지 확인하고 싶군요. 두 분의 입장입니다. 힐트리아 공산당을 대표하는 게 아니라, 다비드 에른네스트 씨와 지글드 슈링크 씨, 두 분이 말했다는 형태면 되는 거지요?"

"문제없습니다."

"저도 그렇습니다."

듀마스 일등서기관이 최소한의 확인을 하고, 다비드, 지글드는 즉답했다. 계속 자신들을 바라보던 시선도 뭔가 납득한 거겠지.

고개를 끄덕인 뒤에 듀마스 일등서기관은 자세를 바로잡았다.

"그렇다면 이야기해 보시죠."

"결론부터 말씀드리죠. 미스터 듀마스. 저희는 천천히 착륙하길 바랍니다."

단도직입적이라는 말은 거짓이 아니다.

"바꿔 말하자면 빠른 착륙은 어떻게든 피하고 싶습니다. 하물며 추락 따윈 논외란 겁니다."

거기까지 말하나 싶어서 눈동자에 경악을 띠는 듀마스 일등서기관은 어느 정도 레벨을 예상했을지 모르지만, 다비드로서는 그들의 의표를 찔렀다는 사실이야말로 바라던 바였다.

"슬프지만 방심하면 최악으로 굴러갈 수도 있는 상황입니다.

이미 곳곳에 이상이 미치고 있습니다. 이유는 지금 와서 말씀드릴 것도 없지요."

타이밍도 좋게 옆에서 맞장구치는 지글드도 이해한다는 얼굴.

"군으로서도 무사태평을 바란다고 덧붙이겠습니다. 분명히 말씀드려서 외부 요소로 상황이 혼란스러워지는 것은 피하고 싶습니다."

당의 인간, 군의 인간이 하는 말이란 것은 상대도 이해하겠지. 지금 대화에 포함된 의미를 읽어내려고 열심히 머리를 굴리고 있을 게 틀림없다.

하지만 실제로는 생각할 것도 없는 일이지만. 힐트리아인의 바람은 지극히 단순한 '미래'다. 이미 갖고 있는 녀석들은 도저히 모르겠지만.

"안정 유지가 대전제. 그리고 서방에는 호의적인 이율을 통한 차관 재편에 협력을 요망하는 바입니다."

요망의 통지라는 형식이 아니라면 듀마스 일등서기관은 코웃음을 쳤겠지. 너무 뻔뻔한 제안이라는 것은 다비드도 잘 안다.

공갈 협박과 큰 차이가 없다는 걸 알면서 입을 움직였다.

"물론 공짜로 요청하는 건 아닙니다. 동지, 그것을."

짧게 고개를 끄덕인 지글드가 꺼낸 것은 엄중히 봉인된 납 케이스.

시선으로 그 정체를 묻는 랭글리산 생쥐에게 다비드는 쉽사리 정체를 밝혔다.

"고농축 우라늄의 샘플입니다."

무심코였겠지.

숨을 삼킨 직후에 버나드 이등서기관이 못 참겠다는 듯이 입을 열었다.

"잠깐만요! 고농축 우라늄이라고요?!"

"버나드 이등서기관, 말을 삼가라! 입을 열지 않겠다는 조건이었다. 미스터 슈링크, 사죄하지요. 부하가 실례했습니다. 계속하시죠."

"알겠습니다."

고개를 끄덕이며 대답한 지글드는 계속해서 말했다.

"힐트리아 연방군 참모본부에서는 연착륙과 함께 '핵 개발 프로그램 관련'의 모든 데이터를 공개할 용의가 있습니다."

비장의 카드, 대면, 그리고 유일한 협상 재료. 핵이란 것은 정치적인 가치도 인정받아 마땅한 물건이다.

터부인 것은 알지만, 핵이란 것은 초강대국도 무시할 수 없는 몇 안 되는 카드다. 힐트리아 같은 처지라도 협상 수단이 될 수 있는 강한 카드. 지글드가 명언했듯이 '핵 개발 프로그램'의 탐지쯤 되면 첩보기관으로서는 절대로 무시할 수 없다.

그렇긴 해도 상대는 반신반의할 수밖에 없겠지.

랭글리가 파악하지 못한 '고농축 우라늄 계획'을 모두 공개한다고 했다. 그럴 수밖에 없다.

"아시다시피 우리 나라의 핵 개발 프로그램은 저조합니다. 전력 목적의 민생 분야를 별개로 치면 중요시되지 않았습니다."

힐트리아 경제는 전력을 더없이 원한다. 따라서 원자력 발전소 건설이라는 분야에 채찍질을 하고 있다. 하지만 힐트리아의 핵 개발은 그 정도다.

핵탄두나 수송수단인 장거리 탄도탄 개발에 들어가는 경비를 감안하면, 힐트리아의 재정 상황은 도저히 그 부담을 견뎌낼 수 없다. 국고를 파탄 내면서 핵을 확보해 봤자, 핵과 함께 죽을 뿐 이겠지.

"일반적으로 생각하면 이만저만 뜬금없는 소리가 아니겠지요. 헛소리로 받아들일 수 있다는 것은 잘 이해합니다."

군이 본격적인 개발을 단념하는 것도 지극히 당연하겠지. 하지만 이 경우, 본격적인 탄두일 필요조차도 없다.

군사적인 성능은 둘째 치고, 순수하게 정치적 핵폭탄으로서 기능하면 된다.

"실제로 당도 군도 핵탄두 개발을 의도했던 것은 아닙니다. 다만 국제 환경의 변화로 원재료를 수입할 수 없어져서 개발의 가능성조차 끊기는 케이스를 두려워하여 일정량의 고농도 우라늄만을 사전 보험이라는 형태로 확보해두었습니다."

따라서 어느 정도까지는 카드를 공개할 수밖에 없다.

진심이라고.

진실이라고.

허풍이 아니라고 보일 필요가 있다.

"제가 파악한 바로는 약 60킬로그램 정도입니다."

지글드가 말한 숫자는 본래 예비 협상의 단계에서 제시하면 안 된다. 탄두로 만들면…… 몇 발 정도 되는 양. 잠재적인 보유

총수를 스스로 밝히는 건 미친 짓이다.

그리고 핵이란 것은 수송수단인 대륙 간 탄도탄이나 잠수함 발사형을 배치하지 않는 이상, 통상 억지력으로 의미를 갖지 않는다. 따라서 다비드는 랭글리를 시작으로 하는 서방 측 안보기관이라면 좋든 싫든 달려들 수밖에 없는 한마디를 덧붙였다.

"저는 문외한이지만, 군에서는 이 정도만 있어도 된다나 봅니다. 그렇긴 해도 얼마나 도움이 될지는 모르겠습니다만…… 동지, 설명을 부탁해도 되겠나?"

알았다는 듯이 지글드가 끄덕였다.

"핵탄두라기보다는 초토화 게릴라전용을 지향하고 있었던 모양인지 '휴대할 수 있는 더티봄'을 목표로 했다나요."

"휴대할 수 있는 더티봄이라고요?"

혼잣말을 흘리는 듀마스 일등서기관은 그것이 어떤 것인지 잘 아는 것이다.

정말이지 끔찍한 물건.

"자국을 침공한 곰들의 군대를 달나라까지 날려버릴 만한 물건. 즉 그런 것이지요."

다시 말해 자폭 전문 병기.

그걸 정상적으로 써먹을 리가 없다.

하지만 그게 어쨌단 말인가?

도구를 탐내는 인간은 그것을 활용하기를 바란다. DIY를 하는 사람은 그걸 위한 도구를 원하겠지. 요리를 하는 사람은 조리도구를 원하겠지.

그럼 '휴대할 수 있는' 핵탄두라는 특대급 물건을 탐낸다면?
즉 그런 소리다.

"저희가 제시할 수 있는 것은 이게 다입니다. 어떻습니까?"

"대단히 흥미 깊은 제안이로군요. 하지만 말입니다, 에른네스트 서기, 한 가지 중대한 문제가 있는 걸 잊지 않았는지?"

"중대한 문제입니까?"

"핵 개발에 대가를 내줄 수는 없습니다."

"그렇군요, 옳은 말씀입니다. 핵 확산을 추진하는 꼴이니까요. 이해합니다."

다비드는 크게 고개를 끄덕였다. 엉클샘이 됐든 북쪽의 곰이 됐든 누군가가 돈을 내준다면, 막대한 개발비의 본전을 찾을 수도 있는 최고의 투자다. 대가를 챙길 수 있다고 알려진 순간, 전세계에서 핵 개발 프로그램이 크게 진전되겠지.

"그래서 저희로서는 모든 것을 암암리에 처리하고 싶습니다."

"말을 맞추자고요?"

다비드는 웃으며 끄덕였다.

"비밀 작전으로 고농축 우라늄을 회수해 가시면 됩니다. 그렇군요, 표면적으로는 경제 원조 정책의 일환으로 '연료 가공'이라도 하면 어떨까요."

"참 타이밍 좋게도 최신 원자력발전소가 건설 중이지요. 병기로 전용할 수 없는 형태로 하고, 민생품으로 연료봉을 만들라고 하면?"

"경제 재건에는 전력도 필요하겠죠?"

다비드는 듀마스 일등서기관의 말에 동감하듯 대답했다. 공급난을 해소하는 것은 훌륭한 개발 지원에 해당되지 않겠냐고.

상대도 이해한 것이다. 듀마스 일등서기관만이 아니라 버나드 이등서기관까지도 알겠다는 얼굴로 끄덕였다.

"잠정적입니다만, 합의는 성립되었군요."

"좋습니다. 비밀 유지에 최대한 유의해 주셨으면 합니다."

"버나드 군을 메신저로 쓰겠습니다. 서둘러서 그를 휴가 명목으로 본국으로 보내지요."

계획을 교환하는 단계가 되면 다비드도 듀마스 일등서기관도 실무가로서 그 진가를 유감없이 발휘한다.

"이쪽과의 접촉 수순으로는 토르바카인 주석 동지에게 외교 의례로서 방문을 부탁드리려고 합니다. 그때 담당자가 인수 계획을 전하죠."

"알겠습니다. 에른네스트 서기, 당신이 창구인 줄 알았는데 말입니다."

"저는 너무 눈에 띄니까 말이죠."

"꽤 조심할 필요가 있군요."

마음을 다잡는 듀마스 일등서기관의 말에 반응하여 지글드는 옆에서 진지한 어조로 끼어들었다.

"연관해서 한 가지 충고를 드리고 싶습니다. 연방군의 체면을 고려해 주신다면 좋겠습니다. 웃으실지도 모르지만, 이상한 형태로 유출되었을 경우 시치미를 뗄 가능성도 있겠습니다."

"설명을 부탁드려도 될까요?"

"있는 그대로 말하자면, 현재 제시된 서방의 구제 프로그램조차도 '반발은 격렬' 하기 짝이 없습니다."

정치총국의 내무정찰부에 있는 지글드이기에 한 경고겠지. 그 말에 담긴 위기감은 무시무시한 정도에 달했다. 그 정도로 지금의 힐트리아는 예민하다고 해도 좋은 상태다.

"지글드 동지의 말은 핵심을 짚고 있습니다. 현재의 이 교섭조차도 토르바카인 주석 동지가 군과 당을 휘어잡고 있지 않았으면 도저히 불가능했을 겁니다."

다비드도 거듭 당부하듯 말할 필요가 있었다.

"이런 상황에서 토르바카인 주석 동지의 체면을 뭉개면 어떻게 될까요? 랭글리 취향의 연출이겠지만…… 하나 충고해 드리죠. 정말로 궁지에 몰린 인간은 우라늄의 불길을 뿌리고 싶다는 생각을 할지도 모릅니다. 부디 그런 점도 유의해 주십시오."

"충고해 주셔서 고맙습니다."

"명심하고 본국으로 돌아가겠습니다."

듀마스 일등서기관이 얼마나 진지하게 받아들일지는 확실치 않다. 한편 버나드 이등서기관은 큰일을 앞두고 목소리에 기합이 들어간 것으로 보였다.

잘해 주기를 바랄 수밖에 없다.

운명을 남에게 맡기는 건 사실 불안하지만, 주사위는 던져졌다. 던진 이상 주사위 눈이 나오길 얌전히 기다릴 수밖에 없다.

"좋습니다. 아, 그럼 이걸로 본론도 끝났습니다. 어떠십니까, 엉클샘에게 받은 돈이지만, 와인 한 병이라도 따겠습니까?"

하다못해 행운이 있기를 빌면서 다비드는 밝은 화제로 넘어갔다.

"시민의 혈세로 마시는 와인이라니, 정말이지 피 같은 맛이로 군요."

비밀 공작 담당자로서는 생각하는 바도 있겠지.

쓴웃음 섞어가며 백기를 든 듀마스 일등서기관의 말은 자조 어린 투덜거림이다. 자신들의 실패를 건전하게 웃어넘길 수 있는 유머 감각이라고 해야 할까.

그 말은 이쪽에 대한 야유나 비아냥이 아니었겠지. 단순히 무자각에서 나온 신조의 고백이다. 본질적으로 듀마스 일등서기관 같은 첩보원조차도 자유주의 세계의 패러다임을 자명시하는 모양이다.

동류라고 믿고 있던 상대였으니까 안 좋은 타이밍으로 서로의 차이를 의식하게 된 순간이었다. 그들은 혈세를 마시는 것에 당혹스러움을 느끼는 모양이다. 그럼 부끄러움을 잊은 노멘클라투라란 대체 무엇일까.

"생피를 마시는 노멘클라투라에 합류하셨군요. 우리의 세계에 잘 오셨습니다. 환영합니다, 자본주의 제군 동지."

지글드, 듀마스 일등서기관, 버나드 이등서기관에 손에 와인 잔이 들렸을 때 억지로 의문을 억누르고, 다비드는 관습이 된 미소와 함께 잔을 들었다.

"그럼 기묘한 우정을 위하여."

"친구의 건강을 위하여."

제2장 차중만담

진보는 있다.
늦지 않을지는
아직 모를 일이지만.

거래를 마친 뒤의 나른한 피로감이란 것은 기분 좋기도 하고, 무슨 일을 시작하기 귀찮게 만들기도 한다. 토르바카인 주석과 거듭해서 쥐어짠 구상 중 하나가 정리되었다는 것은 커다란 진보 겠지.

"이걸로 큰 걸음은 떼었나."

안도하기에는 아직 이르지만, 아무래도 마음이 풀어지는 건 어쩔 수 없었다.

TKP의 싸구려 연기를 폐에 들이마시고, 창문 밖의 광경을 멍하니 바라보는 다비드의 심경은 허탈함에 가까웠다.

살짝 흔들리는 열차 안에서 입에 문 담배 끄트머리를 잘근거리면서 시간을 보내다가 머지않아 수도에 도착할 무렵. 문득 이쪽으로 다가오는 모습을 간신히 깨달은 다비드는 시선을 옮겼다.

"다드, 잠깐 괜찮을까?"

"지글드인가."

고개를 들어서 그 얼굴을 확인했을 때, 다비드는 자신이 얼마나 풀어졌는지를 깨닫고 쓴웃음을 지었다. 평소라면 조금 더 긴장이 남았을 텐데.

이렇게 가까이에서 말을 걸 때까지 방심하고 있었다니, 이 얼마나 얼빠진 짓인가.

"괜찮은데, 여기서는 안 돼?"

"조금. 더 깨끗한 곳에서 말하고 싶어."

비밀리에 하고픈 이야기가 있다는 친구의 말을 거절할 이유는 없다.

알았다고 대답한 다비드는 특별열차에 있는 깨끗한 방으로 지글드를 데려갔다. 그 방은 넣 놓기 전에 철저하게 방첩대책을 세워서, 모든 의미로 청소가 완료된 방이다.

냉장고에 준비된 코카콜라를 꺼내면서 다비드는 지글드에게 의자를 권했다.

"뭐, 마시면서 말하지. 축배 대신으로."

"뭐야, 콜라뿐인가. 맥주 없어?"

"엉클샘 급여로 맥주는 안 돼. 포기해, 진."

"자본주의자 동지가 쏘는 거라면 군소리 할 수 없지."

순순히 받은 지글드와 함께 자리에 앉아서 코카콜라로 건배를 하고 마시자 느껴지는, 차갑고 호쾌한 탄산의 자극.

지쳤던 만큼 입 안이 찌르르한 감각은 아주 신선했다.

"주석 동지에게 받은 임무는 완료했군. 수고했어."

그렇게 말하면서 다비드는 수도로 돌아간 뒤의 일을 생각했다. 지금 와서 생각하면 과로했다.

문제는 분명하겠지. 신용할 수 있는 동료가 너무 적다. 결과적으로 남에게 맡기질 못하고, 자기 발로 뛰는 경우가 너무 많다.

지금 일도 반쯤, 아니, 3분의 1이라도 남에게 맡길 수 있으면.

불가능한 일인 만큼 답답하기 짝이 없다.

"휴우, 이제 카나의 곁으로 돌아갈 수 있겠군. 일만 하느라 가정을 돌볼 수 없었으니까."

"서로 마음고생이긴 했지만……. 뭐, 잘해낸 거겠지. 물론 에른네스트 부인 동지께서 뭐라고 말씀하실지는 모르지만."

"그만 좀 말해."

완전 항복이라는 듯이 두 손을 머리 위로 쳐들면서 다비드는 씁쓸한 마음속을 토해냈다. 개인으로서는 사생활을 너무 희생했다는 자각이 있다.

조국, 국가, 의무라고 말해도 그 불균형은 명백하다. 가정을 희생하는 것에 대한 변명은 자신의 양심이 허락하지 않는다.

기본적인 일이다. 하나의 국가, 하나의 집이라는 환상은 믿음직한 집이 있기에 비로소 긍지를 가지고 부르짖을 수 있는 하나의 이데아. 그 기반인 가정을 결과적으로 등한시한다면 정말 공허하기 짝이 없다.

카나가 이해하고 도와주지 않았으면, 지금의 자신은 도저히 해낼 수 없었겠지. 감사와 함께 고개가 숙여진다.

"오늘 환영회의 와인을 슬쩍해서 카나에게 뇌물로 보낼까 생각하는 참이야."

"어허, 공인의 기강 문제로 봐도 큰일이군. 다드, 너 가정인으로서 보면 최악이잖아."

"자각은 있어. 그것도 충분히. 일 핑계만 대는 한심한 인간이라고 말이야. 뭣하면 신나게 비웃어도 되는데?"

"도피로 하는 일이 성과를 냈는데도? 정말 수완이 대단했어. 오늘 환영회도 엉클샘 부담이라니."

지글드는 야유하듯이 웃었다.

"서방에서 주는 돈이라니 황송할 정도야."

허탈하게 웃어 답하는 다비드의 속은 복잡하기 짝이 없었다.

첩보활동이라는 분야에서 한판을 따낸 것은 사실이지만, '자랑스러운' 결과라고는 하기 힘들다.

표정을 일그러뜨리면서 다비드는 본심을 말했다.

"아무튼 솔직히 말하자면…… 경기가 좋은 서방 녀석들을 상대하는 건 때때로 참담해."

"뭐?"

"우리는 쥐어짜기도 힘든 달러. 그게 서류 가방 가득히 날아오잖아? 위장 기업 하나하나에 말이야."

"부러운 이야기지."

힐트리아의 중추에 있는 인간이라면 누구든 외화 부족에 근심하고 있다. 외화…… 달러, 마르크, 엔, 뭐든지 좋다. 외화를, 시장에서 구매력 있는 외화가 절실하게 필요하다.

"동감이야. 디나르로 올 줄 알았는데."

"달러가 터질 만큼 꽉꽉 들어있었단 말이지."

다비드는 지친 얼굴로 수긍했다.

지금은 당의 인간조차도 디나르를 거들떠보지 않는다.

힐트리아의 법정통화는 외화로 대신할 수 있었다. 분명히 말하자면 그걸 다 알고서 태연히 달러 다발을 보내는 랭글리 놈들의 풍요로움이 부럽기 짝이 없었다.

다들 미친 듯이 달러를, 마르크를 탐내고 있다. 아득히 먼 극동의 엔이 현지의 디나르보다도 시장에서 더 환영받는 지경이다.

너무 기가 막혀서 현기증밖에 들지 않는다.

"랭글리는 구매력을 잘 안다는 소리겠지. 최근에는 마르크나 달러 쪽이 장보기도 편리한 상황이야."

"군도 마찬가지야. 디나르 정가로 살 수 있는 건 PX 정도야. 그것도 군이 규율 관리를 제대로 하는 경우겠지만."

지글드는 빠져나가는 물자가 있다고 암암리에 말하고 있다.

힐트리아 사회는 이미 신용이 담보되지 않는 신용경제의 말기 직전이다. 거기에 대해 힐트리아 당국이 준비할 수 있는 것은 디나르뿐.

근본적인 힘의 차이를 종잇조각 하나에서 역력하게 실감하게 된다.

현황은 다비드가 기억하는 붕괴 직전의 힐트리아 사회에 꽤 근접했다. 파탄, 분열, 내란. 괜한 걱정이라고 웃어넘기기에는 충분히 현실적인 위협이 가까이 다가오고 있다.

그렇기에 무릎 꿇을 수는 없다.

사태가 제어불능에 빠지기 전에 어떻게든 불시착시켜야 한다고 다비드는 각오했다. 이 점에서 첫 단추인 엉클샘과의 거래가 어떻게든 성립했다는 사실은 크게 안도할 만하다.

"뭐, 하지만 거래는 성공했어."

"협박이라고 해야 하지 않나?"

놀리는 듯이 말하는 지글드에게 다비드는 과장스럽게 어깨를 으쓱여주었다.

"달리 파는 방법을 모르거든."

"뭐?"

"사고파는 건 자본주의자의 독무대. 난처하게도 우리 노멘클라투라가 아는 방법은 그것뿐이야. 어쩔 수 없잖아?"

그렇게 말하며 TKP를 입에 물고 연기를 내뱉는 것으로 멋쩍음을 숨긴 자기 심정을, 오랫동안 알고 지낸 이 남자는 제대로 이해해 주었다.

"음, 뭐랄까."

그리고 어깨 위에 얹히는 친구의 손.

"고생했다."

"어깨에 얹힌 짐을 던 기분이야. 솔직히 말해서 자본주의자와의 속임수 싸움은 위장에 안 좋아."

쓴웃음 지으면서 다비드는 트림을 했다. 그게 무례임을 알기에, 눈썹을 찌푸린 지글드의 태도도 이해한다.

"입에 맞고 안 맞고도 있으니까. 하지만 탄산은 안 맞았나?"

고쳐 문 TKP의 연기로 영혼에 니코틴을 흡수한 다비드는 고개를 내저었다. 딱히 탄산음료를 못 마시는 것은 아니다. 경수가 싫은 것도 아니고, 코카콜라도 잘 마실 수 있다. 문제는 입이 아니라 위장이다.

"스트레스성이겠지만, 역류성 식도염이 좀 있는 것 같아."

최근 아무래도 위장이 안 좋다. 잠들기 전의 술 한 잔도 힘들

정도다.

물론 크나안 공화국 시절은 '체념' 때문에 스트레스를 무시할 수 있었다고 생각하면, 스트레스를 느낄 수 있을 정도로 인간적인 마음이 돌아왔다는 증거이기도 하겠지. 한탄하면서 불쾌한 감각을 받아들일 수밖에 없다.

"서기국의 직업병이란 건가. 뭐, 원인이라면 확실하겠지만. 불규칙한 생활에 과도한 노동. 덤으로 흡연 과다겠지."

"시기가 시기야. 익숙한 TKP 없이는 못 해먹어."

"형제 동지. 나는 동지의 건강을 위해서 제안하고 싶은데."

완곡한 말은 언제든 농담의 분위기를 띤다. 친한 친구의 어조에 담긴 감정은 과장 어린 것이지만, 동시에 서툴게나마 완곡하게 걱정을 표현하는 것이었다.

"담배는 내 선에서 처분하지."

그러면서 내미는 손을 무시하고 다비드는 어깨를 으쓱였다.

"안 웃기는 농담이로군."

"네 유머 센스에는 맞겠지."

그렇다고 울컥하는 건 어울리는 태도가 아니겠지. 마음 써주는 지글드의 언동은 과거에 다비드 에른네스트 대통령이라는 멍청이가 잊었던 중요한 사실을 떠올리게 해 주었다.

친구도 없는 인간이 어떻게 일을 해낼 수 있을까.

코웃음을 치면서 싸구려 TKP가 담긴 상자를 지글드에게 던져주면서 다비드는 화제를 다른 것으로 바꾸었다.

"그런데 할 말이 있는 거 아니었어?"

"그렇지."

다소 주저하듯이 시선을 돌린 지글드는 입에서 아름다운 동그라미 모양의 연기를 내뱉고, 말없이 꽁초를 재떨이에 처박았다.

무슨 일인지 몰라도 아직 성이 덜 찼던 걸까.

꺼내든 코카콜라 캔을 하나 단숨에 비우고 품위 없이 이쪽을 향해 트림을 내뱉었다.

"단적으로 말하지. 다드, 너 랭글리의 장난질을 알고 있었으면, 〈힐트리아 민주개혁 포럼〉이 얼마나 귀찮은 건지도 분명 알고 있겠지?"

"당연하지. 직무상 숙지하고 있으니까."

요즘 보안 부문의 큰 두통거리로 변한 반체제파.

엄밀하게 말하면 그들 자신이 스스로를 '반체제파'로 정의하지 않는 점이 사태를 까다롭게 만들었다.

그들 자신은 '체제 내 개혁파' 또는 '시민의 자주관리'를 내세운다.

힐트리아 당국이 내건 표어에 충실한 단체라는 것은 사실 치안 부문에서 악몽일 따름이다. 다비드만이 아니라 힐트리아 공산당 중앙에 있는 관계자라면 누구든지 싫을 만큼 숙지할 게 틀림없다.

지글드는 그런 것을 묻는 게 아니다. 그 시선은 더 알고 있냐고 묻고 있다.

"다름 아닌 너니까 조금 더 알고 있겠지? 모른다는 말로는 안 넘어가."

"왜 그렇게 생각하지?"

"다드 동지, 거기에 답하자면 나는 불행하게도 다비드 에른네스트라는 망할 놈을 남들보다 잘 알거든."

흥 하고 콧방귀를 뀌면서 지글드는 말을 이었다.

"친구로서는 나쁘지 않은 녀석이지만, 같이 일할 때는 달라. 어지간히 주의하지 않으면 태연하게 비밀을 만들지."

다비드는 속으로 정답이라고 말하며 끄덕였다.

부정할 말이 하나도 떠오르지 않는다. 정말로 자신을 잘 알아주는 친구다. 실제로 그 말은 정곡을 찔렀다.

힐트리아 공산당 내부에서 알렉산드라가 간부 중 하나라고 아는 것은 소수파겠지. 하지만 다비드는 그 이상의 비밀을 몇 가지 알고 있다. 애초에 판을 짠 당사자니까 모를 리가 없긴 하지만.

"좋은 친구라고 말해 줘서 고맙다고 하지."

"어이, 다드. 그렇게 넘어가려고 하면 안 되지."

늦든 이르든 지글드에게는 말해야겠지. 하지만 일은 너무 중대하다. 즉답하기 어렵기에 다비드는 말없이 차창 밖의 풍경으로 시선을 주었다.

똑바로 수도로 향하는 특별열차에서 보이는 풍경은 평온하고 느긋한 조국의 그것. 흘러가는 풍경은 순식간에 바뀌어갔다.

이상하다는 눈치로 이쪽을 바라보는 지글드가 무슨 몽상 같았다. 아니, 꼭 그에게만 한정한 이야기가 아니다.

힐트리아의 풍경을 느긋하게 바라볼 수 있다는 것이 믿기지 않을 정도의 행운이라고 누가 알까. 평화가 깨지면, 조국이 무너지면, 분명 두 번 다시 볼 수 없는 풍경이다. 주변에 숨은 적이 없을까 조마조마하고, 장갑열차의 방어장갑 뒤에서 철저히 경계하며 바라보는 꼴이 될 게 틀림없다.

다비드는 잠시 생각한 끝에 입을 열었다.

"흠, 진. 군이 이 문제에 관심을 보이고 있어?"

"〈힐트리아 민주개혁 포럼〉을 칭하는 놈들은 세력이 꽤 세."

더는 지켜볼 수 없다는 마음을 내비친 지글드의 표정은 진지 그 자체. TKP 끄트머리를 짜증내듯이 깨물면서 연기를 들이마신 뒤, 친구는 말과 함께 내뱉었다.

"TO 정도가 아니라 연방군 내부에도 조직적으로 침투했어."

"구체적으로는 어느 정도야?"

"너를 상대로 기밀 운운할 생각은 없지만 진짜로 좀 위험해. 이야기가 너무 나돌지 않았으면 싶은데."

똑바로 바라보는 지글드의 시선은 정말 진지했다. 그렇기에 다비드는 맡겨달라는 듯이 묵묵히 고개를 끄덕였다.

비밀은 수없이 있다. 지금 와서 하나쯤 더 추가된다고 뭐가 달라질까.

"네 입은 영 신용하기 어렵지만, 하는 수 없나. 알았어."

지글드는 한숨을 섞어가며 입을 열려다가 뭔가 주저하듯이 TKP의 싸구려 연기를 들이마시고, 보라색 연기와 함께 쥐어짜듯이 말을 이었다.

"살 정도가 아니라 골수까지."

"너무 추상적이잖아, 진. 사관학교 교육을 잊었어? 보고는 간결명료하게 한다, 였는데."

"다드, 넌 거기까지 듣고 싶어?"

"그래, 말해줘."

"골수란 건 비유가 아니야. 수도경비부대에서 이 1개 중대를 선발할 때, 세포분자를 제거하기 위해 보안 부문이 총동원되었을 정도야."

한숨 섞어가며 말하는 지글드의 목소리는 푹 가라앉아 있었다. 내용을 생각하면 무리도 아니겠지. 다비드는 내심 쓴웃음을 지었다. 눈앞의 친구만이 아니라 제대로 된 감성을 가진 보안 관계자가 흥분하는 것도 당연하다.

수도경비부대가 좀먹히는 것은 심상찮은 의미다.

말 그대로 당의 검이자 방패, 결국에는 권력의 원천인 총검. 그것이 녹슨 정도를 넘어서 도둑맞았을지도 모른다면 큰일이다.

"다드, 넌 사태의 심각성을 아는 거지? 그러지 않아도 지금 내 말로 이해했을 거야."

지글드는 숨을 한 차례 들이마신 뒤에 말을 들었어.

"잘 들어. 이건 이미 좀먹는 차원이 아니야."

다비드도 그 말이 맞다고 끄덕였다.

힐트리아 연방군 참모본부는 무능과 거리가 멀다.

그런데도 그들의 마지막 카드라고 해야 할 수도경비부대조차도 침투를 허용했고, 뿐만 아니라 그걸 저지하지도 못하고 있다. 처참한 권력 투쟁을 헤친 정치총국의 스태프가 저지할 수 없었다는 것만 봐도 너무 중대한 경종이다.

"이미 한시를 다투는 차원이야. 전시라면 현장장교가 독단전행으로 즉각 행동을 개시해도 되지. 그만큼 위험해."

위기감을 품은 지글드의 신음소리는 진지한 고뇌의 증거다.

그 정도로 힐트리아 민주개혁 포럼의 위협성은 심각하기 짝이 없고…… 제대로 된 당원이라면 얼굴을 찌푸려야 하겠지.

문제라면 친애하는 지글드 슈링크 씨가 지적한 대로 다비드 에른네스트 서기는 선량한 당원과 거리가 멀다. '부정하는 말은 하나도 떠오르지 않는다.' 라고 해야겠지.

"분명히 말하지. 뭉개버려야 해. 힐트리아 민주개혁 포럼은 너무 위험해. 엉클샘에서 포럼으로 흘러들어가는 돈을 파악할 수 있으면……."

"뭉개면 안 돼, 진."

놀라서 눈을 끔뻑인 지글드는 다음 순간 다비드를 믿을 수 없다는 듯이 응시했다.

"한 번 더 말할까? 내 직함을 걸고 단언하는 편이 좋을까?"

당 중앙을 아는 인간으로서 단언한다는 의미. 그 의미를 이해하지 못할 지글드가 아니겠지.

"왜지?! 왜 그런 위험분자를 방치하는 거야!"

멱살을 잡고 소리치듯이 다그치는 지글드의 목소리에 숨은 긴박함은 힐트리아라는 국가의 약점을 아는 인간이 모두 공유하는 위기감을 품고 있다.

다민족 국가, 약해 빠진 융화, 형제애와 통일의 이념이 희박해진 지 오래된 조국에 사는 자의 비명.

친구여, 네 분노와 의심은 당연하다.

하지만 다비드 에른네스트 공산당 중앙정치국 국원 후보 및 중앙서기로서 해야 할 말은 확실하다.

'온건한 야당'을 뭉개면 안 되니까.

"일독해 보면 돼. 포럼의 취지는 어디를 봐도 기존 법에 저촉되지 않는 합법적인 것이야."

"무슨 소리! 그건 너무 위험해! 형식은 합법일지 몰라도 내실에서는 비합법 정도가 아니야! 그런 건 본래 있어선 안 돼!"

지글드가 내뱉은 말은 한없이 진실이다. 토르바카인 주석도, 다비드 자신도, 지글드의 견해에 완전히 똑같은 의견을 근간에 두고 있다.

〈힐트리아 민주개혁 포럼〉은 세력이 너무 강하다.

인위적인 개입이나 지원이 없으면, 온건하고 독자적인 자주관리 사회주의 노선을 내걸었다고 해도 공산당 통치하에서 일어날 수 있는 현상이 아니다. 힐트리아 사회에서 이분자임은 명백하겠지. 아니, 지나칠 정도라고 해도 좋다.

"힐트리아 헌법을 잊었어? 아니면 그들의 선언을 보지 않은 거야?"

"말장난할 때가 아니야! 랭글리를 필두로 서방 측 외국과 손을 잡으려는 시점에서 포럼의 존재가 얼마나 위험한지…….""

말을 이으려던 참에 지글드는 갑자기 침묵했다.

자주관리 사회주의라는 독자노선을 유지하기 위해서 힐트리아 공산당과 그 예하의 정보성은 계속해서 눈을 번득여왔다. 그런 집단 안에서 거의 전례가 없는 속도로 출세 계단을 뛰어오르는 인간이 정치적으로 어리석다는 건 말이 안 된다.

이 전제조건에 추가로, 지글드라는 군인은 다비드라는 인간을 잘 알고 있다. 어리석지 않은 친구가 어리석은 척한다면 그 이유는 무엇일까?

눈을 감고 입을 다물고 귀를 틀어막으려고 해도 한도가 있다.

"야, 다드."

더 말을 할 것도 없다. 지글드는 다비드의 멱살에서 손을 놓더니 이쪽의 눈동자를 똑바로 들여다보았다.

"속내 캐기는 그만두자. 친구랑 그런 걸 할 생각은 없어."

"속내 캐기?"

"다른 말로 할까? 바보인 척하지 마. 친구랑은 인간의 말로 대화해. 이데올로기도 허세도 버려."

친구라. 살짝 웃고 싶어졌다. 마지막 순간까지 계속 친구로 있어 준다는 거겠지.

하지만 솔직하게 말하자니 멋쩍었다.

"신혼여행을 방해받은 것에 대한 사소한 앙갚음이야. 훼방꾼에게는 그에 어울리는 말을 해줘야겠지?"

"이거야 원, 에른네스트 부부 동지의 고약한 성격에는 못 당하겠군요."

"내 아내를 모욕하려는 거야?"

"협박엔 굴하지 않아. 이래 봬도 불굴의 힐트리아 군인이야."

밉살맞은 말과 야유의 응수. 그런 것도 친구 관계니까 가능한 것이기에 꼭 싫지만은 않다.

묵묵히 차창으로 시선을 주어서 그 너머에 있는 푸른 하늘을 힐끗 바라본 뒤, 다비드는 각오를 했다.

"자, 조금 바보 같은 소리와 옛날이야기를 해볼까. 서로의 의견도 맞출 수 있겠지."

"각오를 하라고?"

"한 대 피워. 니코틴 없이 맨정신으로 할 수 있는 이야기도 아니고."

입에 문 담배에 불을 붙이려다가 다비드는 곤혹스러워졌다. 묵묵히 재촉하듯이 뻗은 것은 지글드의 손.

고개를 들어보니 태연하게 요구가 날아왔다.

"무시하다니 너무하잖아. 나한테도 줘."

"또? 거절하겠어. 이건 엉클샘 돈이 아니라 내 돈으로 샀어."

다비드는 의연한 어조로 지적했다.

"애초에 너도 군인이면 TKP 지급품이 있잖아."

"경비 절감 끝에 TKP도 PX에 제대로 안 나와서 말이지."

지글드는 비참하다는 듯이 한탄하지만, 뻐딱한 녀석답게도 어딘가 익살스러움을 띠며 꺼내든 담배를 피웠다.

"말보로가 차라리 입수하기 쉬울 정도야."

"그거, 경비 절감하고는 다르지 않아?"

"그래, 슬로니아에 있는 합동기업의 수출품이겠지. 이렇게 말하지만, 군 자체는 상대적으로나마 풍요로워. 지원자가 늘어날 정도로."

지글드는 의미심장하게 말을 거듭했다.

"이해했어? 지원자가 늘어나고 있다고, 다드."

"문맥은 읽을 수 있어. 그렇게 강조할 것 없어."

군 지원자의 증가.

힐트리아군의 내정을 안다면 모두가 의심할 이야기겠지. 아무리 의식주 완비라고 해도 악명 높은 힐트리아 연방군의 급여 수준은 너무 안 좋다.

인플레이션이 맹위를 떨치는 오늘, 급여 기준이 10여 년 전과 변함없다면 그 열악함이 전해지겠지.

한 달 급여로 담배를 살 수 있을까 없을까 한다면 이미 웃을 수도 없다. 능력 있다고 자신 있는 젊은이에게 매력적인 직장이라고 하기 어려웠다.

모두가 떨떠름하게 의무로서 병역을 다하는 것이 보통. 장교나 직업군인을 목표로 하는 인간이 아니라면, 병역기간이 끝나는 대로 좋아라고 떠나는 곳이다.

그런 군에 지원자가 집중되는 이유가 있다면 그것은 단 하나.

"민간 실업이 증가하고 있다는 소리겠지?"

"정답."

"퀴즈도 안 되는 간단한 질문이야, 진."

맞는 말이라고 쓴웃음을 보이는 지글드는 그 실정을 잘 이해하고 있을 게 틀림없다.

"모두가 그렇게 말할걸. 태반의 인간이 의식주를 확보하기 위해서 군문을 두드리기 시작했어. 너라면 공식이 아닌 진짜 숫자도 알겠지?"

"실업률은 15퍼센트. 그게 당 정치국의 내부 자료에 실린 숫자야."

하지만 과연 그건 얼마나 진짜 실태를 반영한 숫자일까?

자기에게 불리한 숫자란 것은 왕왕 은폐된다. 상사가 듣고 싶어 하지 않는 정보를 부하가 숨기는 것은 힐트리아만이 아니라 공산주의국가 전반에 공통되는 악폐다.

"참고 정도로 들어줘."

"정치국의 내부 자료가 참고하는 정도라고?"

"난처하게도 대충 요약한 정도라서."

쓴웃음을 짓는 지글드의 감성은 옳다.

국정의 중추조차도 제대로 된 숫자를 입수할 수 없는 것이다. 모든 것이 엉망진창이다. 힐트리아에선 통계를 판타지로 분류되어야 하겠지.

"힐트리아의 경제정세는 한마디로 표현해서 참담해."

"그래, 참담한가."

반복하여 곱씹듯이 말하더니 지글드는 재떨이에 꽁초를 처박고 다비드가 내민 TKP를 입에 물자마자 침묵했다.

망설이듯이 라이터를 보면서 담배 끄트머리를 깨물기 시작한 심정은 어느 정도일까? 곤혹스러움이 강할 것이라는 사실은 말할 것도 없지만.

다비드도 괜히 서둘러 말할 생각은 없었다. 묵묵히 둘이서 싸구려 TKP의 연기를 내뱉는 기묘한 시간. 예전에는 더 말이 많았던가? 아니면 말이 필요하지 않을 만큼 서로를 이해하는 걸까?

의심이 머리를 채우지만, 지글드가 무슨 말을 하고 싶은지는 신기하게도 이해할 수 있었다.

"한 가지 묻고 싶은데."

"뭐지?"

"다드, 너희는 뭘 하고 싶은 거야?"

각오를 한 것처럼 입을 연 지글드의 시선은 험악했다.

"토르바카인 주석 동지의 시책은 모든 게 기묘해. 오해를 두려워하지 않는다면 외부의 눈을 고려하지 않을 만도 하지."

"예를 들어서?"

"힐트리아 통합시장 계획은 어때? 슬로니아계 기업이 경쟁력면에서 뛰어난 것은 주지의 사실이잖아? 고향에 대한 이익 유도라는 소리를 들을 정책이겠지만…… 단행되었지."

"주석 동지는 나슈계니까, 라고 네가 말하지 않는 건 왜지?"

소수파인 사르니아계는 민족 문제에 대해 가장 예민한 감성을 갖는다. 거기 출신인 지글드가 나슈계의 이해관계라는 문맥이 아니라 슬로니아계 기업이라는 문맥으로 말해 주는 것은 작은 듯하면서도 중대한 차이다.

"너를 보고 있으면 싫어도 알아. 보르니아의 처형꾼이나 그 보스가 슬로니아 방면에 배려한다고? 웃기는 소리. 그런 건 애도 알아."

가슴을 찌르는 말이었다.

나슈계, 탈보이계라는 민족이 아니라, 힐트리아인으로서 자신이나 상사의 활동이 인정받고 있다. 정말이지 말로 표현하기 어려운 기쁨이다.

"필요한 일이라고 주석 동지가 생각하신 것뿐이겠지? 고도의 정치적 판단은 드물지도 않아. 진, 너는 뭘 못 믿는 거야?"

"왜 그리 서두르는 거야? 힐트리아 전체의 경제권 통합을 이렇게까지 강행해야 할 이유가 있을 것 같지 않은데."

"간단해, 간단한 일이야, 진."

힐트리아의 재정 사정은 쓸데없이 장황하고 비효율적인 현실을 더 감수할 수 없다. 자주관리 사회주의에는 개선이 필요하다. 신자유주의는 극약이지만, 아주 조금, 적절한 양을 복용한다면 증상의 완화 정도를 기대할 수 있겠지.

"어이, 다드. 마저 말해야지?"

"글쎄."

그렇게 말을 흐리자 이해했다는 반응.

"기밀이라는 두 글자라면 안 가르쳐 줘도 되는데."

"하하하, 너도 잘 알고 있잖아."

다비드는 크게 웃었다.

"하지만 나와 너 사이니까 가르쳐 주지. 힐트리아 경제는 만성적인 적자 구조에 빠져있어. 따라서 전시경제 체제를 상정한 분산배치는 그만둘 수밖에 없어."

빨치산 선배들은 이 푸른 하늘 아래에 태어나는 힐트리아를 싸워서 쟁취했다.

그건 진짜 위업이었지만, 그때 기억에 새겨진 전쟁의 경험이 너무 뿌리 깊었던 거겠지. 빨치산이 건국한 힐트리아에서는 건국 시점에서 경제 구조를 '전시의 저항'에 중점을 두고 설계했다.

다시 말해서 어딘가가 파괴되어도 어딘가가 보조하는 식으로 중복된 체제. 군 조직이라면 이런 쓸데없는 부분도 '보험'으로서 의미를 갖는다. 결국 군 조직은 구성원이 죽는 것을 예상하고 군더더기를 잔뜩 끌어안는다. 전쟁이란 그런 것이다.

건국 당시 힐트리아 경제 체제를 설계한 것도 같은 정신이다. 그러나 전쟁의 이론을 평시 경제에 적용한 것은 실수였다. 슬프게도 평시에 운용되는 경제 이론은 별개다.

선배들이 잘못했다고 지적하는 것은 나중이니까 할 수 있는 말이다. 그래도 잘못이라고 말하지 않을 수 없다.

"공화국마다 독립된 경제권을 계속 구축하는 것은 너무 문제야. 유지할 수 없는 것은 해체할 수밖에 없어."

확실히 말해서 오늘의 힐트리아 사회는 외부에서의 위협보다도 내부 부패와 경제 붕괴 쪽이 훨씬 심각한 안보상의 위협으로 변했다.

현 힐트리아 최대의 적은 힐트리아 내부의 구조 그 자체다.

"상황은 신속한 결단이 필요해. 분명히 말해서 긴급 수술이 필요한 말기 증상이야. 지체하거나 주저해선 안 돼."

"그렇다고 해도…… 너무 급격하고 과격해."

지글드가 내뱉은 말은 짧고 예리했다. 다비드도 안다고 끄덕일 수밖에 없는 사실이다.

통합의 대가는 막대하다.

힐트리아 통합시장이란 것을 창조하면 이론상으로는 지극히 건전한 경제활동을 만들겠지. 힐트리아 경제의 통합, 슬로니아 기업의 약진, 경제의 일체화 촉진. 전체적으로 보면 파이를 키우기 위한 최적의 수단이다.

하지만 전체의 파이를 키운다고 해도…… 적응할 수 없는 인간에게는 새로운 시장에서의 자리가 마련되지 않는다.

"연착륙을 목표로 한다고 보기에는 너무 과격해. 너무 빠르다고."

"무슨 말을 하고 싶은 건지는 이해하지만, 필요해."

"필요하다고? 진심으로 하는 말이야?! 당 통치의 정통성은 자주관리에 의한 사회주의 건설이야! 이래선 자주관리에 공공연하게 등을 돌리는 거나 마찬가지야! 이대로 가다간 판도라의 상자까지 열게 돼!"

친구여, 네 의견은 너무 옳다. 다비드는 마음속으로 지글드의 말에 고개를 끄덕였다.

현재의 정책이 힐트리아 사회 전체에 주는 임팩트, 그것은 너무 크겠지.

힐트리아 통합시장 계획을 봐도 당 내부에서 반발 의견이 수두룩하게 나온 것이 좋은 증거다. 하지만 다비드는 지친 마음에 TKP의 니코틴을 강심제로 빨아들이면서 입을 움직였다.

"이것도 느린 수준이야."

"제정신이야? 자주관리 살인의 증가 숫자를 봐. 군의 정치총국이 파악한 것만 해도 상당한 숫자야!"

지글드의 험악한 목소리는 올바른 현황 인식에 기반을 둔 분노겠지.

실제로 힐트리아 통합시장에서 경쟁할 수 없어진 자주관리 기업은 힐트리아에서 금기로 치부된 지 오래된 정리해고나 도산을 선택할 수밖에 없다. 의식주를 모두 기업이 보장하는 사회에서 정리해고란 말 그대로 길바닥에 알몸으로 내던져지는 것과 마찬가지다.

정리해고를 당하는 쪽과 하는 쪽의 긴장은 이미 그럴싸한 말 정도로는 숨길 수 없다.

양심이 있는 인간이라면 우려해야만 하겠지. 증가하는 자주관리 살인의 숫자는 문외한인 군부조차도 눈을 치뜨고 알아차리는 레벨에 도달했다.

"문제라고는 생각하지 않는데. 진, 이 나라의 채무상황에 대해 말을 해볼까."

"뭐? 채무?"

갑작스러운 화제 전환에 당혹스러워하는 지글드에게 다비드는 단적으로 말했다.

"보르니아 때를 떠올리라고 해야 할까."

"그때의 채무 문제라고?"

어느 민족계 기업이 분식회계를 한 끝에 부도를 낸 소동. 보르니아의 스파르타키아드와 관련된 에르나드 사(社)의 사건은 민족문제와도 얽힌 거대한 정치적 대재앙으로 기억되고 있다. 당연히 지금도 당 내부에서는 터부다.

분대의 동료들과 함께 다비드도 지글드도 그 현장에 있으며 모든 것을 목격했다. 그것이야말로 힐트리아라는 배의 밑바닥에 고인 더러운 물이다.

　견고하다고 굳게 믿었던 배가 가라앉기 직전의 단말마. 그걸 보았다는 소리는 알아버렸다는 소리다.

　힐트리아라는 배조차도 기울고 있다고.

　"잠깐만, 설마……."

　"결론부터 말하지. 적자 자주관리조합을 연방이 유지하는 건 불가능해. 그뿐만 아니라 이대로는 당과 국가재정 자체도 와해될 수 있어."

　"그런 상황이라고?"

　놀라는 지글드에게 다비드는 조그맣게 속삭였다.

　"다른 데선 말하지 마. 진정한 의미로 최고 국가기밀이야."

　"뜸 들이지 마. 대체 뭐야?"

　"우리 나라의 대외채무는 공표치보다 훨씬 막대했어. 그 액수는 '국가 예산의 세 배 이상' 이거든?"

　지금이라면 그걸 말하는 순간에 대수롭지 않은 분위기를 가장한 토르바카인 주석의 마음을 이해할 수 있다. 이걸, 이 사실을, 남에게 말하는 것은 너무 괴롭다.

　"뭐……?"

　"말하는 김에 멋진 소식을 하나 덧붙여 볼까."

　장난스러운 어조가 아니면 도저히 입이 움직이질 않는다.

　"우리 나라의 대외채무 총액수는 연평균 20퍼센트의 페이스로 증가하고 있어. 추가로 하나 더 말하자면 외환 거래로."

말도 안 된다고 되묻고 싶었던 거겠지. 순간 이쪽의 눈동자를 들여다보는 지글드의 시선을 다비드는 체념과 함께 마주 바라보았다.

사실이라고 깨닫게 하는 데에는 그걸로 충분했다.

TKP 한 대를 입에 문 채로 지글드의 입은 닫혔다. 잠시 침묵이 흐르고 꽁초가 무너지기 시작할 무렵에 떨떠름한 기색으로 그입이 열렸다.

"극적인 처치가 필요할 만한가."

고뇌로 폐부가 죄어든 남자의 목소리란 이런 것일까.

"그래. 그러니까 이런 거액의 지원을 서방 측에 바라는 꼴이되지."

"하지만 놈들이 제시한 조건을 봤잖아?"

다비드는 수긍했다.

엉클샘이 내놓은 제안은 현재의 확정안이 아니다. 구태여 말하자면 잠정적인 타진안이겠지. 반대로 말하자면 확정되지 않았을 뿐.

부채의 일원화가 끝난 뒤에도 다수의 조언이나 충고라는 명목으로 간섭이 있을 게 확정적이다. 채권자와 채무자의 관계에서 서방은 계약이라는 개념을 특히나 중시한다.

그것 자체는 정당한 권리다. 하지만 이쪽의 사정을 알지도 못하면서, 돈을 빌려준 이상 끼어들 권리가 있다고 믿어 의심치 않는 성향은 솔직히 짜증난다.

"대량 실업은 피할 수 없겠지, 다드. 사람들이 얼마나 실업을 두려워하는지 모르진 않을 거야."

"물론이야."

힐트리아에서 실업이란 의식주를 모두 잃는 거나 같겠지.

자주관리 사회주의란 모든 국민이 어딘가의 집단에 속하는 것을 전제로 하여 모든 사회복지정책이 정비되어 있다.

멋들어진 힐트리아 사회주의 연방공화국 헌법 제1조에 있는 바와 같다.

힐트리아란 '자주관리를 통해 사회주의 체제를 건설하는 노동자의 국가'이며, 노동이란 권리인 동시에 의무다.

"서방 놈들은 자기 나라 기준으로 간단히 정리해고를 입에 담지. 다드, 정말로 알고 있어?"

서방과 달리 힐트리아에서 자주관리조직에 속하지 않는 실업자란 '단기적인 자주적 이직 희망자' 말고 이론상 존재할 수 없고, 장기적 부양 시스템에는 결함이 여럿 방치된 상태다.

"산업구조의 전환이 흡수해 주겠지."

"가능할까? 솔직히 말해서 규모가 규모인데."

"서방과의 합동기업은 실로 유망해. 보르니아 연안부에 유치한 기업들에게는 고용 확대를 기대할 수 있어."

자기 입으로 희망적 관측을 말할 정도로 무능해졌다고 자조하지만, 다비드에게는 자조도 허락되지 않는다. 문제가 없다는 말로 정책을 단행하는 것 말고는 나아갈 길이 없다. 이 얼마나 짜증 나는 일인가.

"그만큼 경쟁도 격화돼. 그래선 보르니아의 전철을 밟을 뿐이야. 코카콜라에 쫓겨난 자주관리단체의 말로를 봐. 거만한 것밖에 모르는 놈들에게 다음 직장이 주어질 리 없어."

"동지, 그건 자주관리에 태만한 자업자득이야."

"제정신이야? 아니, 본심으로 하는 말이야?"

"이데올로기에 따르면 아무 문제도 없어. 각자의 노동 의욕과 공헌에 맞는 결말이지. 그들은 제대로 된 대가를 받은 거야."

지글드가 그만하라는 듯이 손을 쳐들었기에 다비드는 입을 다물었다.

"회사 하나라면 자업자득이라고 웃어넘길 수 있지만, 모든 산업 분야라면 장난이 아닌데?"

지글드의 말이 맞다. 힐트리아의 비효율성. 일에 있는 것은 태만함과 건성함. 모두가 거기에 불만을 느끼는 것은 사실이지만, 사실은 모두가 태만한 노동자다. 바꾸는 보람이 없는 제품을 계속 제조하는 것밖에 모르는, 정해진 일 이외에는 하려고 하지 않는 비숙련 노동자.

조금이라도 노동 효율이 좋을 때는 자신의 벌이가 자기 것이 되는 부업에 종사할 때 정도겠지. 힐트리아라는 사회는 그런 노동 문화에 잠겨 있다.

"어쩔 수 없잖아. 빚은 언젠가 갚아야 해."

"태만했던 자주관리조합이 쓰러지는 것도 어쩔 수 없다고?"

긍정하고 싶지 않지만, 그것이 현실이라는 듯이 다비드는 수긍했다.

"서방에서 쓰는 표현은 좋아하지 않으니까 최대한 쓰고 싶지 않지만…… 구태여 말하자면 콜렉트럴 대미지(부차적인 피해)의 일종이겠지."

"젊은이는 재취직이라도 할 수 있겠지만, 중년, 노년은 어떻게 하지?"

지글드의 질문이야말로 본질을 꿰뚫고 있다.

자주관리단체에서 '경력'을 쌓은 인재가 있을 곳은 놀라울 만큼 적다. 바꿔 말하자면 시장에서 제대로 통용되는 인간은 극히 일부. 이런 문제에 배려할 만한 여유가 당에도, 국가에도 이미 남아있지 않다.

"여태까지의 저금이 있겠지."

"진심이야?"

"스스로에게 거짓말을 할 뿐이야. 그래. 전문가도 아닌 이상, 제대로 된 기술도 없는 중노년의 재취직은 불가능에 가깝겠지."

지글드의 험악한 시선을 이해하면서 다비드도 부끄러움과 함께 말할 수밖에 없다.

"하지만 그 녀석들의 자리가 비면 '청년층'의 실업률은 내려갈 수 있어."

결코 칭찬할 수 있는 말이 아니라는 건 잘 안다.

"잘 들어, 진. 젊은이들에게 자리를 만들어줄 수 있다고."

"자리 빼앗기 싸움을 추천한다고? 어이, 그건……."

"치열한 자본주의의 논리지. 자주관리 사회주의의 논리에 억지로 끼워 넣는 것도 불가능하지는 않겠지만."

코웃음과 함께 날아온 것은 놀라움도 무엇도 아니다.

"그래서, 그 속뜻은?"

똑바로 바라보는 시선 앞에서 다비드는 입을 열었다. 애초에 말할 생각이었던 본심을 토로하는 속내는 참으로 복잡했다.

그래도 말할 수밖에 없다.

"진, 젊은이에게 꿈을 보여주지 못하는 나라는 멸망해."

"뭐?"

눈썹을 찌푸리는 친구는 모른다.

잃을 것이 있는 인간은 자기 이익을 지키기 위해 단결한다. 하지만 진짜로 두려워해야 할 것은 잃을 것이 없는 인간이다. 최악의 위협이라고 할 수밖에 없다.

자포자기의 마음을 먹을 수 있는 존재야말로 분노를 담고 있다. 축적된 감정은 쉽사리 폭발할 수 있다. 거기 담긴 열량은 기존질서를 날려버릴 수 있다.

그 사실이 다비드에게는 두렵기 짝이 없다.

"중노년층은 세상을 그리워하는 정도야. *르상티망의 덩어리들은 한탄하도록 방치하고 치안 체제로 두들길 수 있겠지. 전제주의 당 만세. 하지만 일이 없는 젊은이들은 버거운 폭탄이야. 젊은이의 고실업률이야말로 국가의 대들보를 흔들지도 몰라."

다비드는 지친 얼굴로 말을 이었다.

"그러니까 늙은이들은 치안상의 이유로 울게 한다."

"치안상의 이유? 그거 진심으로 하는 말이야?!"

---

* 르상티망 : 프랑스어로 '원한'. 약자가 강자에 대해 갖는 질투, 시기심을 표현하기 위해 니체가 사용한 단어.

다비드는 지글드에게 분명히 고개를 끄덕여주었다.

"그래, 사회가 혼란스러울 때, 그 사회와 오래 지낸 층일수록 책임을 져야 해. 미래 있는 젊은이를 중시하는 건 사회적 공정에서 볼 때 어쩔 수 없어."

"정론이지만, 결국은 매서운 형벌로 위협하는 정의야."

"인간이란 속되고 약한 생물이거든? 틀림없어."

쓴웃음을 지으면서 다비드도 TKP의 끄트머리를 씹었다.

인간이란 이상주의자가 그리는 것만큼 완벽한 생물이 아니다. 놀랄 만한 선성이 있는 한편으로 한없는 저속함을 겸비한 기묘한 키메라.

다비드가 아는 인간이란 그런 것이다.

"새로운 인류를 창조하려는 당의 시도는 실패했어. 과도한 인간 신앙의 좌절은 인정할 수밖에 없지."

토대, 새로운 도덕규범이라는 상부의 강압은 한계가 있었다.

문제의 상부조차도 스스로를 다스릴 수 없는데 어떻게 윤리나 직업규범을 아래에 강요할 수 있을까? 힐트리아에서 절대적인 공산당이라는 권력이 절대적으로 부패하고, 야당인 포럼을 필요로 하는 지경에 이른 경위를 보면 된다.

문제의 소재는 일목요연하겠지. '공산주의로 인간성을 변화시킨다'라는 아름다운 거짓의 실현은 불가능한데, 그걸 거둬들이지 못한 빚을 청산할 때가 온 것이다.

"그리고 실제 인간에게는 선도 악도 없어. 결국 인간이란 그런 것이겠지."

"맞는 말이지만, 어떤 각도로 보는가에 달렸겠지? 너도 보기에 따라서는 부패한 관리잖아. 아, 세간에서 보자면 너도 나도 똑같나."

지글드의 대답에 다비드는 바로 그렇다는 듯이 힘껏 고개를 끄덕였다.

생각에 따라서 보는 관점이 다를 뿐이다.

무리한 이상을 들이대는 게 아니라 실제로 존재하는 인간을 바라보면 선한 존재인 동시에 자기 욕심도 섞인 존재다. 그런 것이라는 이해가 유일한 최대공약수다.

인간에 대해 틀을 들이대고 거기 맞추려는 생각은 얼마나 오만한가.

여동생에게 '너는 탈보이잖아?!' 라는 말과 함께 총구를 들이댔던 얼간이는 이미 없다. 부끄럽게 여겨야 할 자신이 아직 남아있다면, 이번만큼은 그것들을 걷어차고 때려눕혀야만 한다.

선배들은 힐트리아인을 단번에 새로운 인류로 만드는 공산주의의 장대한 사회실험에 끌어들였다. 그것만 아니었으면, 하는 분한 마음을 금할 수 없다. 어쩌면 현실적인 빨치산조차도 홀릴 정도로 과거의 공산주의가 찬란했던 걸까?

그렇다면 빛바랜 당원증을 늘어뜨린 몸으로선 부러울 따름이다. 지금의 당은 완전히 부패하여 '타도해야 할 사악'이나 마찬가지다.

어떻게 과거의 사람들은 당을 그렇게 믿을 수 있었을까?

"하지만 그것이야말로 올바른 힘의 근원이기도 했지."

다비드가 흘린 발언을 들은 지글드는 의아한 표정을 지었다.

"올바른? 무슨 이야기야?"

"건국의 선배들이 한 노력 말이야. 신화를, 당에 대한 신뢰를 창조하려는 의도는 훌륭했어. 그 선견지명을 칭송해야 하겠지."

"빨치산 신화 말이야?"

그게 대체 어쨌다고? 라고 말을 이으려던 지글드는 거기서 눈썹을 찌푸리고 뭔가 깨달은 듯이 입을 다물었다.

"신화, 신화로 결속시키려는 의도가 올바르다고? 잠깐만, 그 말이면…… 이런 상황에서…… 아니, 어이, 설마?"

"설마? 설마 뭐?"

다음 말을 재촉하자 돌아온 것은 지글드의 아연실색한 표정.

뭐, 그럴 수밖에.

당에 대한 신뢰 따윈 힐트리아에서 제일 먼저 청소된 요소니까, 그것을 창조한다는 것은 허언으로 들리겠지.

"새로운 신화를 날조하겠다는 소리야?!"

"연착륙을 시도하려면 그것밖에 없어."

신화의 효능이 흐려지고 신비가 약해졌다면 대처법은 오직 하나. 재창조라는 것은 딱히 이상한 이야기도 아니겠지.

당에 대한 신뢰가 흔들린 것은 신화가 사라졌기 때문이다.

그렇다면 단순하다. 다시금 신화를 만들면 된다.

힐트리아인을 위하는, 정통성 있는, 번영을 약속하는 당. 당의 재생에 전원이 참여한다는 환상을 뿌리자. 옛말에서 이르길, 필요는 발명의 어머니다.

전설이, 신화가 필요하다면 그것은 공급되어야 한다.

"신화로 만들 만한 게 뭐가 있지? 그런 건 어디에도 없어."

"당의 재생에 힘이 될 만한 것이라면 있지. 마침 딱 좋은 게."

그런 게 있다고? 라면서 의아해하던 지글드의 표정에 이해의 빛이 떠올랐다. 말의 흐름에서 희미하게 알아차리고 있었겠지.

녀석의 걱정은 정곡을 찌르고 있다.

포럼이라는 키메라를 창조하는 것이다. 야당을 만들어낼 수 있다면 재생을 위해 적당한 신화도 만들어낼 수 있다.

"힐트리아 민주개혁 포럼을 활용하는 거야?"

"그래. 그건 유용한 도전자야."

"무슨 생각을 하는 거야?! 당의 정통성은 일당독재의 이론으로 뒷받침된 자주관리 사회주의의 건설 말고 있을 수 없어!"

"이봐, 진. 그런 말을 진심으로 믿는 건 아니겠지? 나도 너란 남자를 이해하고 있다고 생각하는데."

"그건……."

그의 말문이 막혔을 때 다비드는 결정적인 한마디를 지글드에게 던졌다.

"풍요로움을 약속할 수 없는 당이란 뭐지? 너, 그 의의를 설명할 수 있어?"

"하지만, 그건, 하지만!"

모두가 바라는 꿈.

풍요롭고 평화롭고 온건한 하나의 힐트리아.

푸른 하늘 아래에서 형제들과 함께 걷는다는 이상.

형제애, 융화, 하나의 집.

'집'이다.

힐트리아라는 집에서 형제가 사이좋고 풍요롭게 산다는 꿈.

"아름다운 이상은 지금에 와선 시대착오적 산물이야. 그러니까 요즘 방식으로 재생한다."

신뢰는 빛을 잃고 풍화된 지 오래이다. 남은 것은 풍요로움에 대한 갈망뿐. 서방의 번영에 끌리는 충동은 이미 참기 어려운 갈증과도 같다.

식어버린 꿈은 공허함만을 남긴다. 그 반동도 있어서 썩은내가 코를 찌르겠지. 힐트리아란 국가의 미래는 경제와 당의 재건에 걸려있다.

"당이 약속한 번영과 영광의 미래는 오리무중 너머에 사라졌어. 그럼 지금 다시금 힐트리아 인민의 힘으로 '구조적 곤란'을 타개해야만 하지."

"잠깐만, 경제정책에 단순한 개혁을 하는 게 아니라…… 당 그 자체를 체질부터 근본적으로 고칠 생각이야?!"

"정답이야, 진."

TKP를 태우며 다비드는 조금 멋쩍음을 담아서 마지막 희망을 말했다. 그 근원과 구조를 다 밝혔으면 신화 창조란 자화자찬일 뿐이다.

"그러기 위해서라도 기계장치의 신을 강림시켜야겠어. 그리고 당을 개혁한다. 반대자는 모두 '적'의 수하로 몰면 돼."

포럼의 수하가 당에 숨어들었다고 연호하면 된다. 비리에 대처하기 어려워하는 당원들도 자신의 기득권이 위협받는다면 서둘러서 움직일 정도의 지혜는 있다.

위험한 도박이지만, 그것 말고 현재 상황을 바꿀 수 없다면 할 뿐이다.

"데우스 엑스 마키나? 마음대로 써먹을 수 있다는 그거?"

"바로 그거야. 〈데우스 엑스 마키나〉 계획이란 것을 입안했어. 의외로 못 써먹을 것도 아니더라고. 힐트리아 공산당의 발버둥이란 것도."

몇 초 동안 침묵한 끝에 지글드는 의심하듯이 입을 열었다.

"〈힐트리아 민주개혁 포럼〉이 〈데우스 엑스 마키나〉 계획이란 것과 얽혀 있단 소리로군?"

"정확해. 진, 그걸 잘 활용하면 현황에 대한 여러 문제의 해결이나 완화를 기대할 수 있겠지."

"도저히 제정신으로 할 소리가 아니야."

지글드는 거친 어조로 단언했다.

"그렇긴 해도 놈들은 본질적으로 '다당제'를 전제로 한 변혁 노선의 신봉자라고! 민족주의, 분리주의의 온상이잖아?!"

목소리에 배인 혐오와 공포.

확실한 적의를 숨기지 않고 지글드는 단언하여 내뱉었다.

"허락된 일선은 이미 넘었어! 그걸 이용할 수 있다고 진심으로 생각하는 거야?"

"합법적인 반체제파란 쓰기에 따라서는 유익하겠지."

적어도 다비드 에른네스트 대통령처럼 무장 봉기는 하지 않는다. 그것만으로도 힐트리아 민주개혁 포럼의 이성이나 인내력은 칭송받아야만 하겠지.

야당으로서 훌륭한 역할을 다해 준다. 공공연하게 박수를 보내진 않지만, 체제 내 개혁을 지향하는 그들을 다비드는 진심으로 응원하고 경의조차 품고 있다.

"형식적으로는 합법이지만…… 잠깐, 다드, 이 말에 대답해."

"물론."

똑바로 응시해오는 그 시간은 사실 정말 짧았다.

하지만 말없이 바라보는 지글드의 눈동자를 앞에 두자, 꽤 오랜 시간 동안 그 앞에 서 있는 착각마저 품었다.

"예방접종인가? 아니면 말라리아 요법 같은 건가?"

웃고 싶어질 정도로 적절한 질문이다. 그것까지 순식간에 이해했나 싶어서 다비드는 뻣뻣하던 표정을 무심코 풀며 끄덕였다.

"아주 좋은 질문이야. 진, 이해했겠지? 즉, 그런 노선이야."

힐트리아 공산당의 여러 문제를 지적하는 〈힐트리아 민주개혁 포럼〉이야말로 힐트리아 공산당의 구세주가 될 수 있다는 역설적인 전개.

"유용한 도전자라고 할까……. 서방식으로 말하자면 책임 있는 야당이겠지?"

"제정신이야?!"

"반체제파라는 독도 복용량에 따라서는 약으로 쓸 수 있어."

물론 극약이다. 양이 조금이라도 틀리면 치명적인 독약이 되겠지. 의도적으로 다 먹어치운다면 그만한 이유가 있다.

"당의 체질을 바꿀 필요가 있어. 고일 대로 고인 고름을 한꺼번에 짜내려면, 괴롭더라도 극약 정도는 먹을 수밖에 없어."

이건 정말로 극단적인 치료법이다. 상식적으로 볼 때 시도될 일도 없는 치료법이다. 이것 외에 치료법이 없다고 단언하는 토르바카인 주석도 조국의 현황이 이 정도로 급박하지 않으면 주저할 일이겠지.

한 번 부숴버린 적이 있는 다비드도 간신히 단언할 수 있다. 그것밖에 없다고.

"그러니 뭉개려고 하지 않는 거로군. 제길, 그런 속셈이었나."

"병이 나을 가능성이 사라진 지금, 선택의 자유는 없어. 힐트리아라는 환자를 구하려면 수단을 가릴 사치를 부릴 수 없어."

고개를 끄덕이려던 지글드는 그때 다시금 고개를 갸웃거렸다.

"힐트리아? ……어이, 당은?"

입 밖에 내고 보니 의문이 실존으로 변화하는 모양이다. 이쪽을 노려보는 시선에는 틀림없이 힐난의 빛이 묻어 있었다.

다비드가 말없이 담배를 태우며 모르는 척하려고 해도, 그렇게 놔두지 않겠다는 심상찮은 결의가 있는 걸까. 한두 마디 말을 더한다고 해도 그리 장황하지도 않을 텐데.

지글드 녀석, 언제나 본질을 후벼 파는 녀석.

"우리는 힐트리아인이야. 진, 우선순위는 명확해. 물론 가능하다면 양립하길 바라지만."

우선순위라고 말했을 때, 다비드는 입에 물고 있던 담배를 열차 바닥에 떨어뜨리고 구두를 짓밟아 껐다. 여기까지 말했으니,

주저하기보다도 끝까지 말하는 편이 정직하겠지.

"너도, 나도, 무엇보다 먼저 힐트리아인이야. 공산당원들도 다 그렇잖아? 당원이기 전에 힐트리아인이야."

레일 위에서 열차가 흔들리는 가운데, 놀란 진의 표정이 서서히 이해의 빛을 띠며 변했다.

"그런가, 그런 소린가. 넌 최악의 경우, 정말로 갈 데까지 가면…… '정권 교체'를 일으킬 생각인가?!"

"그래."

그렇게 물으면 가능성을 부정할 수 없다.

"그렇게 될까?"

"솔직히 지금 당장 그러고 싶은 건 아니야. 우리가 노쇠할 때까지는 변할지도 모르지만."

진의 질문에 대한 대답은 평범한 것이다. 너무 많은 것이 변할 테니까, 가능하다면 당의 재건을 바랄 수밖에 없다. 불확실성이 너무 높은 정권 교체는 현시점에서 허용할 수 있는 리스크를 아득히 뛰어넘는다. 다만 정권 교체가 가능할지도 모른다는 '가능성'을 준비해두는 편이 연착륙에는 결정적으로 도움이 된다.

"목적은 그 가능성을 슬쩍 내비치는 것에 있어. 위협을 부채질하고 당의 기강 단속을 도모할 생각이야. 동시에 경제 재건을 가속시켜서 당에 대한 신뢰 회복을 목표로 한다."

"그게 가능할까?"

"해야만 해."

필요라는 두 글자가 모든 것을 설명해 준다.

그 말이 너무 짧다면, 국가성을 유지하기 위해 불가결한 '통일의 논리'가 보충설명의 자리를 떠맡겠지.

형제애와 통일의 이념이 흔들려선 안 된다.

힐트리아인이란 힐트리아라는 국가가 있기에 존재할 수 있다. 그 반대 또한 참이다. 힐트리아라는 국가는 힐트리아인이 있기에 존재한다.

공산당은 중요하지만, 국가에 비하면 결국 부차적인 산물에 불과하다.

통치구조에 불과한 당이 직면하는 리스크와 힐트리아라는 푸른 하늘 아래에 있는 집의 리스크를 놓고 보면, 후자에 대한 배려가 우선되는 것도 자명하겠지.

그래도 힐트리아 공산당과 힐트리아라는 국가성이 일체화된 현재 상황에 동요를 부르는 것이 너무 위험하다는 것도 엄연한 섭리다.

언젠가 공산당도 지배정당에서 여당이 되고, 마침내 야당으로 전락할지도 모른다. 하지만 지금은, 아직은 적절한 시기가 아니다. 혼란기에 동란을 일으킬 수는 없다. 지금 시점에서는 당을 최대한 지켜야만 한다.

"일단 확인하겠는데…… 주석 동지의 의향은?"

"주석 동지의 성격도 다소 알지? 전혀 모른다고는 하지 마."

필요하다는 이유가 토르바카인 주석에게 모든 것을 설명한다. 그분은 필요하다면 주저할 줄을 모른다.

덧붙이자면 힐트리아인이기도 하다.

그것들을 이해할 수 있는 인간이라면 주석 동지의 생각을 이해하기란 결코 어렵지 않겠지.

　"어쩐지, 라고 할까……. 힐트리아 경제권 대통합을 추진하는 완강함은 맹렬한 반발을 낳을 터였어. 왜 단행하는가 의심스러웠는데, 배경 사정이 겨우 이해된 느낌이야. 연방 레벨로 정치도 경제도 겨루게 하려는 건가."

　"안 그랬으면 밟아버렸을 터인 분리주의가 다시 일어나겠지. 슬로니아를 흡수하고 힐트리아라는 경제권을 만들어낸다. 일석이조의 묘수였어."

　"반동을 무시할 경우의 이야기지만. 이걸 봐."

　그렇게 말하자마자 지글드가 꺼낸 것은 코카콜라. 서방의 소비문화를 상징하는 청량음료로, 현재 보르니아 시장을 석권하는 압도적인 경쟁력의 상징.

　"보르니아 시장이 석권되었어."

　새빨간 코카콜라는 공산권인 힐트리아에 신기하게도 어울리지 않는다. 그렇다기보다도 존재감을 과하게 드러내고 있다.

　그것은 색깔 이상으로 서방을 상징하겠지.

　"머지않아 힐트리아 전체에 커다란 점유율을 쥘 거야. 확정된 미래라고 할 수밖에 없어. 무엇보다도 품질이 좋아."

　"좋다는 표현은 좀 과소평가겠지. 적어도 친애하는 지글드 동지의 참뜻을 표현한다고는 생각되지 않아."

　"다드, 너치고는 예리하군. 정확하게 말하자면 이건 '너무 좋아'."

단숨에 마시고 쓰레기통에 내던지자마자 지글드는 투덜거리는 목소리로 한탄했다.

"한마디로 하자면 경이적인 브랜드 가치야. 모두가 탐내는 물건이고, 제대로 공급되기만 하면 다른 상품이 설 곳이 없어. 경쟁이 실업자를 낳는다고 말했지?"

말끝에 꼭 그렇게 불평을 넣을 것도 아니겠지. 사실 다비드도 경쟁이 힐트리아 경제에 가져다주는 장단점을 이해하고 있다.

솔직히 말해서 태반의 힐트리아 기업에 있어 세계경제와의 경쟁은 가혹하기 이를 데 없다.

서방에 수출해서 외화를 버는 자주관리조합이 아닌 이상, 뜨뜻미지근한 환경에 적응해버렸으니까 당연하다. 슬로니아계나 극히 예외적인 소수 단체를 제외하면 힐트리아 국내시장의 통합 따윈 환영할 리가 없는 게 실태다.

결과적으로 정통파 이론의 해석자를 자임하는 당내 좌파에 이르러선 자본의 독점을 부른다고 토르바카인 주석에 대해 큰 반발을 숨기지도 않는다.

"군은 스파르타키아드 대회 전후의 일을 잊지 않았어. 우려 끝에 최근까지 전용 진압부대를 준비했을 정도거든?"

"결과론이지만 잘한 일이겠지. 괜히 걱정했다고 기뻐해야 하지 않을까?"

"솔직히 기쁘지 않아."

내뱉는 지글드의 목소리에 담긴 것은 숨길 수 없는 피로였다. 야유를 담아서 뻔뻔하게 말하는 건 평소와 같지만, 그 말이 날카롭지 못하다.

"그렇다기보다도 기뻐할 수 없다는 게 실태지."

"이유를 들을 수 있을까?"

"단순하잖아? 지금의 평온은 반대파를 〈힐트리아 민주개혁 포럼〉이 흡수했기 때문에 불과해. 놈들의 세력 확대를 지금은 눈 크게 뜨고 지켜보고 있지."

"그래. 힐트리아 내부의 개혁파지."

지글드는 다비드를 잠시 바라보다가 쓴웃음을 지었다. 그는 이해했다는 뜻을 말이 아니라 태도로 보인 것이다.

"보는 방향에 따라서는 중장기적인 분열의 새싹을 뽑았다고도 할 수 있나."

"그렇지!"

"그게 토르바카인 주석이란 분의 본심이란 소리군."

지글드의 말이야말로 적절한 평가라고 해야겠지. 적을 키우는 것처럼 보이면서 사실은 힐트리아라는 국가를 보강하고 있다.

"독은 복용량에 따라서는 약도 될 수 있지. 그 반대도 참이라 고 해야 할까."

불평불만을 흡수해서 체제라는 틀에 손상이 나지 않을 정도의 완충제가 되어 준다. 공산당의 일당 지배를 속으로 못마땅해 하 는 인간을 평온하고 준법적인 체제 개혁운동에 흡수한다는 사실 은 정치적 대성과다.

자랑스러운 마음으로 과시하는 부류가 아니더라도 훌륭하다 고 할 수밖에 없다.

"그 판을 네가 짰다고?"

"나 혼자는 아니야. 이렇게 되면 일종의 단계설이 제시하는 역사적 필연이기까지 하지."

"어찌 되었든 참여했다는 것은 부정하지 않는군."

모호하게 웃을 수밖에 없는 질문이다.

토르바카인 주석의 의향, 다비드 자신의 경험이나 관찰 결과를 담아서, 둘이서 만들어낸 플랜이라는 게 실태겠지.

"그렇긴 해도 경제 개혁으로 격통을 앓게 하고 진통제 대신 포럼이라는 환상을 준단 말이지. 이런 당근과 채찍도 또 없겠군."

"저항운동이 개별로 과격화하는 것보다는 어느 정도 온건한 대책이라고 생각하지 않아?"

"사기꾼의 솜씨야."

툭 내뱉은 한마디 말이야말로 진리였다.

"공산주의를 믿지도 않는데 공산주의 이론으로 일을 성사한다. 진, 그건 너도 나도 거짓말쟁이나 사기꾼이 되어야만 한다는 거지."

"맞는 말이야."

거짓 이상을 추구하다가 거짓말쟁이로 가득해진 당 조직에서, 방편뿐인 이론을 말하며 인공 신화를 창조한다. 그런 짓을 하는 것은 종교가나 노멘클라투라나 정치가다.

공산주의라는 교리를 사칭하여 고급 당원으로 정치에 참여하는 노멘클라투라라면 그 셋을 겸비한 최악의 존재가 될 수 있겠지.

"으음, 너 참 대단한 악당이야."

"최고의 칭찬이야. 솔직히 노멘클라투라 따윈 못 해먹겠어."

"그 말 맞네!"

수화기를 내려놓자마자 카넬리아는 조금 밝은 목소리로 투덜거렸다.

"하아, 남편이라는 인간이…… 겨우 돌아오네."

"언니?"

"아, 타나, 다드 말이야, 다드."

방에서 얼굴을 내민 시동생에게 카넬리아는 어깨를 으쓱이면서 방금 받은 전화에서 들은 내용을 설명했다.

"드디어, 겨우, 돌아온다는 전화."

단신부임, 장기출장, 나아가서 야간의 갑작스러운 호출 등으로 바쁜 다드지만, 최근은 집에 전화해 준다는 습관을 익힐 정도로 성장했다.

뭐, 카넬리아로서는 군 생활의 연장에 가깝다.

"사과할 수 있게 된 것은 칭찬해 주겠지만, 저녁은 필요 없다고 덧붙이는 점에서 아직 반성이 필요해."

"그럼 우리뿐이네요."

"그런 거야. 뭐, 네가 나가게 되면 나뿐이지만."

카넬리아는 절레절레 고개를 내저으며 한숨을 내쉬었다.

실제로 동거하던 타나가 이사한다는 소식에 대해서도 다드는 그러냐는 반응밖에 없었던 것이 마음에 걸렸다.

"어찌 되었든 네 송별회는 내일 이후에 하겠네."

"송별회인가요?"

"그래. 새로운 하숙집을 찾은 것도 인연이니까, 저쪽 가정을 초대해서 밥이라도 먹을까 하는데……."

"오빠가 없는 건, 분명히 조금 그러네요."

수도의 주택 사정은 여전하다. 아니, 개선은 되고 있다고 카넬리아도 인정하긴 한다. 토르바카인 주석의 시정 방침이 민정에 힘을 실어주기도 해서, 주택용 콘크리트 자체의 공급량은 눈에 띄게 늘어나고 있다.

하지만 새롭게 지어지는 건축물들의 중심은 '가족 세대용' 집이다. 그쪽이 아무래도 우선된다. 결과적으로 신축주택이 늘어나도 수도에서 독신자들의 주거 부족은 여전히 심각하다.

연고를 활용하라고 말하지는 않겠지만, 그래도 집 찾는 것 정도는 도와주리라 기대했는데, 다드는 여전히 일, 일, 일뿐.

저쪽과 인사하는 자리에도 결석한다면 정말 골칫거리다.

"네가 알아서 해결해줘서 다행이야. 정말로 다드는 이런 쪽으로 도움이 안 되어서 미안해."

"어쩔 수 없잖아요. 그 오빠니까요."

"맞는 말이네."

지방에서 상경한 학생에게 주거 문제는 큰 골칫거리다. 타나만의 이야기가 아니지만, 지인의 집에서 대학에 다니는 일은 드물지 않다.

"하지만 정말로 괜찮겠어? 그냥 여기서 다녀도……."

신혼부부를 방해하면 안 된다며 사양하는 시동생을 카넬리아가 억지로 이 집에 부른 것은 그런 사정을 잘 이해하기 때문이다.

이런저런 사정으로 타치야나의 하숙집 찾기는 조금 더 시간이 걸릴 거라고 생각했는데…… 의외로 쉽사리 찾은 모양이다.

"괜찮아요, 언니. 저도 더 이상 신혼부부를 방해하고 싶지 않으니까요."

"어머, 타나도 참. 그런 말 안 해도 되는데."

카넬리아는 짜증내듯이 머리를 쓸어올리면서 반해버릴 정도로 멋진 미소를 머금고 고개를 갸웃거렸다.

"어차피 그 바보 다드는 돌아오는 날 자체가 드무니까."

다드란 녀석은 집을 내팽개치는 성질이 있는 모양이다. 더 좋게 말하라면 여러 일을 병행해서 처리할 수 없는 기질이겠지.

일을 내팽개치지 않고, 적당히 할 줄 모르고, 그리고 남에게 떠넘기지도 못하는 타입.

사랑이 없다면 바로 이혼장을 던져줘야 할, 한심한 가정인이라고 할 수밖에 없다.

"결혼한 그날부터 수상하다고 생각해야 했어."

"신혼여행을 일 때문에 날려버린 이야기 말인가요?"

"그래, 그거. 그 바보, 그 이후로 전혀 신경 쓰지 않으니까 어떻게 이런 사람이 다 있나 싶어."

"왠지 본인은 카나 언니를 신경 쓴다고 쓰는 모양이던데요."

"그게?"

"예, 그게."

놀라서 시동생을 바라보자, 그녀는 사실이라며 기막힌 표정으로 말해 주었다.

참 못 써먹을 남자라고 쓴웃음을 지었다.

다드의 기질은 카넬리아 자신이 잘 알고 있다. 서툴기 그지없다. 개인으로서는 최악의 가정인에 가깝다. 세간에서는 우수한 노멘클라투라라고 평가하지만, 가족이 보기엔 어수룩한 모습을 숨기지 못한다.

눈치 좋은 말 한마디도 들은 기억이 없다.

"기가 막혀! 나는 너랑 차 마신 적이 더 많다고!"

"어쩔 수 없어요, 수도에서 일하는 언니랑 달리 그 오빠는 지방을 뛰어다니고."

"그런 말을 해 주는 점에서 넌 참 좋은 동생이야……. 아예 다드를 혼자 살라고 하고 나랑 같이 안 살래?"

다드의 여동생도 변명하는 데 한계가 있겠지. 쓴웃음을 짓는 타나의 표정을 보면 속으로는 오빠를 더 변명해 줄 수 없음을 안다는 게 보였다.

"정말 매력적인 말이라서 조금 두근거렸어요."

밝게 웃는 시동생의 모습은 정말로 훈훈하다. 솔직히 그 얼간이 다드도 조금 더 진심으로 웃으면 좋을 텐데.

카넬리아는 마음속으로 쓴웃음을 지었다.

아니, 정직하게 말해서 솔직한 다드는 침대 안에서만 있으면 되겠지.

"뭐, 생각이 바뀌거든 언제든지 말해줘."

"하지만, 으음……. 사실은 그냥 혼자 살아보고 싶은 거니까요. 독신생활을 만끽하다가 돌아오지 않을 것 같은데요?"

'또 그런 소리 한다'는 심정으로 카넬리아는 끼어들었다.

"있잖아, 카나. 다드가 마음에 안 들 때가 얼마나 있어?"

"별로 없는데요."

태연히 대답하는 시동생은 정말로 대단하다. 에른네스트 가문의 핏줄이구나 싶어서 카넬리아는 속으로 쓴웃음을 지었다. 조금 전의 말을 수정해야겠지. 본인들은 결코 인정하지 않지만, 꽤 닮은 남매다.

"그래, 별로 없나."

"솔직히 2학년이 되었고…… 혼자 살아볼까 싶어서."

"아하하하, 혼자 살아야 할 건 네가 아니야, 다드야, 다드!"

그렇게 말하고 카넬리아는 크게 웃음을 터뜨렸다. 진지하게 말해서, 그 오빠와 같은 피를 이었다고 생각되지 않을 정도로 똑 부러지는 여동생이다.

독립하려는 마음만 해도 칭찬할 만하다.

실제로 카넬리아는 집안일이든 학업이든 타나가 얼마나 잘 노력하는지를 가까이서 지켜보았다. 집에 돌아오자마자 침대에 쓰러져서 잠만 자는 남편과는 자립한 정도가 전혀 다르다.

다드에게 장점이 있다고 생각하는 것은 자신 정도겠지.

반한 사람이 지는 정도가 아니다. 함께 걸어갈 각오가 필요할 만큼 다드라는 한심한 남편도 참 드물다.

"오빠 말인가요?"

"그래."

"그러네요……. 그럴지도요."

카넬리아는 고개를 끄덕였다.

"이야기를 되돌릴까. 어어, 대학 쪽은 어떤 느낌?"

"그냥저냥이요."

타치야나는 말을 이었다.

"최근에는 서클 활동도 재미있어졌어요. 뭐, 남자 쪽은 조금 근성이 없어서 미묘하지만요."

"청춘이네."

"예?"

"아니, 난 사관학교 출신이잖아? 그런 불평을 하기 전에 교관에게 걷어차이기만 했으니까……. 데이트 한 번만 해도 일요일 외출을 맞추느라 고생이었고."

생각해 보면 지금과 큰 차이가 없구나 싶어서 카넬리아는 탄식했다.

"그 벽창호는……."

"하하하하하."

"뭐, 인연이란 것도 있으니까 사이좋게 지내."

알았다고 끄덕이는 시동생은 너무 똑똑한 거 아닐까?

"아아, 네가 나가면 역시 적적해지겠어. 어쩔 수 없지, 오늘 저녁에는 바보도 포함해서 성대하게 마셔볼까!"

제3장 힐트리아 민주개혁 포럼

졸음을 느낄 수 있는 동안에는 아직 건강한 것이다.

자다가 억지로 깨게 되는 건 언제든 불쾌하다.

"다드! ……일어나!"

누군가가 자신을 부르고 있다.

"다드! 다드!"

부탁이니까 조금만 더. 오랜만에 겨우 편안히 자고 있어. 몇 분만 좀…….

목소리의 주인이 짜증내듯이 부르지만, 의식은 이미 오래전에 가라앉았다.

작은 한숨소리와 함께 고요함이 회복되고 다비드는 평온한 수면의 권리를 되찾았다는 듯이 베개에 머리를 묻었다.

하지만 다음 순간 조건반사적으로 펄쩍 일어나게 되었다.

"기상, 다비드 후보생! 세르비우스 초장에게 차이고 싶어?!"

몸에 밴 감성이 베개에 파묻히려던 다비드의 의식을 불러내자마자 군화를 찾아서 침대에서 튀어나왔다.

어디지? 잠깐만, 잠들기 전에 내가 장구류를 어디에…….

"안녕, 잠 깼어?"

간신히 다시 돌아가기 시작한 뇌가 여기는 사관학교의 막사가 아니라는 사실을 뒤늦게나마 인식시켜 준다. 그리고 자신을 바라보는 것은 카넬리아의 맑은 눈동자. 하지만 미소를 머금은 그것은 분명히 분노의 빛을 띠고 있었다.

다비드는 잠시 생각에 잠겨서 떠올리기 시작했다.

싱기두눔으로 돌아와서 자택에 온 순간, 카넬리아가 먹인 술 때문에 쉽사리 잠에 빠졌던 모양이다. 메이커를 보면 도수가 별로 높은 것도 아닐 텐데, 묘하게 지쳤던 게 문제였겠지.

침대에서 자고 있었던 것을 생각하면, 타나랑 둘이서 침대까지 데려다준 걸까? 가족끼리 단란한 시간은 고사하고 추태를 부렸던 모양이다.

"안녕, 카나."

"그래, 겨우 눈 떴네, 늦잠꾸러기. 당신, 출근 안 해도 돼?"

"어?!"

벽걸이 시계는 이미 출근 시간. 카넬리아가 깨우지 않았으면 다비드는 출근하지도 않고 쿨쿨 잠만 잤을 게 틀림없다.

"서둘러 준비해. 차, 와 있으니까."

"잠깐, 잠깐만! 넥타이가 어디 있는지……."

"으으, 진짜! 매줄 테니까 얼른 가방 준비해! 정신 차려!"

그러면서 아내가 넥타이를 매주는 것이 석연치 않았냐고 묻는다면 사실이긴 했다.

허둥대면서 간신히 차에 올라탈 수 있었던 것도 카나 덕분이라는 사실은 다비드 자신도 이해하고 있다. 힐끔 손목시계를 볼 것도 없다. 꽤 아슬아슬할 때까지 늦잠을 잤겠지.

쌓였던 피로가 모두 빠져나간 건 아니지만, 오랜만에 사람다운 마음으로 아침을 맞을 수 있는 것은 신선한 기분이다.

다소 차가 흔들리는 힐트리아의 도로 사정도 '지쳐서 조는' 상태가 아닌 만큼 오랜만의 감각이다. 이런 기분도 그렇다고 쓴 웃음을 지을 수 있을 정도로 인간다운 감성이 있었다.

"저녁밥 정도는 같이 먹을 수 있지?"

"그래, 오늘은 그리 바쁜 일도 없을 테니까…… 괜찮겠지."

그런 밝은 하루가 내일도, 내년도 오리라고 믿고 싶은 것이 본심에서 나온 바람이다.

대수롭지 않은 대화.

대수롭지 않은 약속.

대수롭지 않은 일상.

지켜야 할 보물이 여기에 있다.

"그럼 타나의 이사 축하라고 할까, 출가 모임 같은 걸 할 테니까 비워놔."

"잠깐, 잠깐만."

"왜?"

되묻는 카넬리아의 얼굴에는 유쾌함 어린 웃음. 이럴 때의 카나는 조금 무섭다. 혹시 어젯밤에 말했던 걸까?

"아니, 타나가 하숙할 곳이 정해진 거야?"

"그래. 당신이 도움이 안 되었지만……. 뭐, 찾았어."

"그래. 정해져서 다행이네."

"정말이야. 자기 힘으로 찾았으니까 대단해."

다비드는 무심코 놀라움을 표정으로 내보였다.

"허어, 의외로 어떻게든 되는군."

"그래, 어떻게든 '하는' 거야."

"오늘 저녁에는 시간 꼭 비울게."

꼭 그러라는 말이 돌아왔을 때는 딱 당 기관 앞이었다. 저녁 약속만 확인한 뒤, 등정하는 직원들의 흐름에 섞여서 다비드와 카넬리아는 각자 자기 일터로 향했다.

다행스럽다고 해야 할까, 지각은 아니었다.

싱기두눔 관청가의 아침은 그렇게 일찍 시작되지 않는다. 오피스에 얼굴을 내비치고 몇 가지 급한 결재를 처리하면 딱 좋은 시간대가 된다.

점심을 먹으러 밖에 나가는 직원들의 모습이 창밖으로 간간이 보이는 시간이었다.

힐끗 벽시계를 보니 선약 시간까지 딱 적당히 남았다.

"잠깐 개인적인 일로 외출하지. 그대로 돌아오지 않고 퇴근할지도 몰라. 무슨 일이 있거든 차내 전화로 부탁해."

"알겠습니다. 운전수를 붙일까요?"

"아니, 됐어. 여동생이 다니는 대학에 갈 뿐이라서, 그대로 퇴근할 수도 있으니까. 도무지 공무라고 하기 힘든 일이야. 적어도 내일 아침까지 차도 돌려놓겠다고 전해줘."

"알겠습니다."

그렇게 답하는 스태프에게 뒷일을 맡기고 다비드는 차고로 향해서 스스로 차의 핸들을 잡았다.

타치야나가 다니는 대학에는 얼굴을 내밀 구실도 만들기 쉬운

게 다행이었다. 스스로 차를 운전할 이유도 가족 사정이라고 둘러대면 의외로 간단하다.

게다가 실제로 대학에 일이 있는 것도 거짓말이 아니다.

당 조직을 통하지 않고, 국제법 전문의 권위자 윈텐가르 교수와의 약속을 몰래 잡는 것은 꽤 힘들었지만, 그럴 만한 가치가 있겠지.

몰래몰래 무슨 짓을 하는지 싶은 마음도 있지만…… 당 내부에서의 자문이란 애초에 비밀유지를 기대할 수 없다.

귀찮게도 외부 사람을 더 신용할 수 있다는 것은 현실이다. 꽤 많아진 한숨을 흘린 뒤 다비드는 차를 주차장에 세우고 대학 구내로 발을 옮겼다.

힐끔 손목시계로 시선을 향하니 미묘한 시간.

그만큼 여유를 갖고 나올 생각은 아니었지만, 대학 캠퍼스를 구경할 정도의 시간이 있다는, 꽤 어정쩡한 시간이었다.

"좋은 기회니까 좀 걸어볼까."

마침 잘됐다고 마음을 먹고 다비드는 걷기 시작했다.

"오오, 잔디 위도 걸을 수 있군."

대학 캠퍼스는 좋든 싫든 폐허밖에 몰랐다. 솔직히 말해서 그만큼 신선하다. 지뢰밭도, 저격병도 없는 캠퍼스. 다비드 같은 존재에게 평시의 대학이란 것은 기억하는 미래와 다른 것들뿐이라서 꽤 당혹스러웠다.

솔직히 말하자면, 다비드는 싱기두눔 안의 캠퍼스를 하나도 좋아하지 않았다.

감각이라기보다는 기억에 따른 것이다. 정말이지 뿌리 깊다 싶어서 쓴웃음을 지어도, 위화감과 당혹스러움은 씻어내기 힘들다. 본질적으로 소란의 자리라는 기억은 너무 강하다.

지금 걷는 수도의 캠퍼스는 유리창에 탄흔이 있는 것도, 시체가 매달린 것도 아니다.

오가는 학생들 사이에는 서로 원한이 있는 듯한 거리감은 없다. 부자연스럽게 집단으로 분리하고, 적의와 경계심을 키우며 분열하는 조짐은 전혀 보이지 않는다.

대학에서 일어나는 자주관리 살인의 건수는 힐트리아 안에서도 특이나 낮고, 질서와 안정이 엿보인다……라고 호의적으로 보는 것도 가능하겠지.

"타나의 대학생활도, 뭐, 그런 의미로는…… 좋은 시기겠지."

여동생의 학교생활을 자세히 아는 건 아니지만, 제대로 된 학교생활을 즐길 수 있다는, 사치스러운 과실을 맛볼 수 있을 게 틀림없다.

오늘 아침에도 가방을 한 손에 들고 의기양양하게 대학으로 가는 모습을 보았다. 그 뒷모습을 보면 대학생활을 즐기고 있으리라는 짐작도 간다. 부탁이니 무사히 평온이 계속되었으면 싶다. 부모님도 그걸 바라겠지.

"이것도 힐트리아인가."

슬프게도 한 꺼풀 벗기면 진흙 같은 고름이 고여 있다는 것을 다비드는 결과론을 통해 알아버렸다. 모두가 이상해지는 폭풍이 몰아친 날의 일은 지금도 극명하게 기억하고 있다.

어떻게, 어떻게 그것을 잊을 수 있을까.

이 캠퍼스에서 이야기하는 젊은이들은 꿈도 못 꾸겠지. 과거에 가능했던 미래에서 그들은 증오를 담아 총을 손에 들었다. 동창인 급우들이라는 인연은 순식간에 날아가고, 모두가 자기 민족 말고는 적으로 보는 광기.

총구를 들이대는 상대는 함께 이야기했던 '과거'의 힐트리아인. 휴식을 위한 잔디밭은 지뢰밭이 되고, 학교 건물의 창문에는 저격병이 숨어 있을 거라고 여겨졌다. 실제로 뭉터기로 숨어 있었겠지.

그리고 주저하는 기색도 없이 그들은 동포였던 이들을 향해 방아쇠를 당겼다.

다비드가 알기로 주저하는 인간은 없었을 것이다. 그렇게 정상적인 감성을 가진 이들은 '배신자'로 간주되어, 피의 축제에 제일 먼저 제물로 바쳐졌다.

타나를 쏘았을 당시, 무슨 말을 들었는지 똑똑히 기억하고 있다. '올바른 일을 가족의 정에 휩쓸리지 않고 했다. 실로 훌륭한 일이다.'라고.

이 얼마나 끔찍한 일인가.

참혹하다.

거듭해선 안 된다.

"지금이니까 이런 생각을 할 수 있겠지."

그 당시, 그 순간, 그것이 의심할 여지없는 대의라고 믿어 의심치 않았다. 열정에 휩쓸린 광기란 생각만이 아니라 이성마저 집어삼키고 순식간에 쓸어간다.

힐트리아 민주개혁 포럼 놈들도 고삐를 잘 잡지 못하면 폭주할 수 있을까? 알렉산드라의 성격으로 봐서 폭주는 없을 것 같지만…… 그 인격을 믿는 것과는 다른 차원의 문제이기도 하다.

하지만 생각에 잠겨 있는 시간은 그리 길지 않았다.

정신을 차린 다비드는 손목시계를 보고 그리 남은 시간이 없다고 깨달았다.

"음? 이런, 늦을 수는 없지."

전문가, 다시 말해 서방 측의 법 이념이나 패러다임에 정통한 전문가란 힐트리아에서 대단히 귀중한 인재다.

제1인자인 윈텐가르 교수와의 면회에 지각하면 '늦게 갔다'라는 행위 그 자체에 뭔가 의도가 부여될지 모른다.

단순한 지각으로 웃어넘길 수도 없다는 게 무섭다.

"아무튼 너무 감상적이 되었군. 시간이 너무 남았던가."

일에 계속 쫓기다가 감각이 좀 어긋난 걸까? 괜한 생각의 미로에 빠질 뻔한 생각을 머릿속에서 쫓아낸 뒤, 다비드는 발을 움직였다. 늦을 수는 없으니까.

그리고 결론부터 말하자면 지각은 면할 수 있었다.

약속시간보다 5분 정도 일찍 윈텐가르 교수의 연구실에 도달한 것은 거의 기적 같은 일이었지만.

전달받은 연구동 입구에 들어가자마자 자세한 안내판이 있지 않았다면 교수의 얼굴을 보자마자 지각을 사죄해야 했으리라.

"잘 오셨습니다, 에른네스트 서기. 기다리고 있었습니다."

"갑작스럽게 찾아와서 죄송합니다."

기다리고 있던 노교수의 모습은, 학술 세계에 매진한 권위자로서는 당연하지만 눈이 다소 안 좋은 건지 안경의 렌즈가 다소 두꺼웠다. 하지만 남들에게 호감을 주는 장난기 가득한 표정을 흐린다는 인상은 아니었다. 무엇보다도 놀라울 만큼 꼿꼿한 등골이 당의 자료에 '다소 불복종의 경향 있음'이라고 기록된 기골을 보여주었다.

"아뇨, 찾아오시는 분도 별로 없어서 한가한 참이니까요."

"어, 그렇습니까?"

"다 아실 줄 알았습니다."

살갑게 웃어야 된 시점에서 이미 분위기에 휩쓸렸다. 당의 눈에 거슬리는 전문가. 즉, 우수한 선생이라는 소리다.

나이를 헛먹지 않은 모양이다.

"젊은이를 너무 괴롭히지 마시죠. 공부를 싫어하게 된 학생의 마음이 이해되는 순간입니다, 교수님."

"하하하, 실례했습니다. 지금 차를 준비하지요. 저쪽으로 가실까요."

악수를 나누고 자리 권유를 받은 다비드는 대수롭지 않게 앉으려고 했다. 폭탄이 떨어지는 것은 반드시 그렇게 마음이 풀어지는 순간이다.

"그런데…… 무슨 일로? 법률이라면 당에도 전문가가 있을 거라고 봅니다만?"

의아하다는 듯이 묻는 노교수의 마음은 지당하다.

법률가라면 힐트리아 공산당에도 쓸데없을 만큼 많이 있다. 법쟁이라고 욕을 먹을 정도로 법의 전문가가 횡행할 정도다.

다비드가 그들의 힘을 빌리지 않는 이유는 단 하나.

힐트리아 공산당의 법조계에 판단을 묻는 것은 '힐트리아 공산당'이 듣고 싶다고 바라는, 현실과 동떨어진 답을 원하는 것과 큰 차이가 없기 때문이다.

"물론 당에도 전문가는 있습니다."

"그럼?"

"아무래도 개인적인 향학심에서 나온 의문이라…… 공무도 아닌데 물었다간 부적절한 사적 이용이 되겠지요."

"개인적인 일입니까?"

난처하다는 표정을 하는 노교수. 하지만 그래도 재주 좋게 찻잔을 건네는 것을 보면 속으로 자신을 가늠하려는 것일까?

뭐, 그 정도로 조심성이 많은 것도 당연하다. 안 그러면 당에 찍힌 어르신이 여태까지 연구직을 계속할 수 없었겠지.

오히려 든든하다 싶어서 다비드는 활짝 웃었다.

"개인적인 일로 번거롭게 해드리는 것을 용서해 주신다면야."

"오호, 그래서 저에게?"

"예, 여동생이 다니는 대학이라는 것 외에는 별로 인연이 없었습니다만…… 달리 부탁할 곳도 없어서 말입니다."

거짓말할 거면 조금 더 나은 방편이 있지 않았을까 싶었다.

힐트리아 공산당의 당 관료가 공사혼동을 피한다? 누구의 귀에도 서툰 변명으로 들리겠지.

"동료들에게 못 배운 녀석이라고 비웃음을 사고 싶지 않다는 마음도 있지만요."

"하하하, 고생 많으시군요."

"맞는 말씀입니다. 이럴 줄 알았으면 학교에서 더 열심히 배울 걸 그랬다고 후회합니다."

노교수의 눈에는 이렇게 오가는 대화가 뻔뻔하게 비칠 것쯤은 잘 안다. 납득한 것처럼 무겁게 끄덕이는 것은 훗날의 문제를 피하기 위해서겠지.

보지 않고, 듣지 않고, 말하지 않는다. 이 원칙을 지킬 수 없다면 죽을 수밖에 없다. 괜한 것을 알려고 하는 호기심이야말로 인간을 죽이니까.

누구든 긁어 부스럼을 만들고 싶지 않겠지.

그러니까 방편임을 알면서도 다비드는 부끄러운 듯이 고개를 숙였다.

"내정불간섭 원칙에 대한 법 해석을 좀 여쭙고 싶습니다."

"최근 들어 논의가 깊어지고 있지요."

다비드는 맞장구로 고개를 끄덕였다. 방문의 핑계일 뿐인 대화지만, 이걸로 본론에 들어갈 수 있을 것이다.

"꼭 좀 들을 수 있겠습니까?"

"흐음, 좋습니다. 동지, 어느 쪽에 흥미가 있습니까?"

독립한 국가에 대한 간섭은 일단 금지되어 있다. 식민지 지배를 목적으로 하는 듯한 형식으로 개입하는 것은 두 번 다시 허용되지 않겠지.

하지만 서방은 새로운 방식을 발명하고 있다.

그 한도를 알고 싶다.

"국가주권을 초월하여 개입이 허락될 케이스에 대해 연구하는 단계입니다. 교수님의 해석을 좀 알려주실 수 있습니까?"

"전문 법률가조차도 해석이 나뉘는 영역이란 것을 이해해 주신다면 좋겠습니다만. 안건별로 차이가 너무 큽니다. 일반론으로서 간단하게 말할 수 있는 일이 아닙니다."

"그렇군요. 이해하실 수 있게끔 구체적으로 말씀드려도 되겠습니까?"

"물론입니다."

노교수의 승낙을 얻은 다비드는 마음속 걱정거리를 꺼냈다.

"세 가지 정도 상정한 케이스가 있습니다. 국제법은 각각의 경우 어떻게 해석할까요?"

"들어보지요."

다비드가 보기로 힐트리아 공산당과 포럼을 통한 실질적 양당 체제가 확립될 수 없을 경우, 힐트리아는 동란에 빠질 가능성이 농후하며, 최악의 경우는 붕괴에 치달을 수 있는 상황이다.

다행스럽게도 호국의 창이자 방패인 연방군은 '아슬아슬하게 힐트리아주의' 진영으로 끌어들였고, 포럼이 침투한다고 해도 '분리주의'에 붙을 걱정은 없다.

싸우면 연방군으로 힐트리아를 재통합하든 유지하든 할 수 있겠지. 서방의 개입만 없으면, 이라는 조건이 붙지만.

"첫 번째는 내전에 빠진 국가에 인도적으로 파병하는 경우."

손가락을 하나 세우며 다비드는 말을 꺼냈다.

"두 번째는 어느 국가가 내전에 빠졌다고 간주되는 경우."

노교수의 눈동자를 똑바로 바라보면서 다비드는 말을 이었다.

"마지막으로 내전에 빠질 듯한 국가에 분쟁 예방을 목적으로 개입하는 경우."

알고 싶은 본질은 단순하다. 포럼과 문제가 일어날 때, 서방의 레드존이 어디인지 알아두고 싶었다.

어느 타이밍까지라면 서방은 간섭을 삼가줄까?

"가정의 케이스라서 자세한 말은 피하겠습니다만…… 어느 쪽도 내정간섭에 해당됩니다."

"그럼 간섭은 있을 수 없다?"

"아뇨, 반대겠죠. 인도주의를 목적으로 한 개입 자체는 '정당화' 될 수 있다. 그렇게 생각하는 의견이 국가주권의 존중 원칙에 대해 제시된다고 말씀드려야겠지요."

"실례지만, 그건 서방 전체의 주류 의견입니까?"

"그렇습니다. 동지, 이런 말은 그렇지만 열심히 조사하신 모양이군요."

진심으로 놀란 듯한 노교수의 목소리를 들어보면, 다비드보다 먼저 그를 방해했던 녀석들은 꽤 준비가 부족했던 거겠지. 어쩌면 단순히 당의 공식 테제를 반복하는 카세트테이프였던가.

지성 있는 인간에게는 꽤 귀찮은 상대였겠지.

"동지 여러분이 불편을 끼쳤습니다. 하다못해 당의 오명을 씻고자 하는 마음으로 여쭙고 싶습니다만."

"뭐라고 말하기 힘들군요."

"실례했습니다. 그럼 거듭 여쭙겠습니다만, '서방'은 앞서 말한 세 케이스에 대해 어떻게 판단하리라 생각하십니까?"

흠 소리를 한 번 내뱉은 뒤 노교수는 품에서 담배 케이스를 꺼내자마자 즉각 입을 열었다.

"결론부터 말하자면 모든 상황에서 인도주의가 우선되겠지요."

"그렇다면 주권국가에 간섭할 수 있다는 겁니까? 그것이 국내 문제라고 해도?"

"적어도 서방에선 그렇게 판단하겠지요."

입에 문 담배에 라이터로 불을 붙이면서 한 대답이라서 그런지, 노교수의 말은 간결하기 그지없었다. 오해할 여지는 없다. 다비드는 믿기 힘들다는 듯이 무심코 입가를 일그러뜨리며 한숨을 내뱉었다.

"명확한 국제법 위반 아닙니까. 해석을 곡해하는 것도 한도가 있지."

주권국가에 대한 더없는 폭거다.

힐트리아의 문제에 대해 외부에서 끼어든다? 아무리 선의에서 나온 행동이라고 해도 말이다. 가족의 복잡한 문제에 외부인이 끼어든다? 그런다고 쉽사리 상황이 좋아질 리도 없을 텐데. 이 얼마나 오만한 짓인가!

"법이란 것을 뭐라고 생각하는 건지 물어보고 싶습니다."

"당연한 말씀이라고 해야겠지요. 동지의 해석이 기본적으로는 정당한 학술적 해석에 가장 가깝습니다. 하지만 문제는…… 서방의 주류 해석 쪽이 '아름답다'는 거지요."

"아름답다?"

"인권이 사악한 국가이론에 우선된다. 그게 어디가 문제인가? 그런 식의 견해로 생각해 보십시오."

"국가주권이나 내정불간섭은 건 법쟁이의 말장난이라고요?"

윈텐가르 교수는 고개를 끄덕였다.

"그렇습니다. 귀찮기 그지없게도 그런 시각에서 보면 '왜곡'이 아닙니다. 그들로서는 정의를 말하고 있다는 마음이겠죠."

"인도주의는 주권보다 우선된다?"

다비드의 말을 들은 노교수의 반응을 구태여 표현하자면 약간의 쓴웃음이었다.

적절한 말을 찾듯이 침묵하고 잠시 담배를 태운 끝에, 다 피운 꽁초를 재떨이에 처박았다. 그리고 그는 새 담배를 꺼내어 천천히 불을 붙였다.

그동안 다비드는 예의 바르게 침묵을 지켰다.

계속 바라보는 다비드의 시선 앞에서 그는 도무지 말을 찾지 못한 것일까. 난처하다는 듯이 노교수는 입을 열었다.

"사례로서 부족하여 죄송합니다만, 얼마나 좋게 보이냐의 문제입니다. 정의를 말하면 화면빨을 잘 받으니까요."

"예?"

화면빨?

완전히 예상 밖의 말이라서 다비드는 곤혹스러운 빛을 보였다. 힐트리아 공산당원이며 붕괴한 민족국가의 대통령이기도 했던 그에게는 자유로운 보도가 보장되는 사회에서의 언론이란 것을 본질적으로 '숙지' 할 소지가 없었다.

한편 민주주의에서 언론 매체의 역할에 대해 숙지하는 윈텐가르 교수는 젊은 노멘클라투라의 몰이해를 예상했다는 듯이 고개를 끄덕이고 말을 이었다.

"힐트리아에서는 언론 매체를 당의 입으로 생각하고 있습니다. 하지만 서방에서는 언론 매체가 여론의 형성장치입니다. 정치조차 움직입니다. 따라서."

거기까지 들어보자 다비드도 노교수가 무슨 말을 하려는 건지 이해되기 시작했다. 법리의 시비가 아니라 그저 이미지라고.

"언론이 허용한다?"

"100퍼센트 그런 것은 아닙니다. 구속력이 부족한 국제법이라고 해도, 문명화된 법률은 법률이니까요."

말로는 그렇게 하지만, 능숙하게 어깨를 으쓱이면서 코웃음을 치는 태도가 본심을 말하고 있었다. 법이란 것의 구속력에 대한 의심은 오해의 여지가 없는 것이다.

"대원칙인 법의 지배야말로 본래 우선되어야 할 것이겠지요. 다만 해석이 미묘한 쪽으로 가면…… 서방의 여론은 마물이나 마찬가지. 도리도 어그러뜨릴 수 있습니다."

노교수는 담배를 태우면서 담담하게 강의하는 어조로 말을 이어나갔다. 쓴웃음 섞어가면서 그는 결론을 말했다.

"무엇보다도 정의란 언제나 여론에 호소하는 효과가 발군인 법. 내정간섭이니까 학살을 방해하지 마라, 라고 대외적으로 말할 수 있겠습니까?"

"무리입니다. 절대로 무리죠."

다비드는 즉각 대답할 수 있었다.

본질적인 면에서 힐트리아 공산당은 대외적으로 좋게 받아들여지지 않는다. '자주관리 사회주의'를 내걸었다고 해도 공산당에 의한 일당독재. 서방에서의 호감도는 동구권 진영보다 조금 낮다는 정도에 불과하다.

호의적인 해석이나 대응을 기대하기란 도저히 무리겠지.

"그렇지요. 그렇다면 '정의'와 '인도주의'를 위해서 개입하자는 구실은 부족할 것이 없습니다."

"정의란 참 편리하군요."

꾹 참듯이 내뱉은 뒤 다비드는 무의식중에 움켜쥐었던 주먹을 내려다보았다.

정의의 철퇴를 휘둘러라, 라고 외치는 것은 너무 간단하다.

하지만 쳐든 주먹을 내리치면 어떻게 될까? 행위의 귀결에 대해 인간이란 존재는 무시무시할 정도로 상상력이 부족해진 지 오래되었다.

마지막으로는 그럴 생각은 없었다고 변명하기 시작한다.

"다소 말이 지나쳤습니다. 젊은이의 무례함을 너그럽게 봐주시길. 그리고 오늘은 갑작스러운 부탁을 들어주신 것에 감사드립니다. 정말로 큰 신세를 졌습니다. 감사합니다."

그러며 고개 숙이는 다비드에게 윈텐가르 교수가 "하나 물어봐도 되겠습니까?"라고 말을 꺼냈다.

"뭐든지 물어보십시오. 제가 도움이 된다면야……."

"아, 무슨 의뢰를 하려는 건 아니니까 안심하시길. 실례지만, 동지. 당신은 꽤 '구체적'인 질문을 하셨습니다."

가만히 바라보는 교수의 두 눈에 떠오른 우려의 빛. 입에 문 담배에서는 어디에 부딪친 것도 아닌데 연기가 살짝 흔들리고 있었다. 시야 구석에 들어오는 것은 오래되어 빛이 바랜 힐트리아 국기. 힐트리아 수도의 대학 안이라는 것을 생각하면 세월을 보낸 물건들이 있어도 이상하지 않지만, '낡은' 물건이다.

깔끔한 국기가 멋들어지게 장식된 가운데 낡은 깃발이란 것은 독특한 존재감을 다비드에게 호소했다. 결정적인 것은 노교수가 입에 문 담배의 브랜드. 다비드 등이 즐겨 피우는 군대담배인 TKP가 아닌가. 힐트리아의 최고학부이며 노교수 정도 되면 담배 정도는 부자유스러울 것도 없을 텐데.

그런데도 싸구려 군 담배를 즐겨 피운다면…… 그런 것일까?

"학술적인 호기심보다도 긴박한 무엇이 있다는 건 과한 생각입니까?"

"동료 동구권 국가들의 불안정한 모습을 보고 있는 직책상, 이웃나라에서 대규모 동란도 가능하다고 보았습니다. 이 정도로 넘어가주실 수 있을까요?"

"이웃나라에서 동란? 그렇군요. 무서운 가능성이로군요."

하지만 대수롭지 않은 그 중얼거림이 다비드의 귀에 따갑게 꽂혔다. 그것은 두려움 섞인 목소리. 자기 일처럼, 가까워진 위협을 두려워하는 이지적인 목소리다.

"가능하면 이 사실은 비밀로 해 주시길 바랍니다."

"그러지요. 비밀로 끝나기를 바랄 따름입니다."

아아, 이 사람도 그런가.

이 사람도 나름대로 이해하고 있었나.

지성이 있고, 이성이 있고, 그리고…… 힐트리아 파국의 날 이후의 다비드의 기억에 없는 사람이라면 그날 '힐트리아인'으로서 배척된 양식자 중 한 명이었겠지. 최고의 사람들을 최악의 충동으로 죽여버린 일파여, 우리는 대체 왜 그토록 어리석었던가!

자세를 바로하고 다비드는 진심에서 나온 말을 내뱉었다.

"힐트리아인으로서 우리의 하늘 아래 감사를 드립니다."

빨치산 선배들이 푸른 하늘 밑에서 바랐던 하나의 집.

"아주 좋습니다. 젊으신데도 잘 알고 계시는군요."

"고마운 말씀입니다."

"괜찮다면 한 대 피우시죠. 당의 고관에게 권하기에는 안 좋은 물건이겠습니다만."

쓴웃음을 지으면서 윈텐가르 교수가 권하는 TKP를 다비드는 감사히 받았다.

"이것이 힐트리아의 리얼한 맛이지요. 감사히 피우겠습니다."

"가져가시지요."

"감사합니다."

담배까지 받은 사례를 한 뒤, 다비드는 힐트리아인 노교수에게 작별인사를 하고 천천히 캠퍼스를 걸어갔다.

입에 담배를 문 채로 천천히 걸어가는 심경은 필설로 다하기 어려웠다. 감정을 말로 잘 표현할 수 없다는 자각은 있었지만, 아무래도 불편했다.

이것도 어중간하게 생각할 시간이 있기 때문일까.

바쁘다면 괜한 생각에 잠기지 않을 수 있겠지. 물론 그렇게 생각하는 것 자체가 전형적인 일 중독의 증거일지도 모른다.

어떻게 할까 싶어서 하늘을 올려다본 다비드는 위화감에 사로잡혔다.

"눈이 아프군. 제길, 충혈되었나⋯⋯."

입에 문 담배를 내뱉고 짓밟아 끄면서 다비드는 자기 눈두덩이를 눌렀다. 수면부족을 해소하긴 했지만, 과음과 담배 연기가 눈에 좋지 않은 걸까?

귀찮은 일은 얼른 끝내버리고 단란한 가정에 있고 싶다. 차근차근 잘 정리해야⋯⋯라고 생각이 비약했을 때, 다비드의 뇌리에 작은 진보가 일어났다.

"응? 아, 그러고 보면⋯⋯ 알렉산드라의 연구실이 이 근처에 있었지."

그걸 떠올린 것은 우연이었다.

데우스 엑스 마키나 계획의 핵심으로 기대하는 알렉산드라. 물론 중요한 야당으로 기능하게 할 때 필수인 절충이 잘 이루어지지 않고 있다.

애초에 자신과 알렉산드라의 길은 갈라진 지 오래되었고, 대화의 실마리도 딱히 없다. 입장이란 것이 쌓이고 쌓여서 계기조차도 찾을 수 없는 상황이다.

"옛 친구를 찾아간다. 그것도 나쁘지 않겠지."

모처럼 생긴 기회다. 어떤 전환기가 될지도 모른다.

이 기회에 찾아가자 싶어서 발을 옮긴 곳은 대학의 사무실.

애초에 알렉산드라를 찾아가려고 해도, 다비드는 그 연구실이 어디 있는지도 모른다. 엄밀히 말하자면 부하 중 누군가가 감시하고는 있지만…… 아무리 그래도 만나고 싶으니까 가르쳐달라고 할 수도 없다.

어쩔 수 없으니까 대학 당국에 물어볼까 했던 다비드가 대학 사무소를 방문했을 때 힐트리아의 현실과 충돌했다.

관료보다도 관료주의적인 대학 직원은 서기국의 권위를 들이댈 때까지 제대로 된 일처리를 못하고, 그걸 들이대자 황급하게 뛰쳐나온 상급직원도 말뿐.

조사하는 데 시간을 잡아먹는 것까지도 당연한 수순이라서, 하급 사무원이 조심스럽게 아는 바를 신고해 줄 때까지 TKP 한 갑을 줄담배로 다 피워버리는 판.

안내하겠다고 따라오는 녀석들을 물리적으로 거절하고, 알아낸 건물을 향해 한숨과 함께 가는 데까지 들은 노력은 어마어마했다.

다행이라고 해야 할까. 몰개성한 관공서와 달리 비교적 개성 있는 건축이었던 만큼 해당 연구동을 금방 찾을 수 있었다.

묘하게 지쳤다는 마음과 함께 다비드는 가까스로 목적한 건물의 문을 지나고, 메모한 방 번호를 찾아서 건물 안으로 들어갔다.

"음?"

문득 깨달은 것은 커다란 목소리 둘. 회의인지 의논인지 모르겠지만, 미묘하게 시끄러웠다.

대학생이란 그런 거라고 할 수도 있지만…… 가까이 감에 따라 언쟁 같은 분위기가 강해질 뿐.

무슨 일인가 싶어서 눈썹을 찌푸리던 다비드도 시선 앞에 있는 그 소음의 근원을 보니 점점 더 곤혹스러워질 뿐이었다.

시선 앞, 목적지인 듯한 연구실 앞에서 소리치는 인물은 기억에 있었다. 아니, 잘못 본 게 아니라면 오늘 아침에 함께 일을 했던 부하 중 하나다.

"경고하지 않을 수 없습니다!"

정보성의 세르게이 호놀리우스 주임. 다비드가 신뢰하는 정보성의 베테랑의 뒷모습에서는 왠지 괴로움이 떠돌고 있었다.

대체 무슨 일인가 싶어서 상사가 바라보고 있는 줄도 모른 채, 세르게이 주임은 목청 높여서 뭔가 다투고 있었다.

"분리주의를 조장하는……."

"동지, 당신은 누구한테 그런 소리를 하는 거죠?"

상대의 입을 틀어막는, 오만할 정도로 강한 의사표명이었다. 그 목소리는 방의 주인인 알렉산드라겠지. 여전히 기가 센 목소리다. 저기에 눌리면 어지간한 마음가짐으로는 반발도 할 수 없다.

"내무성 경제규율사찰국의 광역조직범죄 대책부의 상급 감사관에게 하필이면 분리주의자라고요?"

"실례지만, 저는 정보성의 직원으로서……."

"동지, 정식으로 경고하지요. 입조심하세요."

계속 말하려는 세르게이 주임의 열성도, 정보성이라는 간판도, 알렉산드라의 냉철한 웃음 앞에서는 의미를 잃는다.

"증거도 없이 당원을 사문할 권한이 당 조직도 아닌 정보성에 있다고요? 놀랍군요. 전횡도 이런 전횡이 없어요."

정중하고, 신랄하고, 그리고 한없이 정론이다.

기가 눌린 세르게이 주임에게 더 말할 여지도 주지 않고 알렉산드라는 평탄한 목소리로 바꾸어 사정없이 규탄을 이어갔다.

"직분에서 나온 발언이라고 넘어가는 것도 한도가 있습니다."

거기에 끼어들려다가 다비드는 실내의 분위기를 깨달았다.

아무래도 학생이 있는 앞에서 말다툼을 벌인 모양이다……라는 생각에 눈썹을 찌푸리려 했지만, 잘 보니 저건 하필이면 타냐 아닌가!

왜 이런 곳에?

"민족주의자라면 사관학교 동기도 사살하며 살아왔어요. 부정한 관리도. 설령 노멘클라투라라도 봐주지 않아요."

세르게이 주임의 뒤에 선 다비드에게 의심 어린 시선을 보낸 알렉산드라는 틀림없이 그 모습을 알아차렸던 거겠지.

다비드는 그 움직임이 한순간 굳은 것을 간파했다. 그렇긴 해도 거의 부자연스러움이 보이지 않았다. 감정을 죽이는 것도 꽤 익숙해졌다. 노멘클라투라다워졌다, 라고 말했다간 저쪽이 총을 뽑을 각오도 필요하겠지만…… 적절한 평가라고 생각된다.

"그래서? 나의 어디가 분리주의라고요?"

"그러니까 혐의가……."

"혐의란 것을 정식으로 문서로 조회해 볼까요?"

일단 다비드를 무시하기로 결정한 듯한 알렉산드라는 태연하게 세르게이 주임에게 포화를 집중해댔다. 예전과 완전히 다르게 전술적인 판단도 꽤 매끄러워졌다. ……서로 힐트리아 관료계에 치이면서 단련된 거겠지.

짝짝짝 하고 손뼉을 치며 다비드는 두 사람의 언쟁에 끼어들었다.

"미안하지만, 그쯤에서 관용을 바랄 수 있을까?"

"에, 에른네스트 동지?"

"수고했어, 세르게이 동지. 뭐, 여기선 내게 맡겨주게."

세르게이 호놀리우스 주임은 결코 무능하지도 무기력하지도 않지만, 꽤 기죽은 기색이었다. 알렉산드라의 신랄함 앞에서 고생깨나 했겠지.

"세르게이 동지, 이 자리는 내가 맡지. 알렉산드라 동지에게 명확한 혐의가 없다면, 일단 내 일을 우선해도 괜찮을까?"

"예, 동지. 물론입니다."

끼어든 다비드에게 사과하는 세르게이 주임의 시선은 명확하게 안도한 기색이었다. 부하의 시선에는 귀찮은 일에서 해방되었다는 감사의 빛이 그 정도로 강했다.

고맙다고 가볍게 인사하고 친근함의 표식으로 부하의 어깨를 토닥인 뒤, 다비드는 부드러운 행동거지로 알렉산드라 쪽으로 한 걸음 다가갔다.

자, 무슨 말을 할까? 그렇게 생각할 틈도 없었다.

답답함마저 느끼면서도 익숙해진 노멘클라투라식의 유들유들한 말이 멋대로 튀어나왔다.

"알렉산드라 동지, 세르게이 동지도 직무상 질문한 것이니, 일부러 그런 거라고는 생각하지 말아줬으면 하는데."

"감독책임이란 말을 아십니까, 다비드 동지."

"아름다운 자주관리의 이념이지. 일개 당원으로서 부끄러움 없이 노동에 임하는 부하의 책임을 떠맡고말고. 나로서는 더없는 영예라고 자부하고 있어. 사죄가 필요할까?"

그렇게 물은 다비드의 말은 알렉산드라의 온건하면서도 감정을 내비치지 않는 강철의 커튼 같은 미소에 가로막혔다.

"됐습니다, 다비드 동지."

힐끗 세르게이 주임에게 시선을 돌리면서 하는 말이다. 알렉산드라는 감정을 내비치지 않는 멋진 미소를 얼굴에 붙여놓은 채로 살짝 고개를 갸웃거렸다.

"불행한 오해로 인한 작은 다툼에 불과하니까요. 지금 단계에서는 문책할 생각은 없습니다."

쫓아내라는 의도는 명백했다.

작게 한숨을 흘린 뒤 다비드는 옆에서 직립부동으로 서 있는 부하에게 말을 건네는 신세가 되었다.

"세르게이 주임 동지, 나중에 정보성에서 만나지. 여기선 자리를 좀 비켜줄 수 있을까?"

"예, 에른네스트 동지. 실례하겠습니다."

떠나가는 부하의 뒷모습이 보이지 않게 되었을 때, 공인으로서가 아니라 개인으로서 방문했다고 알리기 위해 다비드는 '서기'라는 입장의 페르소나를 제거했다.

"미안했어. 부하가 폐를 끼쳤군."

"비아냥처럼 들리겠지만, 진짜로 이만저만 민폐가 아니었어."

풀어진 투로 말을 던지자, 돌아오는 말도 비슷하게 느슨했다. 적어도 의도를 이해해 준 거겠지.

"열의가 조금 지나치다는 비판은 달게 받아들이지. 필요하다면 서류로 견책성 항의를 넣어도 좋아."

"그리고 내무성과 정보성이 다투는 걸 보라고? 일을 그렇게까지 망가뜨리면 안 되지 않아, 에른네스트 동지?"

"그렇다면 형식적이라서 미안하지만, 내 사죄로 넘어가 줄 수 있을까?"

"그래, 물론."

"감사하지. 그리고 거듭 말하겠어. 미안해."

이런 식의 말을 알렉산드라를 상대로 할 날이 오다니, 정말로 세상은 신기하기 짝이 없다.

그렇게 되는 원인은 안다. 그렇게 된 이유는 하늘만이 알겠지. 정말이지 운명이란 것은 엿 먹으라고 하고 싶다.

"그런데 조금 전부터 물어볼까 싶었는데. 왜 타나가 여기에?"

"어머, 놀랍네. 동지, 당신은 오빠한테 말하지 않았어?"

"말할 기회가 없었으니까요. 아, 하지만 카나 언니한테는 분명히 말했습니다."

"기가 막혀라."

두 사람이 나란히 뭔가 납득했더라도, 지금으로선 도무지 이해할 수 없다.

"설명을 좀 들었으면 싶은데?"

"다비드 동지, 내가 대학에서도 가르치고 있다는 건 알려나? 물론 직업상 알 거라고만 생각했는데."

"글쎄, 그랬던가?"

감시를 눈치채고 있었다고 해도 여동생의 앞에서 할 말도 아닐 텐데. 아니, 그래서일까? 빈정거림만 늘어났군.

"그리고 당신의 여동생은 나의 '학생'. 정말로 몰랐어?"

"요즘 너무 바빠서 집에 통 얼굴을 못 비쳤으니까. 카나한테는 고생깨나 시켰어."

"참 나. 당신도 여전하네."

본심이 아니었다고 변명해 봤자 소용없겠지. 두 손 들었다는 듯이 다비드는 어깨를 으쓱였다.

"그만 좀 괴롭혀. 그래, 아무튼 오랜만이야. 이야기할 시간 좀 내줄 수 있을까?"

"본론에 들어갈 생각이 들었어? 좋아, 차라도 좀 내줄게. 타나, 컵을 세 개 준비해 주겠어?"

"알겠습니다."

타나가 기민하게 움직였다. 익숙한 솜씨를 보건대 하루 이틀 된 것도 아니겠지. 이런 말은 그렇지만, 저쪽의 인간으로 셈해야 할까? 하지만 그보다 컵이 세 개라는 말은 흘려들을 수 없었다.

"고마워. 타나, 미안하지만 자리 좀 비켜줄 수 있을까?"

"뭐야? 여동생이 있으면 안 될 말을 하려고?"

"그런 건 아니지만……."

너도 이해하겠지? 라는 눈짓을 열심히 보냈지만, 알렉산드라에게는 씨알도 먹히지 않았다.

"그냥 개인으로서 놀러온 거라고만 생각했는데?"

"그럴 생각이야. 아니, 이런 말도 문제군. 옛정을 데우기에는 너무 형식적이야."

한숨을 내쉬며 다비드는 말없이 여동생에게서 받은 머그잔에 입을 댔다. 조금 맛있다고 생각한 것이 마음에 거슬렸다.

좋은 찻잎인 것도 아닐 텐데, 입에 가볍게 와 닿는 브렉퍼스트티. 3시를 넘은 시점에서 내놓은 것치고는 구석구석까지 배려되어 있다.

그렇긴 해도 여동생과 알렉산드라가 이토록 손발이 척척 맞았다니…… 이만저만 놀라운 일이 아니다. 오늘 밤에 타나와 카나에게는 꼭 좀 물어봐야겠지. 일을 잊을 수 없을 것만 같다는 게 짜증스럽다.

거듭되는 한숨을 삼키고 다비드는 쓴웃음을 지었다.

"참 어렵군……. 솔직히 말해서 그냥 이야기만 할 뿐인데."

"서로 일과 입장이 있으니까."

반대로 알렉산드라는 여유마저 내비치고 있었다. 어쩔 수 없다고 말하며 고혹적으로 미소 짓는 모습도 완전히 그럴듯하다.

언뜻 보기로는 기품 있고 우아하지만, 내면으로는 까다로움이 느껴지는 뚝심 있는 미소라고 형용해야 할까? 그만큼 고집스럽던 인간이 용케 이렇게까지 변했군.

"끽소리도 안 나오는군. 자, 정신 좀 차려볼까. 오랜만이야, 알렉산드라 동지. 건강해 보이는데, 눈가에 피로한 기색이 있군. 무리는 하지 않는 게 좋아."

"어머, 여전히 눈치도 없긴. 카나가 한탄하지 않으려나. 그렇게 뻣뻣한 어조로 일부러 눈가의 기미를 언급하는 건 무례 아닐까?"

알렉산드라는 즐거운 듯이 웃음소리를 내면서 이어서 말했다.

"게다가 애초에 신혼 첫날부터 신혼여행을 날려버린 끝에 최근까지 집에 얼굴도 제대로 안 비친 일 중독자에게 그런 소리를 들을 처지는 아닐 것 같은데? 안 그래?"

견제의 잽치고는 다소 아픈 말의 응수. 옆에서 고개를 끄덕이는 타치야나도 진심으로 동감인 모양이다. 제대로 이쪽을 쨔려보고 있다.

다비드로서는 반론의 말을 찾을 수 없었다.

"덜렁이에 멋대가리 없는 남자라고 비웃어줘."

다비드는 전선을 지키기 위해 일시적 후퇴를 선택.

넌지시 미안하다는 뜻을 비치면서 실수로라도 사죄의 말은 하지 않는다. 말꼬리를 잡히지 않도록 조심하면서 길항 상태를 지키기 위해 꺼낸 다음 한마디는 대수롭지 않은 한탄의 투덜거림.

"헤어진 이래로 나는 별로 진보가 없는 모양이야. 표범은 얼룩무늬를 바꿀 수 없다는 말이 있는데, 옛 현인들은 참 좋은 말을 남겼어."

"당신 같은 인간은 바꾸는 방법을 알고 있잖아? 활약깨나 한다고 들었는데?"

"태반은 내 힘이 아니야. 토르바카인 주석 동지가 잘 봐주셔서 그렇지."

당 주류에 속했다는 말은 좋든 나쁘든 편애받는다는 소리다. 실제로 이 나이에 서기 자리에 있는 것은 엄청난 특례겠지. 이걸 자기 실력이라고 자랑할 만큼 어리석어질 마음은 없다.

"자기 힘으로 이뤄낸다는 의미로는 내무성 경제규율사찰국에서의 동지의 활약이 훨씬 칭찬할 만하지 않을까?"

"하지만 내가 한 일은 대증요법이야, 대증요법. 두더지 잡기가 어떻게 돌아가는지는 동지도 알고 있겠지?"

"그러니까 솔직하게 대단한 수완이라고 칭찬하고 싶은데."

"농담이겠지?"

"진심이야. 힐트리아 사회에는 과제가 많이 있어. 그렇기에 우리는 본분을 다해야만 해."

"완전히 동감해."

"동감한다고?"

"그래, 완전히 동감해. 적어도 나는 그런 마음인데?"

고지식한 한마디가 아니었으면 꽤 의미심장한 대화다.

뭔가 내포된 뜻이 있다고 즉단하는 것은 위험하겠지. 하지만 알렉산드라의 의도가 어디에 있는지 캘 자료는 충분하다.

"좋아. 우리에게는 공통기반이 있다고 믿어도 되겠군."

"격려라고 생각하면 될까? 직분에 매진한다고 즉답하면 돼?"

"꼭 그렇게 해줘."

방향성이 비슷하다면.

아직 대화가 가능하다면. 알렉산드라는 포럼과 대화할 창구가 될 수 있다는 증거다. 그것이야말로 토르바카인 주석과 다비드가 그린 데우스 엑스 마키나 계획이 잘 기능하는 데 필요한 조건이 기도 하다.

"놀랍네. 설마 당신이 그런 소리를 하다니."

"맞는 말이야. 내가 너한테 힘내라고 말하는 날이 오다니."

"문제가 산더미만큼 있기 때문일지도. 분리주의, 민족주의, 당에 대한 이의 제기. 그런 시대야. 위기야말로 변혁의 어머니일 까?"

"부정하진 않겠어. 현재 상황은 결코 간단한 것이 아니니까."

청소도 않은 방에서 이야기 나눌 내용으로는 이게 한계겠지.

솔직히 말해서 아슬아슬한 다리를 건너고 있다. 일선을 넘은 게 아닐까 걱정될 정도로 위험한 화제다. 그래도 직접 대화하고 속내를 파악했다. 적잖은 반응을 얻어낸 것은 리스크에 걸맞은 최고의 수확이다.

대접받은 홍차를 비우고 자리에서 일어나면서 다비드는 가볍게 고개를 숙였다.

"음, 갑자기 찾아와서 미안했어."

"뭐야? 조금 더 같이 차 마실 시간도 없어?"

붙잡을 거라곤 솔직히 예상도 안 했다.

"그런 건 아닌데."

다비드가 난처하게 미소를 지었을 때의 일이었다. 여태까지 침묵하던 여동생이 입을 열었다.

"저기, 오빠. 아까부터 궁금했는데…… 물어봐도 돼?"

"어이, 타냐. 일단 당원들끼리의……."

그만두라는 말을 다비드는 끝까지 할 수 없었다.

"다비드 동지? 개인이 아니라?"

알렉산드라가 절묘한 타이밍으로 못을 박는 바람에, 그런 핑계로 찾아온 이상 물러날 수밖에 없었다.

속으로 투덜거림을 삼키면서 최대한 유화하게 보이는 미소를 지으며 다비드는 귀를 기울이고 자세를 바로 했다.

"알았어, 알았어. 항복이야. 그래서 무슨 일이야, 타냐?"

"오빠, 그 실실거리는 웃음 좀 그만둬."

"실실?"

장난치는 웃음이라는 말을 들은 적은 있다. 혹은 조소나 모욕이라는 소리도 들었겠지. 하지만 그런 의도는 없었다.

뭐라고 대답해야 좋을지 망설인 끝에, 다비드는 난처한 기색으로 쓴웃음을 지었다.

"봐, 또 그 실실거리는 얼굴."

"이거야 원. 그럴 생각은 없는데."

"사람 놀리는 거야?"

아니라고 부정할 시간조차 없었다.

"실웃음. 전혀 본심이 담기지 않은 말!"

"타나, 그만해 줘. 원래 이래."

평소에 쓰는 변명을 자각 없이 계속해대는 다비드는 그 자리에서 자신의 실책을 진심으로 깨달았다.

"진심이야? 오빠, 오늘 저녁에라도 가족 앨범을 볼래? 오빠 얼굴은 더 무뚝뚝하거든?"

으으, 으으, 제길. 그렇지, 가족이다. 다비드의 표정도 많이 봐 왔다. 가면 너머로 대화하기에는 최악의 상대다.

입을 다문 다비드의 옆에서 날아드는 목소리가 있었다.

"나도…… 한마디 해도 될까?"

"뭐지, 알렉산드라 동지? 보다시피 가족들 사이의 대화인데."

"그 이야기가 아니야. 질문하고 싶은 건 딱 하나."

짜증 내듯 말한 다비드에게 답하는 알렉산드라의 목소리는 한 없이 평온하고, 그렇기에 위화감이 강했다. 실수했다고 속으로 혀를 찰 틈도 없이 알렉산드라의 눈이 들여다보지 않는가.

"울고 싶지 않으니까 웃는다. 아니야?"

나는 과연 지금 웃음을 띠고 있을 수 있을까?

"글쎄. 의외로 나 자신을 제일 모르겠어. 나는 아니라고 생각하지만, 좀처럼 설명하기도 어려워."

큰일이다, 큰일이다, 입버릇처럼 거듭하면서 품에서 TKP와 라이터를 꺼낸 다비드는 방의 주인에게 의례적으로 물었다.

"한 대 피워도 될까?"

"미안해. 여기는 금연이 원칙이야."

"왜? 그럴 수가. 아까 윈텐가르 교수를 만났을 때는 연구실에서 담배를 피워도 된다고 하던데?"

"에른네스트 동지, 밀고해 줘서 고맙습니다."

에른네스트. 조금 전과 달리 거리감이 있는 말. 슬슬 물러날 타이밍이란 소리겠지.

오랜만에 대화할 수 있었던 것은 하나의 성과였다.

이미 충분하고 남을 정도의 실수를 거듭했다. 더 욕심을 부려선 안 되겠지.

"담배를 사랑하는 근면한 동지를 팔았다는 건가. 이거 참 양심이 아프군. 괴로운 현실이야."

애연가에게 괴로운 소식을 들었다는 듯이 다비드는 성대하게 한숨을 흘리며 일어섰다.

"어쩔 수 없군. 역시 이만 나가 보지."

담배란 것은 마음의 평온에 불가결한 청량제다. 슬프게도 완전히 지쳤기에 필요한 물건이지만.

초연한 뒷모습이란 것은 언제든지 지켜보기에 유쾌한 것이 아니다. 지친 뒷모습이 말하는 비애를 알렉산드라는 싫을 만큼 바라보았다.

옥타비아 여사의 후계자라고 해야 할 입장이다.

"그런 걸까."

"알렉산드라 선생님?"

"타나, 당신의 오빠는 이러니저러니 해도 정직해. 모략을 못 꾸미는 건 아니지만, 가족에게 거짓말을 할 때는 노골적으로 얼굴에 드러나니까."

무슨 생각을 하는지 모르는 듯하면서도 실제로 다비드란 남자는 근본이 모략가라고 하기 어렵다. 여러모로 서툰 타입이라는 사관학교 때의 인식에 흔들림은 없다.

좋든 나쁘든 우직한 인간이다.

"으음, 그런가요?"

"꽤 알기 쉬워."

자신과 비슷한 면이 있기에 알렉산드라로서는 다비드란 남자의 사고원리가 이해되었다.

녀석이 뭔가 꾸밀 때는 언제나 긴박한 사정이라는 필요에 쫓겨서. 적어도 이번에도 그런 의도가 있었기에 접촉한 거겠지.

이 점에서 솔직히 카나 쪽이 훨씬 미지로 가득하다. 어쩌면 다드와 자신이니까 아는 걸지도 모른다. 카나 정도는 아니지만 진도, 니코도, 자신도.

어깨를 나란히 하고 함께 총을 들었다.

믿고 있었다.

분대의 동료라고.

하나의 집이라고. 분대라는 세계라고.

"싫은 이야기네. 이해된다는 것도 좀 그런가."

"예?"

"아니, 대단한 건 아니야. 그런데 다음 강의까지 과제를 몇 개내고 싶은데, 괜찮을까?"

"물론입니다."

고개를 끄덕이는 타치야나에게 알렉산드라는 근처에 둔 가방에서 메모 몇 장을 꺼내었다.

"다음 강의, 검토 과제는 이쪽. 모두와 함께 차라도 마시면서 토론 형식으로 해 볼까."

"알겠습니다. 그렇긴 해도 꽤 기묘한 테마네요."

타치야나가 신기한 눈치로 메모로 시선을 주면서 알렉산드라에게 의아하다는 듯이 질문을 던졌다.

"자주관리단체와 서방 기업의 구조를 비교검토하는 겁니까?"

"힐트리아 통합시장의 창설과 외국자본 도입이 진행되는 시기니까, 라고 해야 할까? 내무성 경제규율사찰국에서도 실무와 법이론의 절충을 연구하고 있으니까 좋은 기회라고 생각해."

빙긋 웃는 알렉산드라에게 타치야나는 살짝 떫은 얼굴을 하면서 대답했다.

"자료를 모으려면 꽤 고생하겠는데요……."

"열심히 해, 학생. 준비 잘하고."

"예…… 알겠습니다."

"세르게이 동지, 할 말이 좀 있으니 와보게."

그렇게 말하여 자기 사무실로 데려온 다비드는 부하에게 난처하다는 표정으로 물었다.

"조금 전 일 말인데……. 동지, 무슨 일이 있었던 거지? 자네답지 않게 성급하지 않았나?"

세르게이 주임이 알렉산드라에게 보인 태도는 문제가 너무 많았다고 쓴소리를 할 수밖에 없었다. 힐트리아 민주개혁 포럼의 우두머리로 점 찍힌 그녀지만, 당의 정보기관에 '확증'을 줄 만한 얼간이는 아니다.

사실 그 공적인 신분은 고(故) 나탈리아 옥타비아 여사의 계보에 있는 내무성 계열 노멘클라투라의 일원이다. 당 안에서의 인망도 나쁘지 않고, 규율방정, 청렴결백, 공식으로는 감사의 귀신이라는 평을 듣고, 비공식으로는 두려움을 사고 있다.

보르니아에서의 실적 때문에 '팔 베는 자'로 불리는 다비드와 더불어 젊은 인재들 중에서 두각을 드러낸 당원이라고 해야겠지.

"있는 그대로 말해서 알렉산드라는 동지는 대단히 복잡한 지위에 있다. '명확한 규율 위반' 조차 아닌 상황에서 정보성 직원이 나서게 되면 당 내부 통제에서도 일이 복잡해지는데?"

"그 상황에서의 태도라면 다소 부적절했습니다. 사과드리겠습니다. 번거롭게 해드려서 죄송합니다."

"세르게이 동지, 무례를 알지만 거듭 묻지. 그렇게까지 어리석진 않을 텐데? 왜 그런 언설을?"

"솔직히 말씀드려서 가능하다면 예방 구금을……이라고 생각했습니다."

"예방 구금이라고?"

수긍하는 부하의 표정은 진지해서, 농담을 말하는 분위기가 아니었다.

구태여 말하자면 긴장과 결의일까? 어느 쪽이든지 가벼운 마음으로 말한 건 아니겠지. 하지만 다비드로서는 날벼락도 이만저만이 아니다.

그런 업무 명령도, 허가를 내린 기억도, 내릴 수 있는 상황도 아니다.

"당 중앙의 지시에 반하는 언설이로군. 세르게이 동지, 주석 동지께서는 지금 일을 거칠게 진행하고 싶지 않다고 바라신다."

다비드는 알겠냐는 뜻을 담아서 한동안 바라보았지만, 세르게이 주임의 표정에서는 흔들림이 관찰되지 않았다. 결국 다비드로서도 체념할 수밖에 없었다.

"세르게이 동지, 자네의 의견은 변함없나?"

"예, 동지. 어떻게든 힐트리아 민주개혁 포럼의 주요 지도자인 듯한 자들의 일제 구금, 하다못해 한정적인 구금만이라도 검토해 주실 수 없겠습니까?"

"세르게이 주임 동지, 조금 전까지 내가 했던 발언을 들었나? 아니면 잊어버렸나?"

"실례지만, 에른네스트 동지. 저는 필요한 조치라고 믿습니다."

나무라는 듯한 다비드의 어조에도 세르게이 주임은 단호한 신념을 무너뜨리지 않았다.

"필요하다고 믿는다? 설명을 들어볼까."

"그게……."

주저하듯이 입을 다무는 세르게이 주임에게 다비드는 묵묵히 품에서 꺼낸 말보로 상자를 내밀었다.

"한 대 피울까. 무거운 입도 담배 한 대만큼은 열리겠지?"

"감사히 받겠습니다."

상사의 방식을 흉내 내는 사이에 자신의 스타일이 되는 거겠지. 담배로 입을 열게 하는 토르바카인 주석의 방식을 다비드도 배운 지 오래되었다.

침묵의 시간을 갖게 하는 점에서 담배를 태우는 것보다 나은 게 없다.

공중보건 관계자가 담배의 해악에 대해 떠들어대는 건 고생이겠다 싶지만, 힐트리아 같은 관료계에서는 이야기가 다르다. 스트레스가 심신에 주는 보건적 피해가 막대하다는 사실을 모르는 거겠지. 아니면 알면서 묵살하는 걸까?

어느 쪽이든 니코틴도 알코올도 없이 힐트리아 관료계에서 버티라는 소리는 산소도 없이 에베레스트를 오르게 하는 거나 같다.

"에른네스트 동지, 당 중앙에서 '관찰'에 머무르라는 엄명이 내려온 것은 알고 있습니다. 하지만 현장은 이미 한계에 가깝습니다."

"한계라는 게 무슨 소린지 나는 상상할 수 없는데."

현장 지휘관에 해당되는 주임급의 인간이 무슨 말을 하는 건지 이해가 안 가는 것은 처음이었다. 솔직히 말해서, 바쁘다는 말로 현장 일을 세르게이 등에게 싹 떠넘겼음을 부정할 수 없다.

슬로니아 방면에서의 금 준비나 엉클샘과의 절충에 너무 정신을 기울였다.

발밑을 소홀히 하는 악습은 아직 안 고쳐진 걸까?

"세르게이 동지, 힐트리아 민주개혁 포럼의 감시가 한계에 달했다는 게 무슨 소리지?"

"단적으로 말씀드리자면, 현장이 폭주할지 모릅니다."

"폭주?"

"예, 동지."

솔직히 말해서 불가능한 말을 들었을 때의 기분이었다. 다비드가 알기로 정보성에는 애송이나 심부름꾼 꼬맹이가 있는 게 아닌데.

"그건 독단전행, 통제위반, 규율위반 같은 것 말인가?"

하지만 세르게이 주임은 입을 일그러뜨리면서 고개를 수그려서, 수긍이라고도 읽을 수 있는 동작을 했다.

"긍정이라고 보이는데 문제없나?"

"동료나 부하를 고발하려는 건 아닙니다만, 그렇습니다."

가벼운 충격과 함께 다비드는 세르게이 주임의 말을 되새겨보았다. 규율위반이 일어날 수 있다? 이게 세르게이 주임의 말이 아니라면 다비드는 웃어넘겼겠지.

힐트리아 정보성이나 보안 부문은 효율적이라고 하기 어려워도 강철 같은 규율만큼은 철저했다. 현장의 독단전행은 불가능하다. 조직적 관여가 아니라는 성명을 낼 때, 그것은 꼬리 자르기 말고 다른 의미가 없다는 것이 정확한 인식이다.

"다소 믿기 어렵군. 대체 무슨 일이 일어나는 거지?"

"사실 정보성 내부만의 반응이 아닙니다. 보안 부문 전체가 거칠어진 상태입니다. 이대로 가다간 뜻하지 않은 사고가 일어날 수 있습니다."

"세르게이 주임 동지, 말을 삼가게. 위험한 오해를 부를 수도 있는 경솔한 발언이야. 시기상 적절한 언동이라고 할 수 없군."

"외람된 말입니다만, 에른네스트 동지."

결심했다는 듯이 세르게이 주임은 무거운 입을 열었다.

"경솔히 말씀드릴 수 없는 사항이 아니라는 것을 알면서도 일부러 말씀드리는 바입니다."

거듭 말하지만, 다비드는 세르게이 호놀리우스라는 정보성의 주임이 우수하고 근면하며 더할 나위 없는 공복임을 안다.

권력이란 것은 부패한다. 절대적인 권력은 절대적으로 부패한다. 정보성에서 성실하다는 것은 개인의 인격만으로 지킬 수 있는 것이 아니다.

바꿔 말하자면 요즘 세상에 보기 드물게 인간의 얼굴을 계속 지킬 수 있는 당원이다. 고 나탈리아 옥타비아 여사 같은 이와 동류가 아니라면 게으름과 타성에 휩쓸려버린다. 그렇기에 그가 필사적으로 말하려는 바를 경시할 수도 없다.

"그럼 들어볼까. 대체 무슨 원인으로 감시에서 폭주 같은 사태를 유발할 수 있다는 거지?"

"동지, 실례지만 힐트리아 민주개혁 포럼은 너무 위험합니다! TO 정도가 아니라 연방군 내부에도 내통자를 획득하고 있는 상황입니다!"

"연방군 참모본부 정치총국은 그 점을 파악하고 있다."

지글드와의 대화에서 안 바로는 일부 장교가 우려한다기보다는 참모본부나 정치총국 전체가 위기의식을 공유하고 있다. 군 내부의 통제는 필요 최선이긴 해도 유지 가능하다.

"정치총국이 나선다고 해도 그건 군에 대한 침투를 방지한다는 의미에 불과합니다! 동지, 당이나 각종 외곽단체는 시시각각 좀먹히고 있습니다!"

그렇긴 해도 보안 부문이 위협을 느끼는 것도 자연스럽겠지. 야당으로서 포럼은 대단히 유능하다. 유용하다고 손 놓고 칭찬할 수 없을 정도로 놈들은 우수하다.

"미안하지만, 세르게이 주임 동지. 현재의 움직임은 당에 대한 불평불만을 보이는 일종의 척도이지, 직접적인 반란이 아니다."

진정하라는 듯이 담배를 태우면서 다비드는 신중하게 말을 이었다.

"이 건에 대해서는 이미 상층부에서 검토가 끝났다. 토르바카인 주석 동지를 포함하여 당 중앙은 문제를 살피고 정의하겠지. 알겠나?"

다비드는 세르게이 주임의 눈을 들여다보면서 말을 이었다.

"힐트리아 민주개혁 포럼은 조직원조차 명확하지 않은 '포럼'에 불과하다. 공감하는 인간을 죄다 포럼의 인간으로 간주하는 것은 바로 놈들이 바라는 바다."

힐트리아에서 반체제파는 반드시 견고한 조직을 구축하려고 한다. 민족주의자가 전형적인 사례겠지. 나슈계나 초연방주의자의 폭발을 유발했던 저번의 특수공작에서도 견고한 세포의 형성, 증식이 주된 수단이었던 것은 틀림없다.

다비드는 어깨를 으쓱이면서 결론을 말했다.

"전체적인 인상을 구태여 말하자면 종교 같은 장르라고 봐야겠지. 관리하고 통제하는 편이 당과 국가에 훨씬 유익하다."

정식 협약이 아니기는 해도 완전 무관계도 아니다. 종교조직과의 타협은 당에게도 지극히 중요한 교섭 분야로 간주되고 있다. 대내교섭인 동시에 외교정책에도 영향을 준다는 중요성은 항상 의식하게 될 정도다. 즉 전통적인 정책이다.

"우리는 그런 녀석들과 잘 지낸 전통이 있다. 관리 대상이 하나 늘어난 것에 불과하겠지."

당 조직과 대치할 수 있는 종교조직의 운동을 적발하고, 민중통제에 철저하기 위해 노력해온 힐트리아 공산당에는 축적된 경험이 있다.

제어할 수 있다고, 다비드는 세르게이 주임에게 암암리에 알려주려 했다.

"이렇게 간단한 논리가 통하지 않는다니 놀랍군. 세르게이 동지, 정보성 직원 동지들이 왜 기본 중의 기본을 잊는 거지?"

"개인적인 의견이 아니라는 전제를 깔고서 말씀드려도 되겠습니까?"

"벌거숭이 임금님이 될 생각은 없다. 꼭 말해 주게."

"에른네스트 동지 본인부터가 힐트리아 민주개혁 포럼과 내통하고 있다는 풍문이 떠돌고 있습니다."

무심코 입에 문 담배를 떨어뜨릴 뻔할 정도로 충격적인 말. 다비드는 무심코 자기 귀를 의심했다.

그것만큼은 숨길 생각이었는데…… 대학에서 알렉산드라를 방문한 것만으로도 그런 의심까지 사는 건가?

"미안한데, 다시금 말해 주겠나?"

미안하다는 듯이 고개를 끄덕이고 복창하는 세르게이 주임은 알고 있는 걸까?

실제로 그의 말은 진실을 찌르고 있다.

데우스 엑스 마키나 계획은 바로 힐트리아 민주개혁 포럼을 활용한다는 전제로 기획, 입안된 것이다. 정보성만이 아니라 공산당 중추에서도 몇 명밖에 모르고, 전모를 아는 인간이라면 다섯 손가락에 들지 않는다. 그게 누출된 건가?

아니, 엄밀하게 말하자면 내통했다는 말은 틀린 거겠지만…… 다비드, 토르바카인 주석은 그저 '알을 품었다'. 종교적으로 비유하자면 풍요한 대지에 씨앗을 뿌렸다고 해야 할까?

어느 쪽이든 실제로 공작을 맡은 이상, 다비드가 바로 '가장 큰 내통자' 다.

"어디서 그런 소리가 나오는 거지? 자업자득이라고 해도, 솔직히 말해 나로서는 짚이는 데가 없는데."

곤혹스러운 목소리에 속내가 스미지 않도록 자제하면서 다비드는 대수롭지 않게 캐고 들었다.

"알렉산드라 로가노프 여사와의 교우 관계입니다."

"사관학교 동기였다는 이유만으로 그런 의심을 사나? 솔직히 말해서 영 엉뚱한 소리를 하는 것 같은데."

예방선을 긋는 다비드로서는 그때 경솔히 그녀를 찾아가서 입을 놀린 것을 후회하는 심정이었다.

"말이 부족했습니다. 동지 자신의 교우관계가 아닙니다."

하지만 부하의 말로는…… 아무래도 원인은 다른 모양이다.

"카나인가? 단언하는데, 그쪽도 나와 군력이 같다."

"실례지만, 동생분이 대학에서 가깝다고 들었습니다."

"뭐라고? 잠깐만, 그건 타나, 아니, 타치야나 에른네스트를 말하는 건가?"

바로 그 말이라는 듯이 끄덕이는 부하 앞에서 다비드는 입에 물고 있던 말보로를 재떨이에 처박으면서 깊게 한숨을 흘렸다.

"제길, 알렉산드라 녀석, 이렇게 나왔나!"

아하, 과연, 그쪽인가.

납득했다는 것이 또 짜증난다.

"내 여동생을 걸고넘어지는 수밖에 없겠지."

그만큼 친하게 지내면 누구든지 연줄을 생각하는 법.

다비드의 부모조차도 '노멘클라투라의 부모'라는 연줄을 찾는 사람들 때문에 떨떠름하게 직장에서 조기 은퇴하는 꼴이 되었다. 가족인 여동생이 정치적 라이벌로 간주되는 알렉산드라와 접촉한다면 누구든 '밀사'라고 의심하겠지.

"타나도 타나지만, 알렉산드라도 알렉산드라지! 남의 가족을 디코이로 쓰다니 배짱도 좋군!"

성실한 성격이던 알렉산드라도 드디어 옥타비아 여사의 계보답게 비겁한 수를 배운 게 틀림없다. 다비드 자신이 결백하다면 '싫긴 하지만 유효한 수로군.'이라고 감탄할 수도 있었겠지. 문제는 찔리는 바가 있다는 점이다.

"이렇게 귀찮은 수를."

다비드가 내뱉은 말은 진심에서 나온 것이다.

"제길, 그런가, 그렇게 되면 관찰하라고 한 내 말도 실로 수상쩍군."

객관적으로 봐서 적의 우두머리와 내통하는 걸로밖에 보이지 않는다. 다비드 에른네스트의 경력을 보고, 타치야나 에른네스트가 알렉산드라와 친한 것을 보면, 정보 관계자라면 내통하는 거라고 읽는다.

의도는 둘째 치고, 내통 의혹을 부추기기에는 충분하고 남는 상황 증거다.

"한 방 먹었군! 실로 귀찮기 짝이 없어."

알렉산드라로서는 단순한 방해공작의 일환이겠지. 하지만 다비드로서는 정말로 치명적인 사태로 이어지는 중대한 사고였다.

"현장이 불복종 의사를 내비치고 싶어질 만하군, 이건!"

성대하게 분노를 토해내는 한편으로 다비드의 두뇌는 타협점을 찾아서 급속하게 생각을 정리했다.

상황을 보면 모르는 척할 수도 없다. 그리고 최악의 가능성을 고려하면 철저한 조사는 피하고 싶다. 이렇게 되면 누군가에게 바통을 넘기는 게 자연스러울까?

수습하는 리스크도 가미하면 결국 이건 상부에 보고할 수밖에 없다.

"내 지시에는 다소 불만이나 문제도 있겠지. 부끄럽지만, 토르바카인 주석 동지에게 사정을 설명하고 누군가에게 지휘권을 위양하는 방향으로 선후책을 검토하지."

"명예 회복을 위해서라도 예방 구금을 해야 합니다. 솔직히 말씀드리자면, 동지를 의심하는 의견을 억누르는 것도 한계가 있습니다."

"충고는 고맙지만, 그렇다고 경거망동할 수도 없지. 토르바카인 주석 동지에게 뒤처리를 부탁드려야겠어."

불행한 오해를 불렀다는 태도인 채로 다비드는 한탄했다. 이걸로 당분간은 나도 신나게 군소리를 듣겠다고.

"그럼 예방 구금은 없는 겁니까?"

"그래. 현장도…… 일단 다스리도록."

하지만, 이라고 말하려는 부하에게 다비드는 못을 박았다.

"가능한 데까지가 아니라 단호하고 철저하게 해야만 한다. 당의 지시에 대한 규율위반이 나오면 처분은 엄정하게 해라. 나에 대한 불신감은 몰라도, 당의 정당한 명령계통에 위반이 있으면 곤란 정도로 끝나지 않아. 알겠나?"

다비드는 세르게이 주임의 눈을 들여다보며 말했다.

"괜찮겠습니까? 상황이 상황이고……."

"세르게이 주임 동지, 포럼을 함부로 자극하는 것은 삼가야 한다. 당의 의향은 리스크 대책에 중점을 두는 것을 바란다. 무엇보다 합법적인 노선을 걷는 이들이 상대라면 위압소송으로 나가는 편이 무난하다고 나도 믿는다."

투덜대는 동시에 상사에 대한 배려에 얽매이는 노멘클라투라답게 위의 명령에는 금과옥조처럼 매달린다.

너무 불신감을 안겨줄 것도 없겠지.

"파고들 틈은 있습니까?"

"세르게이 주임 동지……. 그들은 어디 주민이지? 서방이라면 몰라도, 놈들은 여기 힐트리아에 살고 있다."

풍요롭다면 악덕의 도시에 살면서 계속 청렴결백할 수 있겠지. 하지만 그건 부유층에만 허락되는 특권이다. '자주관리'의 힐트리아에서 평범하게 생활하면서 법을 지키려면 그 평범한 생활이 성립되지 않는다.

"어지간한 일이 있지 않는 한, 치고들 틈은 있겠지. 오히려 아무것도 없는 쪽이 오히려 수상하다고 생각되지만."

"맞는 말씀입니다."

"위압소송이 유효한 이상, 함부로 일을 키우고 싶지 않다."

납득한 것처럼 끄덕이는 부하의 얼굴에는 의심이 남아있지 않았다. 아무튼 힐트리아에서는 법을 어기지 않고 생활할 수 없으니까.

자주관리사회에서 도둑질하지 않고 생계를 꾸린다는 것은 연금술에 가깝다.

생활을 위한 자잘한 도둑질이 없으면 나날의 일용품도 부족한 상황. 선량한 개인이라도 규칙 위반을 범하지 않을 수 없겠지.

제도상, 법률상, 자주관리단체의 부정을 방치하는 것은 같은 죄로 취급된다. 하지만 그걸 무시하지 않으면 자주관리단체 전체에서 배척받는 대상이 된다. 부정을 묵인하고 가담하지 않는 인간에게 직장은 존재하지 않는 거나 마찬가지다.

어쩌면 소액의 뇌물도 좋은 사례겠지. 청렴한 인간이 뇌물을 받지 않는다는 것은 받지 않아도 되는 사회에 살고 있기 때문에 불과하다.

뇌물 거부는 청렴해서가 아니라 이쪽에게 격의가 있다고 해석할 여지도 있다. 필연적으로 매수할 수 없는 인간이 기적처럼 존재한다고 해도, 그 녀석을 주위에서 팔아넘기기란 너무 간단하다. 뇌물을 받지 않는 게 너무 어려운 세계를 바깥 세계의 주민들은 상상할 수 있을까?

"적극적인 범죄가 아니더라도 털면 먼지가 나온다. 쉬운 일은 아니지만, 못 할 것은 없겠지."

"옳은 말씀입니다. 동지, 어느 정도까지 해볼까요?"

우려할 것은 그 사실을 치안기관의 인간이 기묘하게 여기지 않는다는 초현실이지만. 세르게이 주임 같은 부류마저 떨떠름하게 현황으로 받아들이는 것은 이미 말기 증상이다.

활용하는 인간으로서는 그런 말을 할 처지가 아니지만.

"위압소송 전략이란 것은 미묘한 배려가 필요하다."

힐트리아의 사법제도란 당에 유리한 판결을 내리는 기관의 일부. 사법제도라는 단계를 거쳐 완만하게 단속해 그럴듯한 결론을 얻어내는 편리한 장치다.

한편 그렇기에 사법의 독립을 믿는 힐트리아 시민은 하나도 없다. 이 점을 고려하면 운용에서 어느 정도 사용법을 연구하고 배려해야 할 필요가 있는 도구이기도 하다.

"위압소송이라고 알려져서 좋은 경우와 피하는 게 좋은 경우가 있다. 이번엔 포럼에 얽힌 소송으로 보이고 싶지 않다."

명분, 평판에 대한 배려란 것은 노멘클라투라에게 필수다.

핑계와 현실이 마구 뒤엉킨 조직 내부에서 자신의 행동이 '어떻게 해석될 것인가?' 하는 점에는 엄중한 유의가 필요하다.

잘못 둔 수가 화약고에 불씨를 던지는 거나 마찬가지인 문제.

알렉산드라의 위험한 한 수로 이미 포럼과의 미묘한 관계가 드러내게 된 다비드로서는 매우 짜증스러웠다.

"경제 규율 강화 월간이라는 명목으로 가자. 다소 시간을 두고서 찌를 생각이다."

"그럼 양동도 겸하여 포럼과는 무관계인 곳도?"

"좋은 단속이 되리라 생각하지만. 도가 지나쳐도 문제다. 또 내가 포럼을 원호한다는 풍문이 떠돌면 안 되니까, 실제 준비를 진행할 때는 내 후임자에게 맡겨야겠지. 인수인계용으로 청사진만 그려줘."

"알겠습니다. 곧바로 입안하겠습니다."

"가급적 보안 부문이 아니라 내무성 계통을 활용하도록. 뭐하면 알렉산드라 동지를 불러도 좋겠지. 겉에서 보기엔 통상적인 규율 단속으로 보이도록 하고 싶다."

"최악의 경우 피의자의 부문이 관여합니다만, 괜찮습니까?"

"대충 하거든 정말로 직무태만으로 고발할 수 있다. 대충 하지 않는다면 훌륭한 노멘클라투라의 일원으로 선전해 주겠지."

"앙갚음이군요."

그러며 웃는 세르게이 주임에게 다비드는 고개를 끄덕이며 말을 이었다.

"알렉산드라 동지에게는 신세를 졌으니까…… 조금은 답례를 해 줘야겠지."

"알겠습니다. 그럼 일부러 그렇게 하겠습니다."

"감시를 느슨하게 할 생각인가?"

"내무성에 정보성 인간이 드나드는 것도 어렵겠지요. 소동이 나는 것보다는 기회를 살피다가 재빠르게 움직여야 하지 않을까 합니다."

하나를 말하면 열을 아는 세르게이 주임을 필두로 힐트리아 정보성의 민족문제 대책과는 여전히 실력자들이 모여 있다. 감시 방법을 간접적인 어프로치로 바꾼다고 대충 하는 일은 없겠지.

문제가 있다면 다비드 자신의 복합적인 입장. 이해상반이 너무 미묘하다는 점은 고민스럽다. 힐트리아인으로서의 다비드로서는 데우스 엑스 마키나 계획 수행이 최우선이다. 한편 노멘클라투라로서는 당 안에서의 자신의 지위를 소문으로부터 지키기 위해 뛰어다닐 필요가 있다.

포럼에 이익이 되는 행동으로 비치면 다비드의 입장이 위태로워진다. 데우스 엑스 마키나 계획의 수행에서 예상하지 못한 장애가 발생했다.

"어렵군."

GO 사인을 내야 할까, 내지 말아야 할까, 그 판단이 어렵다. 어려운 선택이다. 어느 쪽을 택하더라도……라고 생각했을 때 다비드는 깨달았다.

딱히 선택할 필요도 없다.

결단은 지휘관의 직무이며 책임자의 존재 이유다. 바꿔 말하자면 사보타주의 첫걸음은 결단의 방치나 지연으로 이루어질 수 있다.

"좋은 방법 같지만, 결단을 내리는 것이 타당하다고는 보이지 않는군. 현재 내가 지지하면 이익상반의 의심을 살지 모른다."

지연의 이유를 간단히 찾을 수 있는 것도 힐트리아 관료계의 기묘한 특징이겠지.

"아무튼 나는 지금부터 주석 동지에게 들러서 이 한심한 전말을 보고할까 한다. 차를 돌려주겠나."

"예, 맡겨주십시오."

"급한 일이라고 들었는데."

"부끄러운 전말입니다만, 조력을 부탁드립니다."

알렉산드라에게 당했다고 말하는 것은 유쾌하다고 하기 어렵다. 솔직히 말하자면 자신의 추태이기도 했다. 그러니까 더더욱 스스로에게 벌을 내리는 비판적 정신으로 다비드는 상황을 직시했다.

"상황을 말해 봐라. 짧게, 하지만 전체상으로."

다비드의 입으로 시계열에 따른 보고를 받는 동안, 토르바카인 주석은 잠시 말없이 다비도프 시가를 태우며 연기를 뿜었다.

당연하지만, 밝은 보고는 아니다. 불쾌하다는 듯이 재떨이에 처박힌 시가 꽁초가 작은 산을 이루었다.

상사의 심경이 어떤지는 물리적으로 가늠할 수 있을 것이다.

그러니까 다비드는 일부러 객관적인 태도로 보고했다. 필요한 것은 희망적인 관측이 아니라 현실이다.

"발밑을 허술히 하였군, 동지."

"드릴 말씀이 없습니다. 실수했습니다."

사태를 다 들은 토르바카인 주석은 다비도프 시가의 케이스를 꺼내어 던져주었다. 한 대 피우라는 말에 다비드는 시가로 손을 뻗었다. 폐가 꽤 메말랐던 만큼 니코틴은 고마웠다.

담배란 인간의 섬세한 마음에 달라붙는 못된 친구다. 뭔가를 토해낸 뒤에는 몸에 안 좋다고 알면서도 그 빈자리를 채우기 위한 퍼즐이 될 수 있다.

"자네를 다소 혹사한 건 나였지."

질타를 각오했던 만큼, 연기와 함께 나온 치하의 말은 다비드의 의표를 완벽하게 찔렀다.

"슬로니아 안건, 포럼, 마지막에는 부정부패와의 싸움에 엉클 샘 놈들과의 유쾌한 비즈니스 런치. 일이 너무 많았다."

"하지만 가정에서 사정을 파악하지 못한 것은 잘못입니다. 필요하다면 사표 준비도……."

"필요 없다, 동지."

시선으로 '괜찮겠습니까?'라고 묻는 다비드에게 토르바카인 주석은 어깨를 으쓱이고 시가 연기에 말을 섞어가면서 내뱉었다.

"자네를 가정을 돌려보내지 않았던 것에는 당이나 내 책임이 중대하겠지. 에른네스트 부인에게는 미안한 심정이다."

"아내도 이해해 줄 겁니다."

"이해와 납득은 다르지, 동지."

"명심하겠습니다."

어색함을 숨기기 위해 무심코 담배 끄트머리를 씹는 자신의 어리석음. 카나의 이해심에 너무 많이 기댔다고 할 수밖에 없다.

도무지 고개를 들 수 없다.

"자꾸 무리를 시켰다. 전선 정리가 필요한 거겠지. 그렇다면 그때가 온 것에 불과하다. 자, 사후처리 이야기로 돌아가자."

그 말과 함께 토르바카인 주석의 눈이 가늘어지고, 날카로운 시선은 다비드를 똑바로 바라보았다.

본론으로 돌아가자는 의도를 읽고 다비드도 즉각 자세와 표정을 바로 했다.

"우선 초기 대응과 유출 가능성을 검토하지. 시기가 시기니까 신중을 기해야만 하겠지만…… 누설은 아니겠지?"

"안타깝지만, 단언할 수 없습니다."

"그렇다면 됐다."

태연하게 내뱉은 말의 의도를 다비드는 한순간 이해하기 어려웠다.

다비도프 시가의 연기에 목이 막히지 않았던 것은 우연에 불과하겠지. 뭐라 형용할 수 없는 표정으로 멍하니 있던 다비드는 한 템포 이상 늦게 간신히 대답했다.

"괜찮습니까?"

"어디서 유출된 건지는 조사했겠지? 동지가 꼬리를 잡지 못한 것을 감안하면, 한없이 화이트에 가까운 그레이라고 간주된다."

자세를 바로잡은 다비드는 두터운 신뢰에 고개를 숙였다.

포럼에 잠입시킨 '학교', '백로', '두꺼비', '게으름뱅이'라는 이들은, 다비드가 일방적으로 그들을 알고 있을 뿐이다. 그들 전원이 누구와 정보를 주고받았는지조차 숨기고 있다.

실제로 가볍게 조사시켜서…… 모든 의혹의 시발점을 찾아낸 것은 아니지만, 물증이 있다고 생각하기 어렵다는 것이 다비드 자신의 생각이었다.

솔직히 말해서 유출 가능성을 완전히 부정하는 것은 악마의 증명이겠지.

"대충 견제를 위한 소문 단계겠지. 노멘클라투라의 전형적인 방식이지만, 당하는 쪽으로서는 귀찮기 그지없지."

거기서 토르바카인 주석은 떠오른 것처럼 입을 열었다.

"딱 하나 마음에 걸리던 게 있다. 이 기회에 동지에게 충고해 두고 싶군."

"예."

"노멘클라투라란 생존본능이 뛰어난 계급이다. 덧붙이자면 생존의 위협에 대해 무시무시하게 민감한 생물이다."

"알고 있습니다만?"

왜 그런 당연한 소리를 하는지 다비드는 무심코 되물었다.

힐트리아의 사회구조를 알면 이 나라를 실질적으로 지배하는 노멘클라투라의 내부투쟁이 얼마나 치열한지 좋든 싫든 숙지할 수밖에 없다.

당 중앙에서 획책하는 다비드 같은 계층 정도 되면, 나날의 실무를 통해 반복학습하는 거나 마찬가지다.

"호오, 알고 있다는 건가."

"주석 동지?"

"알면서 이런 소문이 나나?"

대수롭지 않은 척하면서 흘리는 약간의 짜증. 다비드의 등골에 기합을 넣기에는 충분하고 남았다.

"그, 그건……."

"동지, 사관학교에서 뭘 배웠지? 정치교육 수업에서는 낮잠이라도 잤나?"

할 말이 없는 다비드의 앞에서 토르바카인 주석은 꽁초를 재떨이에 꽂고서 노골적인 한숨을 흘렸다.

"핑계와 모순뿐인 경전이네만, 계급에 착목한 것은 혜안이다. 서방 놈들은 공산주의가 완전한 오류라고 비웃지만…… 흥, 둘러대기는. '자본주의 사회'라는 근대적 병리 판단까지는 틀리지 않아."

"예?"

"뭔가, 동지. 자네도 서방에 미래가 있다고 믿는 파인가?"

"외람되지만 현황은…… 그들의 우위를 보이고 있습니다."

"그렇겠지. 애초에 우리가 직접 실패를 보이고 있으니까. 놈들은 우리와 다른 길을 택했다. 선구자들과 달리 낙오자 꼴이라니 웃기지."

담배를 새로 피우면서 토르바카인 주석은 웃었다.

"모르겠나. 우리가 실패하고 그들이 성공한 이유는 단순해. 진단에 대한 처방전의 차이에 불과하다."

토르바카인 주석은 긍지와 존엄을 담아서 선인들의 생각을 옹호한다. 힐트리아라는 국가의 쇠퇴를, 그 인생을 걸고 지켜본 인간의 말은 직접적이다. 짜증을 숨기지 않고, 토르바카인 주석은 말을 내뱉었다.

"우리는 극적인 수술을 택했고, 그 수술은 참담한 실패로 끝났다. 서방 놈들? 간신히 찾아낸 특효약을 다 예상했다는 척하며 먹은 것에 불과해."

나중에야 무슨 말이든 할 수 있다고 투덜대는 태도는…… 다비드의 과실도 후벼 팠다. 다비드로서는 마음속 어딘가에서 힐트리아가 '실패로 끝났다'는 사실에 너무 집착하는 자기 자신을 인정하지 않을 수 없었다.

과거의 기억. 실패의 미래.

새겨진 경험이란 것은 때로는 사고의 자유를 갉아먹는다.

"올바른 문제인식은 해결로 가는 길의 절반에 불과해. 문제를 확실히 보고서 해결하지 않으면 의미가 없다. 도구는 제대로 써라. 선입관으로 일을 보지 마라."

"예……."

순순히 끄덕이는 다비드에게 토르바카인 주석은 강의하는 교사 같은 어조로 일의 도리를 말했다.

"어설프게 우수한 개혁자일수록 '기득권층'을 경시하기 일쑤다. 대단한 게 아니라고 말이지. 그래, 하나하나는 무능하겠지. 한편 계급으로서 기득권층은 무시무시하게 강하거든?"

똑바로 다비드를 바라보는, 피폐한 영혼의 소유자는 오랜 관찰에 기반을 두고 진리를 천천히 씹듯이 말했다.

"동지, 명심하도록. 노멘클라투라는 생존본능이 뛰어난 계급이다."

"죄송합니다. 알고 있다고만 생각했습니다."

침묵과 담배 연기가 떠도는 가운데 토르바카인 주석은 천천히 입가에 미소를 지었다.

"생각했단 말인가."

그렇게 내뱉은 토르바카인 주석의 말은 온화한 음색이었다.

대수롭지 않게 되풀이하듯이, 태연하게 내뱉은 소리는 낮다.

그래도 다비드를 향하는 토르바카인 주석의 시선은 차가운 두 눈에서 날카롭게 날아왔다. 눈은 조금도 흔들리지 않았다. 마주 바라보면 거기에 깃든 강렬한 마음의 힘을 읽어낼 수 있었다.

처음 대면했을 때 이쪽의 마음속 깊은 곳까지 들여다보는 무시무시한 관찰안을 토르바카인 주석이 아직 가지고 있음은 의심할 여지없이 증명되었다.

이유는 단 하나다.

"그렇게 생각했습니다……."

성대에서 쥐어짠 자신의 목소리가 너무 힘없이 울렸겠지.

'방심'.

실패의 원인을 캐보면 그 두 글자로 끝난다.

다비드 자신도 무의식중에 경멸했다고 인정할 수밖에 없다. 한심하게도 마음속 어딘가에서 자신은 노멘클라투라를 단순한 기생충으로 얕보고 있었다.

하지만 그들은 생존에 특화되었다. 위협을 감지하는 신경이 이상하게 발달했다. 세상을 바꾸려는 인간으로서는 그 존재를 무시할 수 없다.

"자기보신에 특화된 계급은 강하다. 자기가 가진 기득권에만큼은 이상하게도 후각이 예민하지. 야당 따윈 놈들에게 최대 최악의 천적이나 마찬가지니까, 그 위기감을 흩트리려면 꽤 노력을 기울여야 한다."

힐트리아의 '중대 사건'으로 사실상의 쿠데타를 성공시킨 토르바카인 주석의 말은 실감으로 가득했다.

의심을 뽑아내기 위해서는 어중간한 대응으로는 불가능하다.

"구태여 말하자면 자네는 어딘가 마무리가 허술한 거겠지. 손은 깨끗할지도 모르지만, 깨끗할 뿐이야."

"경험 부족을 통감할 따름입니다."

말없이 다비도프 시가를 피우면서 토르바카인 주석은 수긍하듯이 끄덕였다.

"노멘클라투라 개개인은 똥이다. 부끄러운 더러움에 불과하다. 하지만 그런 것을 한곳에 모으면 악취를 내뿜는 것으로 끝나지 않는다."

본질적으로 정치적 동물인 인간의 집단은 집합지성을 가지고 있다. 무리를 얕보면 안 된다. 설령 힐트리아의 붕괴를 막지 않았다고 해도. 미래에서 그들이 실패했기에 그들이 이번에도 실패할 거라고 믿는 것은 자신의 잘못이다.

"배 밑바닥을 들여다본 적이 있다면 알겠지."

"앞으로 최대한으로 유의하겠습니다."

힐트리아의 국가 주석이자 '정보 담당'으로서 서방과 매일 접한 베테랑은 한숨을 흘렸다.

"정말이지 다들 너무 자기 시선으로 만사를 생각해. 자네조차도 다르지 않군."

"죄송합니다."

고개를 숙일 수밖에 없는 다비드에게 토르바카인 주석은 쓴웃음과 함께 말을 이었다.

"이 점에서 서방 놈들도 마찬가지겠지. 놈들은 너무 해맑을 정도로 자신들의 정의가 절대라고 믿어 의심치 않아. 아닌가?"

"그 점 말입니다만, 이전에 지시받았던 윈텐가르 교수에게 질문할 기회를 얻었습니다."

"표정에서 보건대 좋지 않은 결과겠지."

다비드는 고개를 끄덕였다.

"소란이 일어났을 경우, 인도주의를 구실로 삼은 개입은 상정한 세 케이스 중 모두에서 일어날 수 있다고 했습니다."

"잔불이라도 치명상이 될 수 있나."

"한두 번의 폭동 정도라면 경찰권의 문제로 진압할 수 있겠지요. 소요라도 희망은 가질 수 있습니다."

내정불간섭의 원칙은 일단 명목상으로는 존중된다.

소규모라면, 뉴스도 되지 않는다면, 진압 행위도 정당화할 여지가 보였다.

반대로 말하자면 서방이 좋아하는 화제를 포럼 놈들이 서방에 발언하기 시작한 순간 힐트리아 공산당은 궁극의 결단에 쫓기게 되겠지.

"문제는 포럼 같은 대중적 조직이 폭도로 변했을 경우입니다. 폭동 대응용인 코드 시트론은 준비되었습니다만, 최소한의 유혈로 진압할 수 있다는 보증은 없습니다."

"최악의 케이스를 상정해야 하겠지."

"데모를 전차로 분쇄하는 케이스입니까? 민족주의자의 분규조차도 평판이 안 좋습니다만, 자유주의자에게 전차를 보내고 변명할 수 있을지 의문입니다."

"맞는 말이다."

결국은 외줄타기다.

어디까지 간들…… 포럼이 이대로 '권력의 감시자'로 체제 안에 머물러준다면 일은 잘 굴러간다. 한편 그들이 조금이라도 길을 벗어나면, 혹은 치안기구가 대응을 그르치면 대참사가 기다리고 있다.

"각오는 했습니다만, 야당이란 것은 더없는 극약이군요."

"암, 그렇지. 그렇기에 말기 환자에게도 효능이 있는 거니까."

너무 센 약이란 것은 작용, 부작용 모두 격렬하기 그지없다.

아이러니하게도 힐트리아 공산당을 치료하는 건지, 대미지 컨트롤을 하는 건지, 당사자인 다비드 자신조차도 때때로 혼란스러워질 정도다.

"자, 다비드 동지. 이야기를 선후책으로 되돌리자. 후임 인사 말인데, 복안은 있나?"

"콘라트 하야넨 동지는 어쩔까요?"

다비드로서는 반석의 인선으로 한 말이었다. 니코가 세상을 뜬 그때, 슬로니아를 맡을 정도의 인물이다. 다비드 같은 젊은이가 포럼 대책에 나서면 불안을 숨기지 않는 보안 부문도 하야넨 동지라면 '권위'를 인정하고 안정을 찾을 거라고.

하지만 토르바카인 주석의 견해는 정반대인 모양이다. 토르바카인 주석은 기각이라고 딱 잘라 말하며 손을 흔들었다.

"콘라트 동지라고? 녀석은 너무 거물이다. 덤으로 머리가 잘 돌아가."

거기에 추가로 다비드가 보기론 체제파의 온건한 개혁파.

"거의 완벽한 후보라고 생각됩니다만?"

"반대다. 이런 요소가 모인 노멘클라투라 정도 되면 어지간한 일이 없는 한 맡길 수는 없지."

"뭐가 문제입니까?"

"조금 전에 설명하지 않았나."

노멘클라투라는 의심이 이상하게 발달했다. 포럼 대책에 갑작스러운 지원 조치가 필요하다면, 무난한 쪽으로 찾아야 한다는 걸까?

"더불어서 타이밍이 미묘하다."

"타이밍입니까?"

"그는 차기 갈리아 대사로 새로운 경력이 정해졌다. 다음 정례 인사에서 발표되겠지. 거의 모든 부문에서 조정이 끝난 단계다."

"의외의 인사로군요. 정치총국에서 외교 쪽으로 내보내는 겁니까?"

솔직히 말해서 좌천은 아니더라도 전문분야와는 거리가 먼 조치라고 해야겠지. 당원으로서는 재외공관의 대사직보다도 정치총국의 국장급이 훨씬 강대한 권능과 권위를 인정하는 법이다.

하지만 다비드가 품은 그런 의문에 토르바카인 주석은 코웃음을 쳤다.

"다비드 동지, 때때로 자네가 늙은이처럼 여겨질 때도 있었지만…… 역시 근본적인 부분에서는 경험이 부족한 애송이였군."

"예?"

"첩보 담당자는 속만 보면 되는 게 아니다. 이런 때니까 더더욱 신뢰할 수 있는 말을 외부에 두어야만 한다. 정보 관련 거물을 해외로 보내면 '체제 안'의 녀석들을 안심시키는 효능도 있다."

"안심할 수 있다는 겁니까?"

이해가 안 가는 다비드에게 토르바카인 주석은 쓴웃음과 함께 말을 이었다.

"당사자에게는 자각이 없는 모양이더군. 결국은 자네를 싱기두눔에서 쫓아내는 것으로 사람들의 눈을 수도 밖으로 돌리는 것과 같다."

토르바카인 주석은 속마음을 숨기는 듯한 웃음을 띠면서 말을 이었다.

"아무래도 나는 동지를 대내치안작전에 너무 오래 써먹은 모양이군. 운명의 지배자라고 과신하는 자의 발밑은 위태롭다. 앞으로는 안팎을 균형적으로 볼 수 있는 만능주의자가 되어야겠어."

첩보 담당이었던 자의 일가견 앞에서, 몇 년 경험한 바에 불과한 다비드로서는 침묵할 수밖에 없다.

"그 점에서 콘라트 동지의 경험은 다른 자가 대신하기 어렵지. 다른 나라들에 대한 조정 실력은 빈틈이 없다. 이 문제는 그자 말고 맡길 만한 사람이 없다."

결국 다비드 에른네스트라는 인간은 '비정규전' 전문가에 불과하다.

따지고 보면 국가를 파괴하는 법밖에 모른다.

군벌의 지도자가 대통령 흉내를 낸 정도로는 정치라고 할 수 없다. 다비드로서는 자기의 장점, 단점이 편중되었음을 다시금 실감하게 되었다.

"이 일에는 따로 적당한 인원을 확보하지. 자네와의 관계를 고려하자면 이 일은 지글드 동지에게 맡겨야 할까 싶은데."

"진 동지 말입니까? 실례지만, 괜찮을까요? 제 후임을 군부에서 데려오는 것은 다소……."

"불만인가?"

"외람된 말입니다만, 당의 통제문제에 저촉될지 모릅니다. 진 개인은 신뢰할 만합니다. 하지만 현역 군인이 관여하게 된다면 미묘한 전례가 되지 않을까 싶어서."

연방군은 국가의 개가 아니다. 곧잘 오해를 사곤 하지만, 힐트리아 연방군은 연방의 일체성과 사회주의 체제 방위를 위해 당의 지휘하에 있는 폭력장치다.

어디까지 당이 주인이지, 군인이 당을 지휘하는 것은 허락되지 않는다.

다비드 자신도 공식적으로는 퇴역한 몸. 아직 군에 남은 것은 정치총국에 있는 지글드 정도겠지.

"엄밀하게 말하자면 정치총국에 있는 이상은 당의 인간이기도 하다."

"옳은 말씀입니다만…… 다소 궤변이 아닐까요."

힐트리아 전체를 뒤져봐도 양쪽을 겸비한 인원은 찾아보기 어렵다. 퇴역한 인간의 명예 칭호 정도를 빼면 거의 한 손으로 꼽을 수 있을 만큼 소수파겠지.

불가능하지는 않지만…… 자잘한 파문 정도는 생긴다.

"알고는 있지만, 달리 길이 없다. 이 경우 군과 당에 모두 속할 정도의 배짱이 있다는 평가가 있기를 기대한다."

"실례지만, 그 정도로."

사람이 부족합니까? 라는 말을 생략한 것은 아무래도 말하기 저어되었기 때문이다. 그런 질문을 하는 것 자체가 국가로서는 말기겠지.

하지만 토르바카인 주석은 무정하게도 쓸쓸한 듯한 표정으로 끄덕이지 않는가.

결국 신용할 수 있는 인재는 귀중하다. 힐트리아라는 일국의 수뇌가 써먹을 카드가 없어서 고생한다?

너무 서글픈 진리다.

무수한 노멘클라투라라는 인재들이 강철과 같은 규율로 자기 통제한다는 겉치레와는 달리, 급할 때 큰일을 맡길 수 있는 인간이 너무 부족하다.

"자, 동지. 이런 상황이니 우리의 시간은 유한하고 해야 할 직무는 산더미처럼 쌓였다. 일을 시작하도록 하게."

"예."

양심이 찔린 것은 오늘 저녁 예정을 생각한 순간이었다. 오늘 아침에 차 안에서 카나와 한 약속은 못 지킬 것 같다.

"바빠지겠군요."

"그렇지만…… 왜 그런가, 동지?"

"아뇨, 오늘 저녁을 가족과 함께 보내기로 약속했습니다만. 오늘은 못 돌아가겠다고 아내에게 전해야만 하겠다고 생각하니 마음이 무거워져서……."

"의무의 요청이란 괴로운 법이지."

"어쩔 수 없습니다."

만감의 마음과 함께 다비드는 끄덕였다.

"좋아. 그럼 시작하도록."

"예, 주석 동지."

경례하고 퇴실할 때 다비드는 마음속으로 투덜거렸다.

알렉산드라 녀석, 정말이지 사람을 제대로 괴롭히는군.

제4장 데우스 엑스 마키나 계획

필요는 발명의 어머니다.

단적으로 말해서 지금으로부터 1~2년 정도 전의 일이다. 힐트리아에서는 기묘한 시기였다고, 다비드는 돌이켜 생각한다.

임시 당 주석이던 토르바카인 동지가 극적으로 권력을 장악하고 국가주석으로 취임. 통제하에 놓인 당 조직이 순조롭게 기능을 회복하는 것으로 보였다.

구태여 말하자면, 모르는 게 약이었겠지.

발밑에 폭탄이 있는 것도 모르고, 알려고도 하지 않았다. 애초에 그런 게 묻혀있다는 것은 상상의 범주 밖이었으니까.

이래선 보르니아 공화국의 그랜드 힐트리아 호텔 건설 현장의 실패를 비웃을 수 없다.

사고 당시, 서방에서 경험을 쌓았던 노련한 관리자들은 가스관이 노후된 채로 방치되었다고는 꿈에도 생각하지 않았겠지. 그들은 '정상적'인 세계에서 '정상적'으로 경험을 쌓았다. 가스누출의 위험이 일상적이라고는 누가 생각이나 할까?

어떤 의미로 힐트리아 재정도 마찬가지다. 아니, 그 이상이다. 노후된 가스관 이상으로 치명적인 폭탄이 방치되어 있었다.

가장 우스운 일은 그것이 '국가최고기밀'이라는 으리으리한 명목으로 봉인되어 있었다는 사실이겠지. 다비드는 물론이고,

당시 당무서기라는 중직에 있었던 토르바카인 주석조차도 그 사실을 몰랐다.

그렇기에 힐트리아의 재건은 더 온건하고 완만하게 당의 강화를 꾀해야 한다고, 소용돌이 한가운데에 있던 다비드조차도 천진난만하게 믿고 있었다.

누가 봐도 마찬가지였다고 해야겠지. 그 정도로 토르바카인 정권은 국가재건을 목표로 좋은 스타트를 끊었다고 평가되고 있었다.

문제가 산적했다고 해도, 자신들이라면 조금씩 처리할 수 있다. 노멘클라투라 사이에서도 그런 낙관론이 서서히 감돌았다.

그렇기는 해도 당 기구의 재편과 거기에 따른 노멘클라투라 필연의 내부투쟁이 치열하기 짝이 없는 시기이기도 하다. 전가의 보도인 밀고, 모함, 또 기묘한 동맹과 배신 등등, 마음을 늦출 수 없는 소재를 열거하자면 끝이 없다.

그때도 지금과 다름없이 매일처럼 직무에 쫓기는 노멘클라투라는 모두 세 가지 직업병을 품고 있었다.

첫 번째로 고뇌의 필두는 스트레스에서 오는 불면증.

밤낮이 뒤바뀐 정도가 아니라 밤낮을 불문하고 날아오는 안건에 쫓기고 경악할 현실과 계속 직면하다 보면 필연적인 귀결로 자율신경이 망가진다.

두 번째는 과도한 행사 참가에 따른 심신의 부담.

나이 많은 당원이라면 특히 더 심하겠지. 지치고 늙은 몸에 채찍질을 하면서 오랫동안 서 있는 퍼레이드 등을 속으로 욕하게 된다.

젊다고 해도 방심은 금물. 웃기기 짝이 없는 소리지만, 기립한 채로 태연한 표정을 지키는 것은 의외로 힘들다.

또한 석차의 과시로 이어지는 터라 모두가 성실하게 참가한다. 정신질환, 탈장, 자칫하면 탈수증까지는 모두가 각오해야만 하는 대가겠지.

하물며 토르바카인 임시 당주석이 정식 국가주석으로 승인받기 위한 관련식전은 언제든지 서열 다툼이 치열했다.

웃기는 소리로 들릴지 모르지만, 의자 위치를 둘러싸고 나잇살이나 먹은 어른들이 진지하게 일희일비하고 있으니까 무서운 일이다. 식전을 운영하는 입장인 다비드조차도 상당히 마음고생을 해야 했다.

이것들 두 가지만 해도 이미 인간의 심신을 좀먹기에 충분하고 남는다. 강철의 전위대라도 인간은 살아있는 육체를 가진 존재다. 스트레스에 시달리고 오래 걸리는 행사에 참가하고 수면 부족까지 겹치면 수명을 갉아먹는 거나 마찬가지겠지.

마지막에 오는 게 알코올과 담배 의존증인 것은 필연이었다.

이 가혹한 환경에 놓인 인간의 심신이 방어반응으로 과도한 음주흡연을 야기하고, 결과적으로 관련 질환이 맹위를 떨치는 것은 쉽사리 상상할 수 있다.

정력적으로 분투하는 다비드도 예외일 수는 없다.

그 시기, 잠들기 전에 술 한 잔 하지 않으면 긴장으로 뻣뻣해진 신경은 제대로 된 수면도 허락하지 않았다. 집에는 신혼가정이라고 하기에 어색할 정도밖에 돌아가지 않았다고 생각한다.

당시의 직무는 힐트리아 통합시장의 창조를 통해 잠재적으로 '독립경제'였던 '슬로니아 시장'을 힐트리아 시장에 흡수하는 대작업. 정력적으로 일한 다비드의 스케줄은 몹시 혹독했다.

범힐트리아주의의 씨앗을 뿌리기 위해, 체제 안에서 사실상의 야당으로 힐트리아 민주개혁 포럼 설립공작에 애쓴 것도 더하면 살인적이라고 할 다망함.

극약을 조제하고서 마음 편히 잘 수 있을 만큼 굵직한 신경은 다비드에게 없다. 불면증에 시달리면서 위장이 불쾌감을 호소하고, 자려고 해도 잠들지 못하는 밤을 몇 번이나 거듭했을까? 생각하기도 까마득하다는 게 이런 거겠지.

그렇기에 시간이 생기면 시체처럼 잠들었다.

잊기 어려운 운명의 하루조차도 그것은 변함없었다. 지금도 그 순간에 느낀 졸음을 또렷하게 떠올릴 수 있다.

그날의 안건은 슬로니아의 금 준비였다.

일을 하나 마치고 말없이 일어서자마자 넥타이를 벗어던지고 집무실 구석으로 향하는 일거수일투족조차도 왜인지 떠올릴 수 있었다.

그때는 그저 자고 싶었다.

날카롭게 깨어있는 신경을 잠깐 동안이라도 억지로 쉬게 하고 눈을 붙이려는 것이었다.

"에른네스트다. 미안하지만, 30분 뒤에 깨워줘."

"알겠습니다."

벽에 설치된 전화에 그렇게 말하고, 준비된 군용 철제침대에 쓰러지려던 때였다. 수화기를 내려놓은 순간에 호출음이 울리기 시작했다.

"에른네스트 동지, 토르바카인 주석 동지의 호출입니다."

곧바로 가겠다고 말하자마자 다비드는 내던졌던 넥타이를 도로 주웠다. 주름이 진 것에 한숨을 흘리며 한탄한 것도 기억에 선명하다.

그것도 잠시. 일상화된 지 오래인 호출 중 하나일 거라고 그때는 가볍게 생각했다.

방에 있는 세면대에서 가볍게 얼굴을 씻고 거친 타월로 얼굴을 닦자마자 다비드는 구겨진 넥타이를 빨래바구니에 던져 넣고 미리 준비한 개성 없는 넥타이를 거울 앞에서 재빠르게 매었다.

아무튼 과거의 자신은 태엽 장치가 달린 인형처럼 기민하게 뛰어가서 토르바카인 주석의 집무실로 향했다.

그날, 그 순간, 토르바카인 주석은 평소보다 안색이 좋지 않았던 것을 기억한다. 아니, 지금에 와서 돌이켜보기에 아는 걸까?

확실하지 않은 것도 많지만, 그래도 호위를 포함해서 모든 인원을 주위에서 물린 직후에 토르바카인 주석이 꺼낸 말은 지금도 고막에 달라붙어 있다.

눈을 감고, 귀를 틀어막고, 싸구려 군대담배를 입에 물면, 지금도 생생히 떠올릴 수 있다. 떠올리게 된다.

"동지, 결론부터 말하지. 대단히 안 좋은 소식이다."

코를 찌를 듯한 담배 냄새.

아크 로열을 피워서 니코틴과 타르를 듬뿍 들이마신 끝에 토르바카인 주석이 어딘가 지친 표정으로 말했다.

"대단히, 그래, 대단히 안 좋은 소식이다."

거듭해서 말하는 모습은 '이게 그 토르바카인 주석인가?' 싶은 정도로 힘이 없었다. 자신만만한 웃음의 가면이 얼굴에서 벗겨지고, 노쇠함과 초조함을 느끼게 하는 분위기.

무엇보다도 눈이 흐릿한 것이 이상했다.

응시하려던 자신의 무례함을 깨닫자마자 시선을 돌리면, 싫어도 토르바카인 주석의 백발을 깨닫게 된다.

마음고생에 시달린 지도자는 급격하게 나이를 먹었다.

그 몸을 좀먹는 피로는 다비드 자신도 절실하게 이해할 수 있다. 힐트리아가 처한 현황을 돌아보면 간단하다.

마음 있는 인간에게 그것은 자명하다고 할 수 있겠지. 다비드 자신도 지친 눈만이 이상하게 빛나지 않나 생각할 정도였다.

"실례지만, 주석 동지? 그 흉보라는 건……?"

하지만 그렇기에 다비드는 당혹스러웠다. ……눈조차도 흐리다는 건 이상하지 않나?

일국의 지도자 정도 되면, 달든 쓰든 다 받아들이는 법. 대개의 경우 안 좋은 소식이란 것에도 어쩔 수 없이 익숙해진다.

크나안 공화국의 다비드 에른네스트 대통령이었던 남자는 정말로 잘 알고 있다.

안 좋은 소식을 받더라도 수많은 이유로 인간은 뻗대고 버틸 수 있다고.

국정에 대한 의무감.

국가에 대한 애국심.

국민에 대한 책임감.

뭐라고도 할 수 있다.

와해 직전인 크나안 공화국에서도 슈와르카르덴 동맹의 대사가 연락해온 그날까지 버틸 수 있었다.

그렇기에 모른다.

토르바카인 주석이 이렇게까지 동요하는 흉보란 대체 무엇일지 전혀 모른다.

"들어보게, 다비드 동지."

"예."

"거듭 말하지만, 과거를 원망할 수밖에 없는 경우도 있다고 실감할 뿐이다."

이래선 마치. 석탄과 곡물이 절박한 상황임을 안 자신의 절망과 같지 않은가.

"주석 동지답지 않습니다. 왜 그러십니까?"

"재정학을 배워야 했다. 지금에 와서야 통감하고 있지."

한탄과 동시에 내미는 것은 정리된 서류 폴더. 하얀 종이에 검은 잉크로 인쇄된 것.

"보겠습니다. 올해 예산안 같습니다만⋯⋯."

"잠자코 다음 페이지를 보게나."

말없이 끄덕이고 다음 페이지로 시선을 옮긴 다비드는 순간 당황했다.

인쇄된 것이 아니라 손으로 쓴 글씨. 그것도 꽤 악필이다. 아니, 떨리는 손으로 개발새발 적었다고 해야겠지. 몇 글자 쓰기도 전에 꽤 흐트러진 필적.

인쇄된 글씨에 너무 익숙해진 거겠지. 순간 제대로 읽지 못해 다비드는 눈썹을 찌푸렸다. 행정문서란 것은 간편함을 중시하는 법이라고 생각하면서.

병고에 시달리는 환자의 유서라면 몰라도 예산안의 서류치고는 너무 조악하다고 할 수밖에 없다.

"음……?"

살짝 의문을 품은 뒤 다비드는 눈을 크게 떴다. 문득 떠오른 의문은 '유서'라는 단어가 머리를 스친 이유.

왜 나는 그런 것을 연상했을까?

손에 든 종이를 가볍게 훑어서 악필을 다 읽어냈을 때, 다비드는 간신히 답을 손에 넣을 수 있었다.

"어떻게, 이럴 수가……."

무의식중에 '말도 안 된다'라는 말이 흘러나오려는 것조차 깨닫지 못하고, 다비드는 바들바들 떨리는 손으로 서류를 움켜쥐고 두 번, 세 번 응시했다.

"아주 무례한 질문을 드리겠습니다만, 주석 동지."

"괜찮다."

"이 두 번째 페이지의 자료는, 대체, 무엇입니까?"

내 입이 마음대로 움직이지 않는다니! 답답함에 시달리면서 묻는 다비드는 묘하게 등골이 오싹해지는 느낌이었다.

"첫 번째 페이지는 공표된 표면상의 재무상황."

대답하는 목소리는 떨리면서도 아주 녹슬어있었다. 토르바카인 주석은 완전히 지친 표정으로 다비드를 향해서 무정하게도 선언했다.

"두 번째 페이지는 오늘까지 과거 집행부가 숨기고 있던 진짜 재정상황이다."

"틀림없습니까?"

매달리는 듯한 다비드의 질문에 대한 대답은 흔들림 없었다.

"틀림없다. 우리 나라의 채무는 공표된 것의 20배다."

아크 로열을 입가로 옮겨서 말없이 태우며 토르바카인 주석은 다비드에게 담뱃갑과 라이터를 던져주었다.

그걸 받은 다비드도 그저 말없이 한 대, 두 대 피워서 재떨이에 꽁초를 쌓았다. 재떨이에 작은 산이 만들어졌을 무렵이었다. 바짝 말라버린 영혼의 둔통을 니코틴과 타르로 마비시킨 토르바카인 주석은 아무 일도 없었다는 어조로 흥보를 이어나갔다.

"그것도 '중앙은행'이 상세한 상황을 파악한 연방기관의 것만 한해서."

"공화국 쪽은 어떻습니까?"

"사비나 공화국 쪽은 중앙은행에서 어떻게든 파악할 수 있었지만……."

그 이외는 틀렸다.

말없이 알리는 결과는 충격적이라는 말로도 부족하다.

아크 로열의 달콤한 향기조차도 날아가고 씁쓸한 기분이 드는 것도 어쩔 수 없다.

"이자만 해도 중앙의 외화 수입이 적자가 된다는 계산이다."

토르바카인 주석이 한 말은 다비드의 상상을 뛰어넘는 현실이다. 자기도 모르는 사이에 거액의 채무를 끌어안고 어쩔 줄 모르는 꼴이다.

"그리고 끔찍하게도 만성적인 무역적자로 인해 대외채무는 연간 100억 달러 페이스로 부풀어 오르고 있다."

"솔직하게 말씀드려서 파산하지 않는 게 믿기지 않습니다. 애초에 이 정도의 금액을 어떻게 융통했던 겁니까?"

"자전거조업이다. 장기차관의 이자를 위해 단기차관을 고금리로 빌려서 반납해 왔다."

"그, 그렇다면?"

눈앞이 깜깜해진다는 표현이 있다.

비유치고는 아주 알기 쉽다.

하지만 그건 정말로 비유일까? 누군가의 실제 체험에서 유래한 말이 아니라고 언어학자가 어떻게 단언할 수 있을까. 다비드는 내심 신기하기 그지없었다.

"모두 분식회계였다는 소리다."

제발 아니기를 바라는 다비드의 시선 앞에서 토르바카인 주석은 담담하게 내뱉었다.

"그러니까 말이지. 동지, 우리는 국가 단위로 분식회계를 거듭

한 것이다. 아마도 실태를 파악하는 인간은 거의 없지 않을까?"

힐트리아는 분권을 중시한다.

국립은행 또한 예외는 아니다. 힐트리아를 둘러보면 국립은행이 '공화국' 별로 있고, 힐트리아 중앙국립은행이 완만하게 통합하는 구조다.

그렇기에 다비드는 누구를 원망해야 할지도 모르는 심정으로 담배 끄트머리를 씹었다.

자그만 분식회계가 쌓이고 쌓여서 거액의 누적채무를 만들어 냈다.

전모를 아는 것은 과거의 당 수뇌부뿐. 기타 전원이 다소의 빚이 있을 거라고는 생각했지만, 이렇게 막대할 줄은 상상도 하지 않았다.

"우리 나라의 풍요로운 민간 소비 생활은 정부의 외화 보조금으로 지탱되고 있다. 그 외화의 출처는 단순히 빚. 그리고 이자를 갚기 위해서 단기차관을 빌리고, 장기차관의 변제를 위해서 또 장기차관을 빌렸던 것이다."

"실례지만, 이것들은 너무 말이 안 되는 레벨로 돌아가고 있습니다. 이 사이클을 멈춘 경우는 어떻게 될까요?"

"전문가에게 계산시켰다."

순간 토르바카인 주석의 목소리가 떨렸다. 대수롭지 않은 것처럼 가장하는 어조면서도 그 음색에 밴 것은 더없는 고뇌였다.

"우리 나라의 공업 기반은 '외화 보조금' 없이는 60퍼센트가 적자를 낸다는 답이 나왔다……. 즉, 쓰레기나 마찬가지다."

기술혁신에서 뒤떨어진, 무책임한 방만 경영으로 운영되던 공업의 실태. 그것은 시대에 뒤처진 기계를 설치했을 뿐인 유물이었다.

공업 생산고 수치는 좋게 부풀려서 간신히 발전도상국 수준이다. 그러면서도 시민들의 풍요로운 생활이 약속되었던 비밀은 단순명쾌했다.

환상이다.

구태여 말하자면 사상누각에 불과하다.

"보조금 없이는 서방에서 소비재를 수입할 수도 없다. 그리고 보조금인 외화는 서방 국가들에게서 빌린 차관이 재원이다."

그런 말도 안 되는 소리가. 원래는 그렇게 생각해야겠지. 유지할 수 없는 문제를 나중으로 미루는 것은 미봉책도 안 되는 악수에 불과하다.

논리상으로는 황당무계하기 짝이 없다.

하지만 다비드는 진심으로 이해했다.

'그런 것이었나' 라고.

슬프게도 고개를 끄덕이게 된다. 힐트리아에서 독립을 이룬 크나안 공화국이 건국과 동시에 온갖 경제문제에 직면한 것은 필연이었다고.

이런 말은 위로가 되지 않지만, 그것은 힐트리아라는 국가의 잘못이기도 했다.

"지속이 불가능한 정도가 아니라 용케⋯⋯ 파탄나지 않았군요. 서방에서 돈을 빌린다는 것을 전제로 한 자주관리 사회주의 따윈 보통 자기모순이 아닌데."

"그렇긴 하지만, 동지. 현실문제로 이건 실존하는 채무다. 정
말 모순되는 일이지만 우리는 자본주의에 머리를 숙이지 않으면
허세도 부릴 수 없다."

"서방에서 더 빌릴 수 없게 되기만 해도 치명적이라고 생각됩
니다만."

풍요롭게 보였던 힐트리아의 소비문화 그 자체가 사상누각.
서방에게서 빌린 돈으로 주제에 맞지 않는 사치를 구가했던 것에
불과하다.

그렇기에 힐트리아가 거대한 불량채권이었다고 깨달은 서방
국가들은 손을 거두었다.

"영향은 막대하다. 평균적인 힐트리아 시민의 생활수준이 즉
각 30~40퍼센트 정도 떨어진다고 예상된다."

"그럼 우리의 풍요로운 생활 수준은 완전한 환상입니까?"

"도핑으로 얻은 번영이다. 슬슬 부작용으로 달릴 수 없어지는
날도 오겠지."

다비드는 그 타이밍에서 살짝 웃었다. 떠오르는 것은 떠올리
고 싶지도 않은 과거이며 미래이기도 한 그날.

'거듭 말하지만 차관 변제는 반드시 이행한다고 전했을 텐데.
우리는 그걸 무시할 의사가 없다고 대사에게 거듭 전해라.'

힐트리아의 잔해에서 세워진 크나안 공화국 초대 대통령, 다
비드 에른네스트가 했던 말. 서방에서는 노멘클라투라에게 싫을
만큼 들은 말이겠지.

힐트리아의 노멘클라투라도 같은 말을 되풀이했을 것이다.

카넬리아는 그날 자신에게 말했다.

'그 힐트리아 시대초차도 석탄은 공급해 주었지요, 여보.'

분명 그것조차도. 채굴시설을 움직이기 위한 예산도, 채산을 맞추기 위한 자금도, 모두 빚이었다는 소리다. 차관이 끊기자 싱기두눔의 번영 또한 환영처럼 사라졌다.

이해란 자연스러운 납득이다.

논리를 비틀고 핑계들을 정론이라고 부르는 그것은 '이해'이지 '납득'이 아닐지도 모른다. 아는 것과 받아들이는 것 사이에는 나락과 같은 단절이 있다.

"꽤 강렬한 현실이군요. 지금 뼈저리게 납득했습니다."

그 다음에는 TKP와 아크 로열의 연기의 대화만이 있었다. 토르바카인 주석과 함께 재떨이에 꽁초의 산을 쌓을 뿐인 시간. 입에 문 담배의 끄트머리를 씹을 뻔하면서 말없이 들이마셨다가, 소리 없는 비명을 연기와 함께 내뿜는다.

피어오르는 연기와 함께 내뱉은 목소리에 담긴 마음은 이뤄지지 않을지도 모르는 괴로움의 한탄. 다비드 에른네스트 대통령이라는, 뭘 파괴했는지도 이해하지 않았던 멍청이로서 단언할 수 있다.

분명 영혼의 잔해가 뒤섞인 감정이겠지.

기쁨도, 슬픔도, 괴로움도, 비탄도.

모두 연기가 되어 공기 속에 녹아들었다.

일국의 공기 정도 되면 그 땅에 사는 인간들의 마음이 녹아있을 게 틀림없다.

푸르른 힐트리아의 하늘 아래에 깔린 공기.

과거의 빛나는 시대에는.

진짜 이상과 희망이 떠돌았겠지.

선배들의 마음이 담긴 조국, 하나의 힐트리아.

지켜야 할, 자랑스러운 집.

독립과 통일을 추구하며 싸운 선인들의 꿈은, 공산사회의 건설이라는 이상은, 손 쓸 수 없을 정도로 퇴색했다.

영혼이 떨릴 정도이던 테제는 지금 단순한 제목.

물론…… 마음에 울리지 않는 무미건조한 말로 변한 지 오래인 공산주의에는 영혼이나 사후 세계가 존재하지 않는 모양이다.

이렇게 말도 안 되는 소리가 있을까.

그렇기에 다비드는 서글프게 투덜거렸다.

"TKP의 싸구려 필터로도 우리의 영혼이 실존하는 것을 증명하기에는 충분합니다."

동감한다고 답하는 토르바카인 주석의 목소리도 쓸쓸함을 띤 그것.

"틀림없군. 마음속에 떠도는 생각을 니코틴과 결합시켜서 연기로 내뿜을 수 있다면 얼마나 마음이 가벼워질까. 담배 연기야말로 영혼의 진정제가 틀림없어."

"하지만 TKP가 구원해 주는 것은 고독한 영혼뿐입니다."

한 명의 영혼과 하나의 조국. 담배 필터 너머로, 그 연기로 조국에게 조의를 보이는 것밖에 할 수 없겠지.

"힐트리아는 구할 수 없습니다."

그런 미래는 너무 슬프다.

"마르크스의 말을 따르자면 종교는 아편. 즉, '종교라는 진통제'를 필요로 하는 사회는 병들었다."

공산주의의 테제를 말하는 토르바카인 주석의 얼굴은 어딘가 즐거워하는 듯하기도 하고, 슬퍼하는 듯하기도 했다.

"실로 정확한 통찰일지도 모른다. 하지만 슬프게도 그분도 몰랐던 거겠지."

토르바카인이 의도하는 바를 눈치챈 다비드는 무의식중에 말을 이었다.

자신의 떨리는 목소리에 담긴 감정은 알고 싶지도 않은 진리를 알아버린 회오일까?

"아편이라도 진통제이긴 했단 겁니까."

말로 표현하지 않은 뉘앙스를 담은 의미는 명확했다.

건국 이래로 종교라는 아편을 철저하게 배척한 지 오래인 힐트리아 사회에는 '아편'이라는 선택지조차도 제대로 없다.

발버둥 치고 괴로워하고 날뛰는 힐트리아라는 환자. 진통제가 지금 당장에라도 필요한 환자에게는 사실 아무것도 없다. 환자에게 주어진 것은 약효 떨어진 공산주의라는 가짜뿐. 아니, 수은이 듬뿍 들어간 독약이라고 해야 할까?

철저하게 공산사회 건설에 매진한 결과가 이것. 치료를 위해 필요한 도구도, 고통을 완화시켜줄 약도 수중에는 없다. 그리고 눈앞에서 환자는 시시각각 죽어가고 있다.

방치하면 국가성에 대한 의혹이 제기되겠지.

한 끝이라도 무너지면 민족주의의 탁류가 힐트리아라는 환자를 출혈과다로 죽음에 이르게 할 게 필연이다.

좀먹힌 조국.

흘러나가는 유예시간.

힐트리아라는 환자는 의사의 도움을 기대할 수 없다.

살아남고 싶으면 과거 빨치산이었던 선배들의 뒤를 따를 수밖에 없다. 선인이 해냈듯이 자기 체내에서 결판을 내야만 한다.

"결국 면역을 기르는 수밖에 없다."

"병을 극복할 수 있겠습니까?"

"혈청을 쓸 수밖에 없지. 더불어서 미연에 막기 위한 예방접종을 하는 것으로 어떻게든 된다."

토르바카인 주석이 내린 힐트리아의 현황 진단은 적절한 것이겠지. 치료방침도 심각한 잘못이라고까지는 하기 어렵다. 그거말고는 치료할 수 있는 방법을 다비드도 모른다.

"진압할 수 있는 반란은 정부에게 권력과 활력을 주는 법이다. 상태에 따라서는 발열이 있을지도 모르지만…… 결과적으로 사회는 항체를 가질 수 있다."

설마? 라고 물을 것도 없다. 토르바카인 주석은 그 다음 말을 분명히 입에 담았다.

"민주라는 병원체를 삼킬 수밖에 없다."

"실례지만, 민주주의라는 광란은 불활성화되었다고 해도 너무 위험합니다. 힐트리아 민주개혁 포럼조차도 논외입니다."

"먹을 수 있을 정도로 적정화한 게 아닌가?"

"외람된 말입니다만, 아무래도."

쓸쓸한 목소리로 다비드는 말을 이었다.

"독성이 약한 것조차도 규탄을 사겠지요. 현재 이 병원체의 독성은 야생의 그것과 같습니다. 야당이란 정말로 무섭습니다."

서방이 뿌리는 민주주의라는 환상은 너무 고혹적이다. 자주관리 사회주의라는 완곡한 핑계를 날려버리고, 단순하며 명쾌.

국민의, 국민에 의한, 국민을 위한 정치. 하지만 말하기란 단순하고, 지키기란 어렵다.

부단한 노력이 필요하겠지. 결국 타협을 거듭하고 합의점을 찾는 프로세스. 도무지 매력적인 수순이라고 말하기 어렵고, 그리고 절대로 빼먹을 수 없다. 인내심 강한 교섭 없는 민주주의란 열광적인 다수파 지배와 마찬가지다.

민족주의의 씨앗을 뽑아내려고 발버둥 치고 지금도 가까스로 막아냈을 뿐인 힐트리아 사회는 그 복잡함을 도무지 감당할 수 없다.

민주주의란 자신의 뜻을 펴기 위한 방책이 아니라 대화. 하지만 얼마나 많은 인간이 민주주의를 지키고 기능시키는 대전제가 대화임을 알고 있을까? 무지에서 나온 망언은 자신을 잃어가는 당 조직을 뒤엎겠지만, 파괴뿐이지 창조할 수 없다.

혁신만으로는 파괴가 있고, 보수만으로는 퇴락이 있다.

파괴와 퇴락이 서로 격돌한다면, 사태는 참혹하기 그지없겠지. 내전의 공포도 환상이라고 웃어넘길 수 없다.

"면역 획득 이전에 발병할 공산이 지극히 큽니다. 이러한 상황에서 환자의 회복에 도움이 된다고는……."

"말라리아 요법을 알고 있나?"

"죄송합니다만, 말라리아 치료법 같은 겁니까? 키니네 같은 걸 쓴다고만 생각했습니다만……."

"하하하, 동지, 나는 꽤 오랜만에 젊은이의 무지를 나무랄 수 있겠군."

토르바카인 주석은 즐거운 듯이 살짝 웃었다.

"오래전의 의학이지. '어떠한 병원체'는 '열에 약하다'는 특성이 있다는 것을 아나? 아무튼 그러한 특성에 주목하여 의도적으로 말라리아에 감염되어 열을 내게 하면 병도 고칠 수 있을 거란 생각이다."

"저기, 대단히 의문스러운 방법입니다만."

난폭하기 그지없는 치료라고 할까, 보통 전시대적인 게 아닌 만행이다. 솔직히 말해서 '치료'라는 단어보다도 '고문'이 적절하지 않나?

"동지, '어떠한 병을 치료'하기 위해서 '말라리아'에 감염되는 것은 주객전도가 아닙니까?"

"그것밖에 치료법이 없다면 선택지에 넣어야 하겠지."

"그럼 어떻게 하든 민주주의라는 병을 섭취할 필요가 있다?"

포럼의 설립을 담당하고 공작을 주도하는 입장으로서 다비드는 경고하지 않을 수 없다. 야당으로서의 포럼조차도 대단히 큰 위협이 될 수 있다. 잠재적으로는 공산당이 여당 자리를 잃고…… 마지막에는 정권 교체를 유발할 수 있는 극약이다.

힐트리아라는 달걀을 담은 바구니를 취급법도 이해하지 못하는 집단에게 맡긴다는 생각만 해도 논외에 가깝다. 다비드조차도 민주주의, 권력의 감시기구, 야당으로서의 포럼에 더 한정적인 역할만을 상정했다.

대대적인 접종 따원 발병으로 이어질지도 모르니까.

"주치의로서 단언하지. 반드시 필요하다."

"제게 병균을 응원하라는 말씀입니까."

"그렇다. 당이 위기감에 쫓겨서 진짜로 자기개혁할 수 있을 정도로 강렬한 독을 먹여 줘라."

"솔직히 말씀드리겠습니다. 주석 동지, 화약고 위에 집을 짓는 꼴입니다."

"니트로글리세린도 관리는 할 수 있겠지."

"맞는 말씀이긴 합니다만."

쓴웃음을 지으면서 다비드는 입을 열었다. 토르바카인 주석도 알고 있겠지만, 그래도 연착륙을 지향하는 입장으로서 걱정의 말을 하지 않을 수 없다.

"그걸 흡수시킬 물질이 있을 경우의 이야기입니다."

잘만 쓰면 협심증 치료로도 이어지겠지만…… 잘못 다루었다간 폭발하는 물건. 극약 정도가 아니라 완벽한 위험물이다.

약도 지나치면 독이 된다고 하지만, 정도가 있다.

"동지, 저는 '힐트리아'를 깨부수는 피에로 역할은 사양하고 싶습니다만."

"데우스 엑스 마키나를 만드는, 힐트리아에서는 금지된 신을 생산하는 것이…… 피에로인가."

그런 비유가 마음에 들었겠지.

피에로란 말을 입에 담으며 토르바카인 주석은 말을 이었다.

"꼭두각시꾼이든 인형사든 사기꾼이든 좋지만, 제대로 된 방법은 아니겠지."

유쾌한 듯이 담배 연기를 내뿜는 토르바카인 주석의 심경을 다비드로서는 전혀 알 수 없었다.

경착륙을 피하기 위해서, 리스크는 단호히 배제해야만 한다고 다비드는 믿어 의심치 않았다. 아슬아슬한 균형 위에서 공놀이를 하는 것이다.

실수할 여지가 있는 것은 반드시 언젠가 실수를 범한다. 위험천만한 현황에서 복잡한 요소란 것은 환영할 수 있는 것이 아니다.

물론 재정위기란 요소가 포함된 이상 여유가 더욱 없어지는 것은 사실이다. 포럼이라는 놈들에게 야당이라는 온건한 이의제기 기능을 주는 것도 좋겠지. 하지만 그것들은 논리다. 감정이란 한 발 삐끗하면 즉각 폭주할지 모른다.

"실례지만, 동지야말로 '감정'의 위험성을 모르시는 겁니까? 이건 힐트리아를 싹 불태워버릴지도 모르는 열량을 가지고 있습니다!"

"기계장치의 신을 제대로 제어할 수 없게 될지도 모른다고?"

"그렇습니다, 주석 동지."

힐트리아 민주개혁 포럼의 역할은 당의 규율 정화. 다비드로서는 재건을 위한 일개 요소로서 넣을 생각이었다. 완전히 부패해버린 당에게 복용시킬 극약이라도, 당을 치유하기 위한 약 이상을 바라는 것은 몽상에 불과하다.

그 순간까지 다비드 에른네스트 또한 믿고 있었다. 데우스 엑스 마키나 계획이야말로 '힐트리아 사회주의 연방공화국'을 지키기 위한 방편이라고.

"그래서, 그게, 어쨌단, 말인가?"

"예……?"

"힐트리아가 있어야 힐트리아 공산당이 있다. 아닌가?"

충격적인 내용 앞에서 다비드는 숨을 삼키고 침묵했다.

토르바카인 주석의 말은 다비드가 믿어 의심치 않았던 대전제를 태연히 뛰어넘었다. 힐트리아 공산당의 붕괴와 동시에 내전으로 돌입하는 하나의 역사를 보아온 다비드는 꿈에도 생각하지 않는 것이다.

당 없는 미래도 상상한 적도 없었다.

과거에 깨부순 평온의 상징이었다. 다시금 파괴할 생각을 할 여유 따윈 없었다.

"힐트리아인이, 힐트리아 공산당을 만들었다."

"그렇기에 당이 있어야 힐트리아가 있습니다. 토르바카인 주석 동지, 당은 연결고리입니다."

당과 국가가 일체화한 힐트리아에서 국가성을 지킨다는 것은 당을 지키는 것과 같은 의미라고 모두가 믿어 의심치 않는다.

힐트리아란 사회주의 연방공화국이다.

결국 당의 존재를 무조건 대전제로 한다. 형제애와 통일을 지키기 위해서 공산당의 재건이 있을 뿐. 싱기두눔에서만의 이야기가 아니라 적대자도 아군도, 모든 힐트리아 국민이 알 터인 공리다.

"불행한 동거라는 듯한 발언이군. 동지, 한번 들어보고 싶은데…… 연결고리가 없으면 쪼개질 운명이라는 말인가?"

"아마도."

스스로 생각해도 쥐어짜내는 듯한 목소리였다.

"다비드 동지, 그건 힐트리아라는 집에 대해 너무 비관적인 시각이로군."

당과 국가가 분리되고도 힐트리아가 유지될 수 있다?

힐트리아 민주개혁 포럼도 '당의 자정'을 노리고 투입한 거라고 다비드조차도 믿어 의심치 않았다.

지옥의 가마를 열었다, 라는 과거이며 미래이기도 한 사건이 다비드의 대답을 규정했다. 믿고 싶다는 마음은 경험이라는 현실 앞에서 너무 조용하다.

"최악이라도 포럼 놈들이 주도권을 쥐게 되겠지. 교대하는 것이다. 국가운영의 기반이 바뀔 뿐이지, 조국은 일체성을 지킬 게 틀림없다."

"당 없이 힐트리아를 운영하실 생각입니까?!"

"그걸로 좋지 않은가?"

"예……?"

대수롭지 않은 어조로, 국가 주석이라는 입장의 인간이, 무슨 소리를?

"힐트리아라는 나라의 새로운 신화에서 당이 적의 역할을 맡을 수 있나? 좋은 일 아닌가. 그것 또한 좋지."

농담이냐는 시선을 매달리듯이 던지는 다비드에게 토르바카인 주석은 무시무시한 미소를 지을 뿐이었다.

"동지, 우리는 힐트리아인이자 공산당원이다. 일의 순서를 그르치면 안 되지. 나도 힐트리아 공산당의 존속을 바라지만…… 당은 영원하지 않다. 따라서."

그렇게 이어지는 말은 다비드의 머리를 누군가가 야삽으로 후려치듯이 강타했다.

"우리가 영속시켜야 할 것은 일단 조국이다. 포럼도, 서방의 원조도, 공산당과 사회주의 연방공화국이라는 선배들의 유산조차도, 모두 힐트리아인을 위해 활용되어야만 한다."

그것은 진리다. 무엇을 위해 국가가 있는지를 파고들자면, 그것은 국민을 위한 힐트리아에 불과하다.

"우리는 힐트리아에 충성을 맹세한 힐트리아인이다."

다비드는 그 말에 힘주어 끄덕였다.

민족이라는 담장은 부정하기 힘든 실존이다. 그래도 선배들이 서로 손을 맞잡은 것은 잘못이라고 생각하고 싶지 않다.

이웃에게 적의와 증오를 품는 것은 사양이다. 조국이 광기에 사로잡히는 시대를 보고 듣는 것은 한 번만으로 충분하고 남는다. 두 번은 정말로 사양하고 싶다.

누가 형제자매에게, 과거의 동포에게 총을 겨누길 원할까?

"아직 힐트리아인의, 힐트리아인에 의한, 힐트리아인을 위한 발버둥을 칠 수 있다."

토르바카인 주석의 고뇌로 가득한 표정은 당사자의 말만큼 상황이 밝지 않다는 것을 말하겠지.

"우리는 의무를 다할 수밖에 없다. 당과 조국이 모순되지 않기를 바라지만, 각오만큼은 해둬서 손해 볼 것 없겠지."

"각오하겠습니다."

"좋아. 아주 좋아. 그리고 잘 풀리기를 빌자."

죽음에 모든 것을 맡기는 짓만큼은 용서받을 수 없다. 담배 연기 사이에 섞인 한숨이 천천히 흩어지는 것을 흐린 눈으로 지켜보면서 다비드는 천천히 일어섰다.

해야만 하는 책무가 있다.

사람들이 알면 모두가 그 무시무시함에 몸서리를 치겠지.

분명 모두가 모독이라고 욕하겠지. 그것은 배신이라고, 사기라고 불리겠지.

포럼에 대해서도, 당에 대해서도, 도무지 성실하다고 하기 힘들다. 푸른 하늘 아래에서 가슴을 펴고 설 수 없겠지.

그렇기에 힐트리아에 성실하려면 각오할 수밖에 없다.

"진통제가, 환상이, 신화가 필요하다면."

요구하는 것을 준비할 수밖에 없다. 저 푸른 하늘을 향해 두 명의 남자들은 각각의 방식으로 맹세했다.

친구와 선배가 지키겠다고 맹세했던 조국.

"조국, 힐트리아여. 약속의 나라여. 그대는 영원하리라. 그대는 결코 사라지지 않으리라."

"젊은이에게 든든함을 느끼다니, 나도 늙었군. 하지만…… 맹세한 몸이다. 그렇다면 우리는 해야만 한다."

그들은 맹세했다.

"모든 것은 인민을 위해."

포럼이든 공산당이든 도움이 된다면 뭐든지 좋다.

힐트리아를, 하나의 집을, 지키는 것이다.

그날, 맹세한 꿈에서부터 너무 멀리까지 와버렸다. 오늘 돌이켜보며 고난의 길을 떠올리면 금석지감을 금할 수 없다.

걸어온 길을 생각하면 평탄하다고 하기 힘들다. 아슬아슬한 줄타기를 여태까지 계속해왔다고 자부해도 좋겠지.

물론 아직 마지막 지점까지 다 온 것은 아니다. 하지만 포럼은 온건한 반체제파로서의 모습을 확립하고 있다. 힐트리아 공산당은 어쩔 수 없이 '야당'인 포럼과 마주 봐야만 하겠지.

"순조롭군. 최소한 실패라고 하기 힘들어. 거참, 아직 도중인데도 이건 달성감이 있군."

절대적인 권력은 절대적으로 부패한다.

하지만 감시되는 권력이라면 이야기는 다르다.

서방의 자본주의자가 혁명을 두려워하여 '사회복지'를 중시하듯이. 힐트리아 공산당의 일당지배를 지키기 위해 노멘클라투라도 부정부패와 어쩔 수 없이 마주 보고 싸우게 되겠지. 경제재생과 부정부패 일소를 통한 당의 재건, 나아가서 힐트리아의 국가성 수호가 달성되는 곳까지 거의 다 왔다.

중간에 발목이 잡힌 것은 오로지 알렉산드라가 '수작을 부린' 탓이다.

한 방 먹었다고 생각하지만, 그녀가 정치적인 술수를 부릴 수 있게 되었다는 것은 기쁜 오산이기도 했다.

포럼의 지도자가 강하면 강할수록 그들의 폭발을 피할 수 있겠지. 힐트리아의 미래를 생각하면 그녀의 강함은 결코 나쁜 변수가 아니다.

더불어서 자신의 후임자가 약속시간 5분 전에 딱 얼굴을 내미는 진이라는 사실도 꽤 마음이 편해졌다.

"어머, 진?"

"그래, 나다."

에른네스트의 자택 현관에 얼굴을 내민 친구는 빈손이 아니었다.

놀라는 카나에게 참모본부에서 챙겨온 것인 듯한 안주거리와 알코올들을 던져주는 솜씨를 보면 든든하기 짝이 없다.

"이쪽엔 언제 왔어?"

"얼마 전에. 최근에는 배치전환도 많아서. 또 잘 부탁해."

"그래, 나야말로."

진과 자신을 노려보는 카나의 표정이 수중의 스카치 덕분에 꽤 부드러워지지 않았나.

"간단한 것밖에 없지만, 담배만큼은 다드가 상자로 챙겨놓은 게 있어. 필요한 거 있어?"

"말보로나 다비도프를 받았으면 싶은데."

그렇게 말하는 진의 태도는 뻔뻔할 정도였다. 다비드가 챙겨놓은 비축품 중에 수입품이 있을 거라고 확신하는 모양이다.

"있지 않으려나?"

힐끗 날아드는 시선에 다비드는 어디 있는지 알려주었고, 카넬리아가 꺼내주는 패키지를 받았다.

익숙해진 서방의 상표. 말보로를 자유롭게 피울 수 있는 신분도 대단하다. 한탄스럽지만 모두 '받은 것'이란 사실이 힐트리아 관료계의 현실을 더없이 말해 준다.

아, 그리고 보면 방금 진에게서 카나가 받은 술병들도 선물로 들어온 걸까? 생각만 해도 싫어진다.

"앉아봐. 뭐, 가볍게 피우면서 말하자고."

"에른네스트 부부 동지, 너희가 알아준다니 기쁜데, 나는 식탁이 더러운 건 싫거든. 그 점에서 괜찮을까?"

의미심장한 말을 갑작스레 꺼내는 진에게 맡겨달라는 듯이 다비드는 고개를 끄덕이고 창가로 걸어갔다.

"안심해, 진."

"뭐?"

"우리 부부는 깨끗한 걸 좋아해."

슬쩍 창가를 손가락으로 훑어서 자랑스럽게 보여주다가 다비드는 딱 굳어버렸다. 잘 보니 손가락에 달라붙은 것은 먼지.

남에게 보여줄 만한 것은 아니겠지.

"어이, 깨끗한 걸 좋아한다더니만?"

"안 하던 짓을 하려니까 그러지. 아, 괜찮아, 진. 방첩 쪽으로
는 안심해도 돼."

카나가 한숨을 흘리는 것은 애써서 흘려 넘길 수밖에 없다.

"수도민경의 방첩 부문에서 청소했어. 적어도 내가 개인적으
로 깨끗하다고 보증하는데, 그거면 될까?"

"문제없어. 손가락을 더럽힌 다드의 보증보다도 훨씬 안심할
수 있군."

"적당히 해줘."

어깨를 으쓱이면서 다비드는 테이블 앞에 다비드와 마주 보며
앉았다.

본론에 들어가기 전에 습관적으로 한 대 피우는 것은 니코틴
에 대한 편애 때문일까?

향기 좋고 매끄러운 연기를 폐부에 들이마시는 것만큼은 그만
둘 수 없다. 짜증스러울 정도의 맛이다. 서방의 담배, 정말이지
맛도 좋잖아. 이데올로기는 둘째 치고, 담배는 좋은 것을 제공해
준다는 소리다. 담배만 만들어서 수출하면 좋을 텐데.

"자, 본론으로 들어가자. 다드."

"미안하지만, 후임을 부탁하게 되었어."

"알았어, 이거 무슨 고생인가 싶지만 어쩔 수 없지. 토르바카
인 주석 동지에게서 인수인계를 하라는 명령을 받았어. 맡겨줘."

가볍게 웃는 모습은 경박 그 자체. 하지만 지글드 슈링크라는

남자가 얼마나 진지한 인간인지 다비드는 알고 있다. 아마도 카나도 그렇겠지.

"어떻게 이어갈지 말해줘. 주석 동지에게서는 어떠한 지시를 받았지?"

"잠깐, 잠깐. 데우스 엑스 마키나 계획에 관한 전반적인 이야기는 너한테 들으라고 하셨어."

"뭐라고?"

"너한테 전제로 다소 들은 적은 있지만, 그 이상은 하나도 못 들었어. 모두 너한테 지시를 받으라는 거지."

다비드는 입에 문 담배를 이리저리 놀리면서 생각했다. '나와 지글드' 둘이서 해도 된다는 소리일까?

"토르바카인 주석 동지가 내게 재량권을 남겨주었다는 건 고맙군. 하지만 앞뒤를 맞추기도 힘들겠어. 전제를 정리하자."

"잠깐, 스톱. 다드, 난 그 전제란 것도 못 들었는데?"

"어렴풋이 알아차리긴 했겠지?"

"그래, 또 무슨 못된 꿍꿍이지? 그래서? 데우스 엑스 마키나 계획이란 게 뭐야?"

실토하라는 시선 앞에서 다비드는 항복이라는 듯이 손을 들었다. 카나도 동석해 준다면 다행이다. 토르바카인 주석도 그녀가 한몫 끼는 것을 허용해 주겠지.

"예방접종이야. 아쉽지만 무진장 아파."

"고통을 수반하는 개혁이라는 소리야?"

"그 이상이지만, 그거랑 비슷하다고 이해하는 게 방향성으로는 맞아."

적의 존재는 아군 진영을 단결시킨다.

힐트리아 민주개혁 포럼이라는 잠재적으로 경합정권이 될 수 있는 라이벌의 존재가 나태해진 당을 태만한 잠에서 깨우겠지.

"우리는 포럼이라는 야당을 만든다. 이것과 당이 서로 마주 보는 과정이야말로 데우스 엑스 마키나 계획의 주요 프로세스야. 당은 야당이라는 온건한 감시 장치를 두는 것으로 되살아난다."

"듣기로는 불온하기 짝이 없는 소리네. 분파행동이라고 해야 할지도 모른다는 자각 있어?"

"결국 당의 재생에는 일종의 감시기관이 필요해. 그걸 위해서 포럼을 창조하는 거야. 분파고 뭐고 지도자, 조직, 규범, 모두 우리가 조종하는 거거든?"

"잠깐, 다드."

힐끗 자신을 바라보는 카나의 시선은 예리했다.

"포럼을 계속 내버려뒀던 건."

"힐트리아 공산당에 대한 온건한 반체제파, 사실상의 야당, 또는 감독자로서 기대하기 때문이야. 우리는 당의 재생이라는 프로세스를 모든 힐트리아인과 함께 걸어갈 결의를 굳히고 있어."

단적으로 카나에게 말한 내용은 힐트리아 상식에서 보면 이상한 말이겠지. 당에 대한 감독자란 개념은 민주집중제의 대극에 있다.

하지만 실무에 임하는 인간으로서 단언할 수밖에 없다.

"선배들의 바람은, 독립의 경험은 아주 고귀해. 하지만 방침으로서의 준비는 부족했어. 그럼 우리는 다시금 당에 대한 신뢰를 창조해낼 필요가 있겠지."

목표로 하는 것은 단 하나.

신뢰받는 당의 창조다. 그걸 위해서라도 온건한 야당의 존재야말로 불가결하다. 체제 내 개혁을 할 때 합법적인 반체제파야말로 최고의 촉매가 될 수 있다고 다비드는 진심으로 확신했다.

"포럼은 우리의 키메라야. 알렉산드라 동지가 그 포럼에서 '지도자' 중 한 명인데도 불구하고 당내에서 커리어를 계속 쌓고 있는 걸 보면 알겠지?"

"잠깐, 다드. 사샤가, 포럼의…… '지도자'?"

"야당이란 대화하는 존재겠지. 대화하려면 신뢰할 수 있는 상대와 하고 싶어."

"한 가지 질문하고 싶어. 사샤는 이 플롯을 알고 있어?"

좋은 질문이다 싶어서 다비드는 지글드의 질문에 눈썹을 찌푸렸다. 실제로 그게 구조적 과제다. 알렉산드라에게 다비드는 '억압하는 쪽'이며, '지원'한다고는 꿈에도 생각하지 않을 게 틀림없다.

"걔는 몰라."

"왜지, 다드?"

"그편이 자연스러우니까…… 그 탓에 네게 인수인계를 의뢰하게 된 거지만."

과거에 토르바카인 주석이 자신에게 정보를 주지 않아 우왕좌왕하게 된 것도, 지금이라면 충분히 이해할 수 있다. 적을 속이려면 아군부터 속인다. 물론 결과적으로 아군인 알렉산드라는 '권력의 개'인 자신을 사실상의 적으로 간주하겠지만.

"용케 옛 친구를 속일 수 있네."

카나의 신랄한 말도 일리가 있다고 생각한다. 다비드는 자신이 믿는 바를 말하고 이해를 바랐다.

"이 나라에는 아무래도 필요해. '광대'로서의 이지적인 반체제파가."

과격한 반체제파가 일어나기 전에 온건한 반체제파의 그릇을 반대자들을 위해 준비해둔다. 자주관리 사회주의라는 사회구조상, 조직에 속하는 것으로 사람들이 안심한다는 멘탈리티도 적지 않다. 포럼이 위험한 폭동에 나서지 않는 이상 당에게 최고의 통치 도구가 될 수 있겠지.

"힐트리아라는 국가가 지속되려면 당원이 자발적으로 개혁할 동기가 필요하다는 건 알겠지? 그걸 위해서 포럼이라는 강적이 아무래도 필요했어."

"사샤가 그 입장에 어울린다고?"

"그래. 힐트리아인에 의한 온건한 반체제파, 그야말로 이상적이야."

국민이란 국민으로 태어나는 게 아니다. 국민이 '되는' 것이다. 성장의 자양분으로 국가는 신용이라는 영양소가 필요하다. 국가의 신용, 정통성은 즉 국가를 지탱하는 신화와 전설에 기반을 두는 법. 국민이라는 집단의 일원이라고 자각하는 나날의 경험으로 보강되고 신봉되는 이야기다.

모두가 자신을 힐트리아 국민이라고 믿게 해야만 한다.

어디까지나 힐트리아인으로 이의신청을 해 주는 알렉산드라가 아니면, 포럼은 분리주의자의 소굴이 된다.

"빨치산 신화가 빛을 잃고, 공산주의라는 것이 환상이라고 모두가 깨달은 지 오래지. 따라서 우리는 지금 다시금 신화와 환상을 재생, 창조해야만 해."

힐트리아는 빨치산 신화라는 상상의 공통 경험과 공산주의 이상이라는 유대로 건국된 다민족국가였다. 지금 그것을 과거형으로 말해야만 하는 것에 모든 문제의 근원이 있다.

신뢰할 수 있는 당, 민주화를 시민이 이뤄냈다는 환상, 또한 규율 있는 관료라는 공상도 모두 인민이 주도하여 달성했다고 착각시켜야만 한다.

여당과 야당의 구조를 가져오는 것도 단순히 힐트리아라는 상상의 공동체를 지키기 위해서.

성공하면 모든 다툼이 힐트리아라는 틀 안에서 이루어진다. 힐트리아라는 틀을 깨부수는 다툼으로 발전하는 일은 미연에 방지할 수 있다.

"사샤는 옥타비아 동지의 노선을 계승하고 있어. 즉 당의 민주화와 풍요로움의 추구야. 우리는 대립을 통해 호혜적으로 절차탁마할 수 있다는 기묘한 구조를 지키겠지."

"그럴싸하게 들리지만, 그건 생존경쟁에 가깝지 않아?"

"그래! 전차의 공룡적 진화와 같아. 적의 존재는 개혁을 낳지. 경쟁원리가 당의 재건에 도움이 된다고 믿지 않을 수 없어."

진이 이해했다는 듯이 가볍게 끄덕이더니 말없이 담배를 피우기 시작했다. 생각을 할 때의 버릇이겠지. 카나도 자기가 좋아하는 담배를 꺼내어 피우기 시작했다.

실내에 적당히 연기가 채워졌을 무렵.

생각이 정리되었는지 진이 입을 열었다.

"한 가지 확실히 물어보고 싶은데. 포럼과 민주화는 어디까지 진심이지?"

"어디까지?"

"바꿔 말할까. 다드, 힐트리아 공산당을 부수는 거야?"

"아니."

"역시나, 그럼?"

다비드는 힘주어 끄덕였다.

"연착륙을 하고 싶어. 가능하면 당의 기강을 잡는 개혁운동을 통해 10~20년 안에 단계적으로 다당제 국가로 민주화를 진행할 생각이야."

거기서 끼어든 것은 카나였다.

"잠깐만. 이 정도로 과격한 수법을 쓰면서 목표가 연착륙이라는 거야?"

"한 번 소란이 일어나면 서방에서 신나게 개입할지 몰라. 시간과의 싸움이야. 그러면서 연착륙을 목표로 하는 게 합리적이겠지."

"시간과의 싸움, 아니, 그 전에 잠깐, 서방? 동쪽이 아니라?"

"그래, 서방이야."

석연치 않은 거겠지. 카나가 곤혹스러워하는 모습은 보기 드물다. 마찬가지일까, 진도 비슷한 의문을 입에 담았다.

"기묘하군. 전통적으로 힐트리아 연방군 참모본부는 동쪽을 가상의 적으로 보았어. 서방은 잠재적으로는 동맹국이 될 수 있지 않나?"

카나의 곤혹도, 진의 의심도, 힐트리아 연방의 안전보장의 공통 패러다임이겠지.

하지만 정답과는 거리가 멀다. 힐트리아의 전통적인 안전보장 환경은 서방 대 동방이라는 거시적인 시점 안에서 힐트리아의 위치를 생각하여 정의된 것에 불과하다.

"카나, 진. 두 사람 다 들어줘. 내분이 일어나면 서방 놈들에게 힐트리아는 단순한 사회주의 국가 중 하나에 불과해."

결국 서방 놈들에게는 '빨갱이'냐 '더 빨갱이냐'의 차이밖에 없다. 그들에게 붉은 나라의 내분 정도 되는 복음은 또 없겠지.

"경제위기는 심각해. 아, 카나, 말해두겠는데 우리 나라는 자동적으로 파산하는 미래가 약속되어 있어."

"파산? 그것도 처음 들어."

"국가기밀이란 놈이지. 과거의 당 중앙이 숨긴 거액의 외채가 쌓이고 쌓였어. 시간이 찍힌 경제 폭탄이라고 할까. 해제되었지만, 어떻게 해제되었는지는 국방최고기밀로 지정되어 있어."

"다드, 나한테도 말할 수 없어?"

"눈치로 이해해, 카나. 아무래도 항상 하는 사기 같은 수법이었다는 소리야."

"저기, 진. 당신도 엮여 있었어?"

진은 웃으면서 용서를 바란다고 능청을 떨었지만, 실제로 말도 안 되는 일이었다. 슬로니아에서의 금 준비, 서방과 엉클샘 급여를 통한 장부 맞추기, 그리고 마지막에는 핵 개발 프로그램을 카드로 삼아서 외화를 뜯어낸 것도 거의 사기급.

이런 것도 다 파탄을 방지하기 위한 대증요법인데…… 시간을 쥐어짜는 걸로는 이어졌다. 시간만 있으면, 시간만 들일 수 있으면, 어쩌면.

"한 걸음, 한 걸음, 당의 개혁까지 다가가고 있어. 아직 길은 험난하지만, 계속 걸어가면 어떻게든 될 거야."

"기다릴 수 있을까?"

본질적인 질문이란 언제나 직설적이다 싶어서 다비드는 쓴웃음을 지었다. 현황을 보라고 지글드가 타이를 것도 없다.

힐트리아라는 국가의 문제는 이미 말기증상과 마찬가지다.

국가의 명맥을 지키려 해도, 명의도 두 손 든 상황에 가깝다.

"그렇기에 포럼의 지도자와 절충해야만 하지."

"우리의 옛 친구, 알렉산드라 동지란 말인가. 역시나."

고개를 끄덕이는 진에게 다비드는 쓴웃음과 함께 한심한 실정을 토로했다.

"아직은 내 이야기도 제대로 안 들어주지만."

"평소의 행동 때문이야. 그래서 내가 이어받는 꼴이 되었군."

"신기하군. 너는 나랑 똑같다고 생각했는데."

"뭐라고?"

"어이, 진, 자각 없어?"

농담, 마음 편한 친구와의 바보 같은 소리, 결국은 잡담. 술은 마시지 않았고, 담배뿐인 연회라고도 할 수 없는 잡담. 그렇긴 해도 이게 더없이 즐겁다.

마음이 편안해지는 거겠지.

계속 이야기를 하자며 카나가 끼어들지 않았으면 다비드는 진과 계속해서 잡담을 이어나갔을 게 틀림없다.

"자, 자, 남자들, 거기까지. 사샤와는 대화의 자리를 만들 수 있겠지? 그 방침으로 진행하는 거지?"

"그런가. 너랑은 아직 말할 수 있나."

"응, 그래. 당신과 달리 사샤도 만나 주는데?"

사이가 갈라진 것은 자신과 알렉산드라의 개인적 신조 때문.

오래된 유대란 것은 일방통행이 아니다. 이럴 때 누군가가 사이에 있어 준다는 것은 든든하다.

"그러면 만나 달라고 해서……."

"잠깐, 잠깐. 미안하지만 다드는 사양하는 편이 좋아. 유부남이 밀담하는 건 보기에 안 좋아."

가벼운 농담 같으면서도 지글드의 눈에는 웃음기가 없었다.

"내가 직접 말하지."

"또 왜지?"

"네가 불러내길래 갔다간, 자칫하다가 폭사될지도 몰라."

"친구를 폭탄으로 죽일 정도로 악당은 아닌데."

다비드로서는 헛소문이 너무 심하다고 항의하고 싶지만, 지글드가 야유 섞어서 말하려는 바도 이해는 할 수 있었다.

노멘클라투라란 것은 그렇게 여겨지는 인종.

말하자면 모략에 손을 더럽힌 '에른네스트 서기'라는 인간에 대해 세간은 '할지도 모른다'고 의심한다.

"진, 너라면 알겠지? 내가 폭탄을 쓸 거면 가장 먼저 날려버리는 건 오랜 친구부터다."

"하하하, 그렇군. 참 마음이 잘 맞아, 친구."

"너도 그런가? 하하, 이거 유쾌하군. 날려버릴 때는 너부터 해주지!"

농담을 할 수 있는 친구란 것은 그것만으로도 귀중하다. 힐트리아 관료계 같은 마굴에서 계속 제정신으로 있기 위해서 불가결한 요소겠지.

진은 그때 중대한 사실을 떠올린 듯이 어쩐 일로 약한 표정으로 담배를 재떨이에 꽂으면서 재주도 좋게 입에서 한숨과 말을 동시에 토했다.

"그렇긴 해도 서방의 개입은 어떻게든 피해야 해. 우리 조국이 놈들의 놀이터가 되면 안 되지."

"동감이야, 진심으로."

진은 거기에 말을 보탰다.

"흥, 조금 지혜 있는 인간이라면 타협이라는 말을 알겠지만, 놈들은 유머가 없는 이상주의자야. 거기에 비교하면 사샤 쪽이 그나마 낫겠지."

"어이어이, 진, 네가 할 말은 아니지 않아?"

야유쟁이, 비딱한 태도, 거드름쟁이라는 부속물을 걷어낸 지글드란 남자는 의외로 순정이다.

"이상주의자란 점으로 말하자면 너도 똑같을 텐데?"

"이게 뚫린 입이라고……. 음?"

찰칵, 하고 문을 여는 소리에 카넬리아는 누가 돌아왔는지를 이해했다. 문을 여는 방법 하나만 봐도 개성이 나온다는 것은 지나친 말일까?

바보 다드는 서두르지 않고, 타나는 어딘가 꼼꼼하고 조심스러운 느낌이다.

"저 왔어요, 우와, 연기?!"

놀란 시동생의 한마디에 그녀가 비흡연자였다는 사실을 떠올렸다. 열심히 재떨이에 꽁초의 산을 만드는 운동을 하고 있는 남자들 때문에 실내는 어느 틈에 담배 냄새가 지독해진 거겠지.

반대로 말하자면 평소 헤비스모커일 터인 남편이 오랫동안 집을 비우곤 했다는 소리이기도 하지만.

"언니, 있나요? 어머?"

코를 붙잡으면서 거실로 얼굴을 내미는 시동생은 자신 이외의 존재에 당혹스러운 듯한 표정을 했다.

힐끔 진과 다드에게 시선을 주자 두 사람 다 나란히 의표를 찔린 듯이 곤혹?

"다드, 자기 집에서 여동생과 만난다는 가능성조차 잊었어?"

"아, 아니, 그런 건⋯⋯."

"잠깐만, 여동생?"

진은 입에 물고 있던 담배를 재떨이에 처박고 몇 초 동안 생각에 잠겼다.

"실례. 어디서⋯⋯ 아아, 이 녀석의 결혼식에서!"

"여동생인 타치야나입니다."

"지글드 슈링크. 네 오빠랑은, 뭐, 사관학교 이후로 알고 지낸 사이지. 잘 부탁해."

그러면서 내민 손은 의외로 정중한 기색이었다. 다드 정도는 아니지만, 진도 정말 겉보기로는 좋은 녀석이다.

"오빠랑 동기였군요?"

정말로 뜻밖이라는 듯이 진은 표정을 일그러뜨렸다.

"어느 쪽이냐면 다른 식으로 기억해줘. 에른네스트 부인과도 사관학교 이후로 지인이야."

"카나 언니의 친구로군요?"

"그래, 그 편이 정상적인 교우관계로 들리니까."

"알겠습니다. 남매는 선택할 수 없지만, 친구는 선택할 수 있으니까요."

이해가 있어서 좋다는 듯이 두 사람이 나란히 고개를 끄덕이는 것은 공범자의 기분인 걸까? 유머 넘치는 대화에 카넬리아도 조금 미소를 지었다.

이런 대화, 친구들을 집에 더 부르고 싶다고 생각된다. ⋯⋯지금만큼은 정세가 정세지만.

"어이, 두 사람. 내가 없는 것처럼 굴지 말아주겠어?"

"안심해, 잔소리꾼 동지. 동지의 의기양양한 표정은 잊을래야 잊을 수가 없으니까."

"하하하, 오빠, 멋진 이해자를 두셨네요."

"제길, 이 녀석이고 저 녀석이고 말은 잘해."

진, 타나의 연합군 앞에서 다드도 유린당하는 모양이다. 분노한 표정으로 주머니에서 꺼낸 TKP를 피우기 시작하는 다드의 떫은 표정이란!

"다드, 한 대 줘."

"TKP인데? 말보로나 피워, 부르주아 녀석."

"네가 할 말이냐?"

"서기국 사람이 하는 말이다."

콧김 가쁘게 서로 노려보는 다드도 진도 사관학교에서부터 늘 이런 식. 변할 수밖에 없는 부분도 있는 한편 카넬리아가 보기로는 '근본'은 의외로 완강하다.

변하지 않는다, 혹은 변할 것 같지 않다는 것이 기질일까?

"이거야 원, 일이라는 느낌이 안 드네. 어이, 다드, 밖에서 한잔할까?"

자리를 바꾸려고 말하는 진의 말과 행동은 지극히 자연스러웠다. 그래도 역시나 마음을 쓴 걸까? 타나가 미안한 기색으로 물어봤다.

"아, 혹시 제가 방해했나요?"

"아니, 이쪽은 큰일도 아니야. 그냥 잡담이나 했지. 오히려 내가 미안해. 가족의 귀중한 시간을 방해했을지도 모르겠군."

진은 부드럽게 웃었다.

조금 전까지 데우스 엑스 마키나 계획을 생각하면서 다드랑 투덜거렸으면서…… 태세 전환이 참 빠르다.

"일로 여기저기 다녀서 말이지. 싱기두늪으로 돌아온 참에 얼굴이나 보러 들른 거였는데…… 레이디 퍼스트지."

"괜찮아요. 전 카나 언니가 불러서 왔을 뿐이라서. 오빠는 마음껏 써주세요."

"참아줘. 모처럼 생긴 휴가인데."

다드의 말이 진짜인지 어떤지는 카넬리아가 잘 안다. 서로 너무 바빴다.

"다비드 동지, 노동은 귀한 것 아니었나?"

"귀한 노동이니까 독점하는 건 좋지 않아. 나는 잘 알고 있다고. 애초에 독점은 사회적 소유를 해치는 반동 행위겠지."

"맞는 말이야."

거창하게 고개를 끄덕이면서 진은 웃었다. 하지만 진지한 어조를 배신하는 것은 그 표정. 장난질을 꾸미는 것 같다는 말은 친한 사이라고 해도 실례겠지?

카넬리아로서는 유치하다고 표현해야 할 장난을 떠올리고 있다는 느낌밖에 들지 않았다.

"서기 동지, 그 지혜에는 진심으로 감명을 받을 수밖에 없군. 고마워, 또 하나 배웠어."

다드의 어깨에 손을 얹는 그 행동도 어딘가 연극 같이 보였다.

"내가 동지와 작업을 공유하는 건 멋진 애국적 행위라고 동지의 말로 확신했어. 자, 일을 나눠볼까."

"제길, 진! 너, 이 악당!"

"하하하. 이거 실례. 이래 보여도 모범적인 힐트리아 공산당원이라고!"

"제길!"

욕설을 내뱉는 다드의 표정은 체념의 빛을 띠고 있었다. 오랜 친구란 것은 언제나 그런 걸지도 모른다.

"그런데 무슨 일 있었던 거 아니야?"

"어어, 언니. 저번에 부탁하셨던 거 말인데요……."

"아, 다과회?"

타치야나는 끄덕였다.

"오늘 하면 안 될까요?"

"솔직히 꽤 갑작스럽네."

전언을 맡은 시동생이 조심조심 말하는 것도 당연하겠지. 언제 만날 수 있을지 모른다고는 들었지만, 오늘이라니!

그렇긴 해도 계속 생각만 해도 어쩔 수 없다.

저쪽은 저쪽대로 사정이 있다. 예정을 잡을 수 있다면 이 기회에 이야기를 해두는 편이 좋다.

"뭐, 편의를 봐줘야지. 미안해, 진, 가족 일이 급해서 좀 나가볼게."

"어이, 카나. 이 타이밍에?"

"타나랑 약속했거든."

오늘이 될 줄은 몰랐지만, 이라는 말은 삼켰다.

"그런고로 먼저 실례할게! 아, 다드. 미안하지만 저녁은 적당히 챙겨 먹어."

"늦을 것 같아?"

"그럴 예정이야. 타냐랑 나는 저녁도 알아서 할 테니까 신경 쓰지 마."

"알았어, 다드랑은 내가 붙어있지. 맡겨줘."

진이 웃고, 다드가 짜증내듯이 얼굴을 찌푸렸다. 뭐, 항상 있는 일이다. 조금 웃어주던 카넬리아 또한 평소처럼 말을 남겼다.

"영웅적인 자기희생 정신에 감사할게, 동지."

"영광입니다. 에른네스트 부인 동지."

자리에서 일어나자마자 카넬리아와 타치야나는 나란히 근처 노면전차 승강장으로 향했다.

시각표를 살펴보아도 참고는 되지 않고.

한가하게 기다리는 시간에는 이런저런 잡담. 타치야나의 대학 생활이나 카넬리아의 직장에서의 웃긴 이야기를 하는 사이에 모습을 보인 노면전차를 타고 목적지까지 이동.

노면전차에서 내려서 때아닌 손님으로 카파나의 문을 지나자 느껴지는 그리운 분위기. 사관학교 시절을 떠올리는 분위기이기 때문일까?

간간이 다섯 명이서 마시고 다녔던 곳과 왠지 모르게 비슷한 가게는 마음이 놓이는 공간이었다. 흐르는 음악의 센스도 좋다. 콘티넨털 송 콘테스트의 곡이면서도 별로 시끄럽지 않다.

"오랜만이야, 사샤."

"그래, 오랜만. 시동생도 같이 왔어?"

"안녕하세요, 선생님."

간단한 인사를 마치고 자리에 앉자마자 가벼운 잡담. 적당히 주문하겠다며 카넬리아는 메뉴로 시선을 보냈다.

"남자친구랑은 어때? 잘 지낼 수 있겠어?"

"좀처럼 잘 안 되네요."

"타나는 서툴러서 그래."

빠르게 나오는 안주와 든든한 메인 메뉴를 척척 주문하면서 카넬리아는 식탁 앞의 두 일행에게 다시금 시선을 보냈다.

볼을 불룩이는 타나, 미소 짓듯이 지켜보는 사샤의 대비는 두 사람의 거리감이 어느 정도 가까운지 말해 준다.

한마디로 말하자면 '신뢰'다.

"누구를 닮은 걸까."

"정말이야. 하지만 카나, 남 일이 아니지 않아?"

"어머, 그러네. 그만 깜빡했어."

지적받고 보니 카넬리아도 에른네스트 일족의 일원이다.

다드나 타나의 부모와는 별로 교류가 없지만…… 조금 더 이쪽에서 다가가야 했을지도 모른다.

고향에 소식 하나 없다는 점에서는 타나도 다드도 비슷한 면이 있고.

"언니도 선생님도 남한테 서툴다, 서툴다 할 만큼 요령 있는 것도 아니잖아요. 이 화제, 슬슬 그만하지 않을래요?"

"어머나, 미안해."

고개를 숙이면서 카넬리아는 쓴웃음을 짓다가 문득 재미난 것을 깨달았다. 타나가 실로 자연스럽게 말했기에 흘려들을 뻔했다.

"선생님이라……."

"하고 싶은 말이 있거든 해봐."

"잔소리꾼이 선생님인가, 싶어서."

과거의 분대에서도 그녀는 군기반장 역할이었다.

좋든 나쁘든 성실하고 똑 부러진 사람이겠지만…… 사샤가 선생님? 왠지 모르게 연상하기 쉬우니까 그녀에게 잘 어울린다 싶었다.

"내무성에서는 윤리 담당이야. 그쪽에서는 잔소리하는 게 일. 하지만 대학에서는 다르거든?"

"그럼 대학에서는 뭘 하려나?"

"시끄럽게 구는 대신 착실하게 수업을 하고 있습니다."

힐끗 타나에게 의견을 구하듯이 시선을 주자, 그녀도 이해한 눈치였다.

"하지만 선생님, 학생에게는 너무 엄한 것 아닌가요?"

어쩔 수 없다고 어깨를 으쓱이는 알렉산드라의 표정은 부드러웠다. 의외로 진짜로 교직을 좋아하는 거겠지.

그렇지 않으면 겸임 같은 걸 하고 있을 수 없다.

"그렇긴 해도 고생 아니야? 내무성 경제규율사찰국의 상급감사관은 대충 할 수 있는 일이 아니지 않아?"

"광역조직범죄 대책부의 인간을 한 곳에 붙잡아두려는 인간도 있다는 거야."

"싱기두눔 밖으로 내보내고 싶지 않다는 거네."

힐트리아 관료계를 아는 카넬리아로서는 놀랍지도 않은 이야기였다.

이해한다는 것은 유쾌한 일이 아니지만…… 청렴결백하고, 매수하거나 매수당하지 않는 단속 담당관이란 당 세계에서 경원시된다.

민경밖에 담당하지 않는 자신조차도 꽤 바쁘다. 진심으로 어딘가에 매진하려면 무리를 하게 된다. 실제로 수면이 부족한 거겠지.

지친 눈이 어딘가 표정을 무겁게 하고 있었다.

"뭐, 타나도 있으니까 이 정도로 할까."

타이밍 좋다고 할까. 힐끗 주위로 시선을 돌려보니 와인과 전채를 든 웨이터들의 모습.

선심 좋게도 와인을 듬뿍 따라주었다.

"그럼 에른네스트 부인, 잔을 드시죠."

사샤의 말에 끄덕이면서 나는 잔을 들었다.

새빨갛고 투명한 느낌의 테란 와인을 넘치도록 따라서 좋은 향기를 풍기는 잔을 들었으면 그다음 순서는 단 하나겠지.

"우정과 우리의 건강에."

""건배.""

마음 편한 동료와 잔을 나누고 같은 식탁 앞에 앉는다. 오랜만이라고 해도 근황을 서로 교환하는 대화는 바로 시간의 벽을 허무는 법이다.

덤으로 식사의 품질이 더없이 좋았다!

크란스카 소세지와 툰카라는 돼지고기 콤비를 사워크림으로 마무리한 깔끔한 오이 전채와 함께 먹으면서 최고의 슬로니아 와인으로 건배하는 것 이상으로 유쾌한 식탁이 있을까?

"당신은 군 시절의 소박한 면을 어디다 버렸어? 이렇게 좋은 카파나를 전우 동지에게 숨기다니, 성질도 못된 여자 같으니."

"참아줘, 카나. 군의 박봉으로는 올 수 없었을 뿐이야."

적당한 요금, 괜찮은 레퍼토리, 그리고 널찍한 테이블. 정말로 원래부터 알고 있었으면 박봉인 사관후보생 시절부터 애용했을 게 틀림없다.

니코가 좋아했겠지. 어쩌면 그렇기에 슬로니아 요리점일까?

전채가 얼추 다 없어질 때 타이밍도 좋게 서빙된 메인 요리, 훈제 담수어 또한 잘 요리되어 있어서 흰 살과 콩의 궁합이 반칙적일 정도로 맛있었다.

"으음, 정성 들여 요리했네."

감동한 나머지 와인이 술술 넘어간다.

"하지만 아까 오이 요리라면 집에서 만들 수 있을지도 모르겠어요."

"좋은 시점이야, 타나. 하지만 한 가지 문제를 가르쳐줄게."

놀란 시동생에게 카넬리아는 잔혹한 진리를 말할 수밖에 없었다.

"당신은 하숙이잖아? 일단 집주인을 설득하는 것부터 시작해야지."

"아, 그런가."

"그런데, 카나, 당신은?"

"나?"

사샤는 고개를 끄덕였다.

"그래, 집에서는 안 만들어?"

"반대로 묻고 싶은데…… 집에서 식사할 때가 얼마나 있어?"

"그러네……. 항상 관청가의 식당에서 때우곤 하나."

두 사람 나란히 연주하는 것은 한숨의 이중주.

공들인 요리는 다망한 생활에서 어렵기 짝이 없다.

"언니도, 선생님도 식생활에 조금 더 신경 쓰지 않겠습니까?"

"타나, 그 말은 안 하기로 했잖아?"

"그랬나요?"

가볍게 웃으면서 타나는 생선살을 입으로 가져갔다. 그 바람에 규탄이라는 분위기도 아니게 되었다.

어쩔 수 없다 싶어서 카넬리아는 쓴웃음을 지으면서 다시 잔을 기울였다.

"오후라고 해도 이렇게 이른 시간대부터 마실 수 있는 것도 오랜만이야."

"갑작스러운 이야기였을까. 미안해, 카나."

"괜찮아."

카넬리아는 사샤에게 웃어주었다.

"당신 사정에 맞춰야지. 그런 사이라고 생각했는데?"

가볍게 미소 지은 뒤에 카넬리아는 잔을 단숨에 비웠다. 눈치 빠른 타나가 따라주는 다음 잔을 기대하면서 카넬리아는 계속 사샤를 바라보았다.

"오랜 우정을 확인했다고 생각해도 될까?"

"어머, 완곡한 표현이네."

"선생님의 안 좋은 버릇이에요. 솔직히 말하면 좋을 텐데. 그렇죠?"

그렇게 맞장구를 치는 타나는 어느 편일까.

몇 초 동안 곤혹스러운 듯이 와인잔을 입에 댄 채 침묵한 끝에 사샤는 떨떠름하게 항복 의사를 드러냈다.

"이러니까 에른네스트 일족은 마음에 안 들어."

"어머, 그래? 정말로?"

카넬리아로서는 사샤의 교우관계나 거리감에 의문을 품었다. 결국 그녀의 정치적 위치 운운하는 렌즈를 걷어내면 알아차릴 위화감이다.

"카나?"

"피차 마찬가지잖아?"

한숨을 삼킨 카넬리아는 사샤의 시선을 받아내었다.

말하려는 바, 전하고 싶은 바를 모를 것은 아니다. 하지만 전체적으로 내포된 바가 너무 많다. 조금 더 솔직하게 말해 준다면 마음도 더 편할 텐데.

"어어, 언니? 선생님?"

다드도 진도 실수를 했네. 사샤를 너무 얕본 거 아니야? 선입관 없이 보면 좋을 텐데.

"아, 그렇지, 사샤."

대수롭지 않은 어조로 카넬리아는 용건을 말했다.

"조만간 우리 남편이나 진이 이야기를 좀 하고 싶대."

"알았어. 그렇게 되는 거구나? 기억해둘게."

"그래, 잘 부탁해."

이유도 용건도 듣지 않고 승낙? 역시나 싶어서 카넬리아는 가슴속으로 확신을 굳혔다. 사샤는 다드의 계획을 알아차렸다.

다드라면 정말로 데우스 엑스 마키나 계획을 사샤에게 '알리지 않는 편이 좋다'고 생각하고 실행했겠지만…… 실수였겠지.

사샤는 어딘가에서 알아차렸다. 그렇지 않으면 지금 말을 설명할 수 없다.

타나를 통해 암암리에 메시지라도 보내려고 했을까? 그렇긴 해도 다소 방식에 위화감이 따르는데…….

"그럼 이쪽도 한 가지."

"응?"

"셋이서 친하게 지낼 수 있기를 개인적으로 바랄게. 이상한 사양이나 오해가 관계를 망치지 않으면 좋겠어."

아하, 과연.

'신뢰'하라는 소리?

기억해둬야 할지도 모르겠다.

제5장 그 날

확신은 방심의 온상이다.

"실수하지 마."

"누구한테 하는 말이야? 너야말로 축하위로회 준비 잊지 마."

수화기 너머에서는 맡겨두라고 장담하는 가벼운 목소리. 진녀석, 포럼 관계자와 비공식적으로 '첫' 절충인데 가볍기도 하지.

이럴 때 정도는 목소리에 긴장감을 좀 띠어도 좋을 텐데.

저쪽은 알렉산드라와 몇몇 간부층이 얼굴을 내밀고, 이쪽에서는 진뿐.

즉, 대면 겸 연락수단의 준비가 메인. 안건으로는 간단하지만, 목적지에 도달하기까지 대단히 난항을 겪는 부류였다.

"알고 있을 거라 생각하지만, 언설에는……."

수화기 너머의 친구는 이쪽의 걱정을 웃어넘겼다.

"그래, 조심할게. 그냥 맡겨줘. 끝나면 네가 한 턱 쏘는 거다. 싫다고는 하지 마. 지갑을 탈탈 털릴 각오나 단단히 하셔."

"걱정 마, 너를 알코올에 담가버리지. 뭣하면 민경 유치장에 넣을 준비까지 주저 없이 다 해놓겠어."

"그거 좋군. 오늘 밤은 너를 돼지우리에 처넣어주마."

"과연 어떨까. 그럼 밤에 또 보자."

그 한마디를 덧붙이고 수화기를 내려놓자마자 다비드는 숨을 내뱉었다. 길었지만, 간신히 여기까지 올 수 있었다.

현황은 부분적으로 포럼의 주장을 인정하지만 당의 지도적 지위까지는 흔들림 없다. 당의 우위가 무너지기 전에 타협하고 개혁의 길을 모색할 수 있다.

앞으로의 길도 결코 평탄하지 않겠지만, 그 길도 포장이 끝난 거나 마찬가지였다. 적당한 길을 개척할 수만 있으면 최종적으로 목적지에 무사히 도달할 수 있을 게 틀림없다.

일을 한 건 마쳤을 때의 습관으로 한 대 피우려고 TKP를 서랍에서 꺼내려던 다비드는 생각을 바꾸었다.

축하의 의미로 이왕이면 시가로 하자.

선물용으로 간수해둔 게 있을 터였다. 그걸 어디에 넣어뒀을까 생각하며 책상을 뒤지자, 잘 포장된 시가 용기가 서랍 밑바닥에 굴러다니지 않는가.

꺼내어서 한 대 피우려고 시가 커터를 손에 든 순간이었다.

"다드? 있어?!"

"카나?"

"타나가 붙잡혔어."

말의 의미를 뇌가 생각하고 이해한 순간, 다비드는 아연한 목소리로 되물었다.

"타나가? 이런 미묘한 시기에?"

손에 들려던 시가를 되돌리고, 믿기지 않는다는 듯이 다비드는 소리쳤다.

"어디의 바보 녀석이야?!"

곧바로 머리에 스친 것은 세르게이 주임의 경고. 타냐와 알렉산드라의 교우관계에서 다비드 자신의 충성심이 의심받는다고 부하가 경고해 준 것은 잊지 않았다.

힐트리아 관료계에서 친족에 대한 공격이란 드문 수단이 아니다. 상부의 묵인이 있으면 충성심이 의심스러운 상사의 가족을 유괴하는 정도야 태연히 하겠지.

문제는 현재 다비드의 정치적 위치다. 토르바카인 주석의 직속이고, 공식으로 정치적 주류파 정도 되면…… 일반적인 경우 불가침으로 간주될 정도로 신변 안전은 확보되었다. 가족이라도 예외는 아니다.

"정보성이야? 헌병대야?"

"짚이는 데가 있는 건 좋지만, 양쪽 다 아니야. 내무성이야."

"내무성?! 수도민경이란 말이야?"

수긍하는 카나에게 다비드는 이해할 수 없다는 듯이 눈썹을 찌푸렸다.

"왜 민경이 카나를? 표면상의 죄상은?"

"대학에 가는 중에 교통법규 위반 현행범이래."

"교, 교통법규 위반?"

"자전거를 보도에서 이용했다고."

일반적인 경우, 아무리 엄격하게 적용한다고 해도 그 처분에 상한이란 게 있다. 애초에 민경이다. 용돈벌이 말고 놈들이 교통법규를 자발적으로 단속할 리가 없다.

의미하는 바는 너무 명료하겠지.

"전형적인 별건 체포다! 영문을 모르겠군. 왜 그런 심술을?"

"타이밍과 내무성 계열이란 걸로 짐작 가는 바도 없어? 내무성이라면 사샤의 계열이잖아?"

"그런 건가……."

알렉산드라의 소굴인 내무성이 얽혀있고 이 타이밍이라는 요소를 고려하면 카나의 말에 개연성을 인정할 수밖에 없다.

"칫, 인질이란 거로군? 해보자는 건가."

"피차 마찬가지 아닐까."

"참아줘, 카나! 이쪽은 사샤의 가족에게 손대지 않았어!"

"음모를 준비한 건?"

갑작스러운 말에 말문이 막힌 다비드는 말없이 고개를 내저었다. 없다고 말하고 싶다. 하지만 부하가 감시한 것을 생각하면 꼭 없다고 단언할 수 없다.

"보험을 드는 정도는 어쩔 수 없잖아."

한숨이 나오는 건 어쩔 수 없다. 다비드로서는 일선을 그었고, 무엇보다도 공정하게 할 생각이었다. 위압소송조차도 부정한 관리 외에는 포럼의 구성원 본인에게 한정하고, 친족들에 대한 연좌는 가급적 피했다는 자부심이 있다.

모순이긴 하지만, 그래도 객관적으로 봐서 경계를 살 이유가 있는 것도 안다. 손이 깨끗하냐고 묻는다면 가슴을 펴고 거짓말을 할 수밖에 없는 몸이니까.

"뭐……. 사샤가 손을 쓴 거라면 어떤 의미로 안심할 수 있어.

타나라면 손님으로 대접을 받지 않을까?"

"솔직히 말하자면 그래도 충격적이야. 보험으로 인질을 잡을 만큼 알렉산드라가 경계하고 있었다니⋯⋯."

"스스로를 객관시해보시든가?"

"알고 있어. 하지만 아무리 그래도⋯⋯ 인질이라니."

"불평은 그만. 일단 정규 루트로 '신병 인수' 요청이 왔어. 저쪽이 하고 싶은 말은 알겠지?"

"물론이야."

다비드는 카넬리아에게 끄덕여 주었다. 알렉산드라가 만일의 경우 담보로 삼으려고 타나를 확보했다면, 조만간 문제없이 해방되겠지.

"알았어. 그럼 타나가 석방되거든 가르쳐줘."

"뭐?"

놀란 듯한 카나의 목소리.

그 반응은 솔직히 예상 밖이었다. 애초에 민경과의 연줄이라는 점에서 보면 카넬리아 쪽이 지인도 많고 그만큼 연줄도 있을 테니까.

"석방되는 타이밍 정도는 알 거라 생각하는데⋯⋯ 이쪽에서 조사하는 게 좋을까?"

"잠깐, 잠깐만. 당신 무슨 소리 하는 거야? 혹시 타나가 석방될 때까지 얌전히 기다리려고? 권력으로 썼어?"

"뭐?"

"잘 들어⋯⋯ 다드. 당신 동생이잖아?"

잘 아는 소리를 하더라도 당혹스러울 뿐. 대체 카넬리아는 무슨 소리를 하는 거지?

"모르겠어? 내 시동생이기도 하지만, 타나는 당신 동생이야."

석연치 않은 표정이면서도 카넬리아는 다비드에게 자기 의도가 전해지지 않은 걸 깨달았겠지. 한숨 섞어가며 그녀는 황당함을 토로했다.

"바보야?"

딱 잘라 말하는 카넬리아의 눈빛은 날카롭고, 진심으로 기가 막힌 눈치로 다비드의 말을 일축했다.

"아까부터 마음에 걸리던 건데, 뭐야? 타나를 버려야만 할 정도의 음모라도 꾸미고 있어?"

"설마! 무슨 소릴!"

"숨기는 거 하나 없이 말해봐."

"믿어줘, 카나! 진의 말이 잘 통하기를 빌 뿐이야! 맹세코 아무런 짓도 하지 않았어!"

"그런데 그렇게 말해? 다드, 당신은 노멘클라투라의 사고방식에 너무 물든 거 아니야?"

그 지적에 간신히 카나가 말하려는 바를 이해할 수 있었다. 여동생을 방치하려고 생각한 건 왜지? 사고란 것은 습관에 물드는 모양이다. 짜증스러운 사실이지만, 까마귀 근처에 있으면 검어진다. 노멘클라투라의 동료란 것도 예외는 아니라서, 자연히 생각이 비슷해지는 모양이다.

"권력을 주물럭거린 대가일까?"

"뭐라 할 말이 없어."

왜 '방치'란 발상에 이르렀지? 스스로 생각해도 정말 신기하기 짝이 없었다. 권력에 물든다는 것의 대단함은 들었다. 하지만 들은 것만으로는 이해할 수 없다. 스스로의 허물을 부끄러워할 뿐이다. 경고를 흡수하고 자기 피와 살로 만드는 것은 왜 이리 어려울까.

"자, 데리러 갈까? 차를 준비시킬 테니까."

전형적인 힐트리아 관료계 특유의 무개성한 건물 내부에 카나와 나란히 들어간 순간, 다비드는 감탄사를 작게나마 흘렸다.

수도민경 중에서도 특히나 섬세한 안건을 다루는 내무성 직속의 수용시설이다. 그렇게 되면 위압감으로 가득할 거라 생각하는데…… 당치도 않은 소리. 의외로 깔끔하고 밝은 분위기 아닌가! 구석구석까지 잘 청소되어 있고 거슬리지 않을 정도로 관엽식물까지 놓여 있어서, 곳곳에서 분위기를 꾸미기 위한 노력과 배려가 읽혔다.

더불어서 직원들의 표정을 보면! 스윽 둘러보기만 해도 분명히 알 수 있다. 치안 부문 특유의 곤두선 분위기가 전혀 없다고는 할 수 없지만, 의욕과 규율이 간간이 보이지 않는가!

인정하지 않을 수 없다.

무미건조한 건축양식과는 달리, 여기에는 인간의 숨결이 살아 있다고.

수도민경이라면 비능률, 부패, 태만의 상징이라고만 생각했던 다비드가 알던 것과는 차원이 다르게 잘 움직인다.

"놀랐어. 규율이 완전히 달라. 조금 흥미가 생기네. 어떤 식인지 직원에게 이야기만이라도 들으러 가 봐도 될까?"

"누가 더 일 중독자일까?"

"부부끼리 닮는 법이잖아? 끝나거든 바깥의 차에서 만나자."

"알았어, 카나."

손을 흔들며 헤어졌을 때 다비드는 '이럴 거면 되든 안 되든 시험해 보자.'고 생각했다. 그런 가벼운 마음으로 품에서 꺼내려던 당원증을 도로 넣고 안내판을 따라서 일반창구를 향해 걷기 시작했다.

분위기가 좋은 게 그냥 겉치레인지 아닌지 조사하고 싶은 충동에 따랐기 때문이지만, 별로 기대하지 않았다고 인정해야만 하겠지. 미지와의 조우와 마찬가지라고.

"안녕하십니까, 동지. 무슨 일로 오셨습니까?"

발견한 창구의 직원은 놀랍게도 '먼저' 인사를 건네 오지 않는가!

"에에, 그게. 부끄러운 이야기입니다만 가족이 여기 잡혀 있다고 해서……. 신원인수로 왔습니다만."

"가족 분의 신원인수로군요? 이쪽이 필요한 서류입니다."

겉으로만 친절한 게 아닌가 의심하던 다비드는 창구의 대응에 경악하게 되었다. 친절한 창구 직원이라고만 해도 압도적 대다수의 힐트리아인은 거짓이라고 일축하겠지. 그런데 일반창구에서 정중하게 대응해 주고 뇌물도 없는데 신청서 용지를 건넨다?

있는 그대로 말하면, 진 같은 오랜 친구조차도 프로파간다는 그만두라고 얼굴을 찌푸릴 게 틀림없다.

도무지 믿기 어려운 경험이었다.

"담당자 동지가 올 테니까, 잠시만 기다려 주시겠습니까?"

애매모호하게 고개를 끄덕이면서 잠시 뒤에 안내받는 도중, 다비드는 이게 현실인가 싶어서 얼굴을 꼬집고 싶어지는 충동에 사로잡힐 정도였다.

그런 의문을 품으면서도 안내에 따라 가보니, 곧 타나가 수용된 방에 도달했다. 담당자가 편히 있으라고 말하며 나간 것도 이미 말만 남았을 터인 프라이버시라는 개념을 존중한 것이겠지.

다비드는 의식을 현실로 되돌렸다.

구속되어 있다고 들은 것치고는 꽤 깔끔한 방이었다. 보험이라는 카나의 추측이 정확하겠지.

폭행이나 협박을 당한 분위기는 전혀 느껴지지 않았다. 타나의 표정을 보면 아무렇지도 않은 게 틀림없다. 인질로는 최고대우다. 뭐, 상대도 프로였다는 소리겠지.

"괜찮아 보여서 다행이야, 타나. 신원인수로 왔어."

"하아, 오빠. 그것뿐?"

"그렇군, 교우에 대해 충고할까. 솔직히 말하는데, 알렉산드라 동지와는 조금 거리를 두면 어때?"

"오빠 쪽에서 포럼을 안 좋게 보는 건 알지만, 그런 거야?"

"어디서 그걸 들었는지는 구태여 묻지 않도록 하지."

말로는 부정하면서 다비드의 뇌는 즉각 조사 수순을 짜기 시작했다. 정보의 흐름을 따라서 취조해야 할 대상을 모색. 이 경우 유력한 피의자는 타나의 남자친구일까?

뭐, 생각해 보면 그도 그렇다고 해야겠지만…… 다비드가 아는 한 격렬한 힐트리아주의자였다. 더불어서 자유주의에 대한 동경도 있었을 것이다.

이 상황에서 지극히 불온한 요소이기도 하다. 당 조직기구에 대한 강력한 이의신청을 하는 조직에 끌린다고 해도 이상할 건 없겠지.

어느 쪽이든 타나의 주위를 캐봐야 할지도 모른다.

"또 그거. 적당히 해."

"그거? 미안한데 대체 무슨 소리지?"

"입으로 말하는 거랑 머릿속으로 생각하는 거랑 항상 달라. 오빠는 웃는 듯하면서도 항상 웃지 않아."

혜안이라고 여동생을 칭찬해야 할까? 아니면 들킬 정도로 자신이 알기 쉬운 걸까.

가족이란 것은 항상 대응하기 어려워서 당혹스러울 따름이다.

"애가 장난으로 고개를 들이밀어도 되는 곳이 아니야."

"장난 아니야."

타나의 고집에 한숨을 흘리면서 다비드는 수용소의 천장을 바라보았다.

"진지하게 이야기할 생각이라면 구태여 말하지. 지금은 공부에 힘을 쏟았으면 해. 앞날은 당원이 된 뒤의 진로를 생각할 때 또 말하자."

"오빠는 당원으로 나한테 말하는 거야?"

"가족으로 말하고 싶지."

"싫다는 건가."

타나의 작은 혼잣말에 다비드는 자기가 뭔가 결정적인 말 한 마디를 실수했다고 깨달을 수밖에 없었다. 자신은 또 뭔가 잘못했다.

"미안, 타나. 수속은 끝내두었어. 카나가 밖에 차를 대놓고 있을 테니까 그걸 타고 돌아가."

"오빠는?"

"일이 쌓여있어. 공용차로 오피스로 돌아가지."

호위처럼 따라붙은 민경 요원들에게 안내를 받으며 온 카나를 본 순간, 카넬리아는 대충 사정을 이해했다.

"다드는?"

"뭐라고 하면서 어딘가로 갔어요. 직장에 들른다고 했는데."

"하아, 바보. 도망쳤구나."

"그러네요."

의외로 한심한 구석이 있는 녀석. 귀엽다고 생각할 때도 있지만, 솔직히 지금 국면에서는 짜증이 앞선다.

"그런데 타나? 적당히 해."

"예?"

"되도록 말하고 싶지 않지만, 나는 수도민경 쪽으로 지인이 있어. 그렇다면 어떻게 돌아가는지 과연 모를까?"

침묵을 택하고 모호하게 미소 짓는 시동생은 똑똑하다.

"저기가 사샤의 숨결이 닿은 곳이라고 해도, 란 소리. 잘 알고 있을 거라 생각하지만."

나도 이래저래 알고 있지만, 이라고 말하며 카넬리아는 쓴웃음을 지었다. 사샤는 완전히 보란 듯이 입을 움직였다.

"뭘 꾸미는지는 모르지만, 필요한 일이었을까?"

"필요했다고 하면요?"

"1개 헌병중대가 필요해져."

움찔거리면서 타나가 자신의 표정을 들여다보는 게 느껴진다.

"언니, 언니는…… 전부, 전부 다 알고 있는 거 아닌가요?"

"니코틴도 없이 말할 생각은 없어."

품에서 꺼낸 TKP를 입에 물고 카넬리아는 오른손으로 빙그르 라이터를 돌려서 불을 붙였다.

"아, 너는 안 피웠지."

"아무래도 힘들어서……."

"딱히 그건 상관없어. TKP 같은 걸 좋아라고 피우는 게 미친 짓이니까. 하지만 그래, 한 번 정도는 시언니로서 말해둘까."

사관학교 책상에서 소속 민족에 대한 질문을 받았을 때 '왜 이런 걸 묻는가?'라고 의아해하던 어린 시절은 지나간 과거. 자신은 힐트리아라는 국가의 상황을 알아버렸다.

전부터 희미하게 눈치는 챘지만, 다드는 더 깊은 바닥을 들여다 본 거라는 확신이 있었다. 어디서 언제 어떻게 보았는지는 모르지만, '바다'를 보았다는 사실 앞에서는 사소한 문제겠지.

"이러고서 평온한 게 이상해."

표정을 풀면서 카넬리아는 생각한 바를 살짝 흘렸다.

알아버렸다. 무지한 것은 행운이라지만, 혐오스럽기도 하고 토악질도 드는 사악한 진리라는 사실!

담배 연기와 말을 뒤섞으면서 카넬리아는 결론을 말했다.

"그리고 네 오빠는 미쳤어. 멈출 수 없을 거야."

"언니가 있어도 못 막나요?"

쓴웃음을 지은 끝에 카넬리아는 고개를 갸웃거렸다. 타나의 질문은 꽤 흥미 깊은 질문이라고 인정할 수밖에 없다.

'막을 수 있을까?'라고 자문하면 위화감이 심하다. 왜 그러냐고 시선으로 묻는 시동생을 방치하는 것도 좋지 않겠지. 카넬리아는 난처한 듯이 대답했다.

"막을 수 있을지 생각해 본 적이 없었어."

머리만 앞서고, 촐랑대고, 다리가 비틀거리는 게 다드다. 카넬리아의 남편이다. 똑똑한 바보라고 하면 귀엽게 들릴까? 그래도 최근 들어 성장한 건 틀림없다.

다소 후하게 쳐준 평가라고 해도 다드는 말로 하면 들어준다. 그래도 붙잡는다는 단어는 카넬리아의 뇌리에 없었다.

카넬리아는 쓴웃음을 짓고 있었다.

오히려 떠오르는 것은 정반대. 어째서인지 주저하는 다드의 엉덩이를 걷어차는 자신의 모습이 떠오른다.

"그래. 촐랑대지만 나 정도는 같이 가줘야지."

"사이좋으시네요."

"뭐, 씁쓸한 이야기는 여기까지. 타나, 너만 좋다면 또 같이 저녁 먹을까."

"괜찮나요?"

"물론이지. 아예 사샤도 불러서 셋이서 다드 험담이나 하는 것도 재미있지 않을까?"

"그거 좋네요."

"그렇지?"

다음에는 좋은 테란 와인을 듬뿍. 메인은 리체트를 몸에 좋도록 따뜻하게. 디저트는 체리를 곁들인 뭔가로.

그 다음은 식탁의 동료들과 수다를 떨까.

이뤄지기를 진심으로 빌고 있다.

"제길, 이럴 때 엔진이 맛이 갔다고?"

도무지 말을 들어먹지 않는 차량을 앞에 두고 지글드는 짜증을 날려버리기 위해 본넷을 가볍게 때렸다.

사샤와의 회합에 늦어지다니, 정말로 말도 안 되는 대실수다. 바보 다드 녀석에게 무슨 소리를 들을지 생각만 해도 머리가 아프다.

"참모본부의 헌병 놈들, 정비가 대충이로군, 이런 한심한 차량을 내놓다니……?"

한순간 뭔가가 마음에 걸렸다.

자기 말이 틀렸다고 느끼는 것은 감각의 차원이다.

하지만 감각이란 것은 논리로는 설명할 수 없는 일면의 진실을 말해 주는 중요한 조언자이기도 하다. 자신의 감성이란 것에는 꽤 도움을 받아왔다.

지글드에게 직감이란 가볍게 무시할 수 있는 요소가 아니다.

"차량의 문제……. 잠깐, 문제?"

지글드는 위화감을 느끼면서도 그 기묘한 느낌이 뭘 의미하는 바를 아직 말로는 이해하지 못했다. 그것은 기분 나쁜 당혹스러움이다.

뭔가가 잔뼈처럼 목에 걸렸다. 헌병의 부주의라고 하기에는 어딘가 결정적으로 다르다. 차량의 문제, 지각, 지연……?

"과연 뭐가 진짜일까?"

의심을 입 밖에 내보니 흐릿하던 뭔가가 실태의 윤곽을 띠기 시작했다.

토르바카인 주석의 경력에서 보면 현재의 지도부는 보안 부문에 강력한 영향력을 갖는다. 친구 다비드 자신도 정보에 강한 당원으로 간주되고 있다. 정보성과는 깊은 관련을 갖고 있고, 보르니아의 처형꾼이라고 불릴 정도로 철저한 지도력을 보였을 정도다.

헌병을 포함하여 보안 부문은 자신들 편일 터라고 지글드 자신도 믿고 있었다. 하지만 잘 생각하면 최근에는…… 사정이 전혀 다르다.

지글드가 데우스 엑스 마키나 계획의 메신저 역할을 맡기에 이른 과정을 생각하면, 통제가 완벽하다고 도저히 말하기 어렵다. 위화감이 불신감으로 발효하기에 충분한 상황증거다. 이렇게 되면 모든 게 의심스럽게 여겨진다.

확실한 것은, 다들 멍청이가 바보짓을 저질렀다는 것.

"이런……."

묘하게 목이 탔다.

본능적으로 위험을 느낀다.

주저는 한순간이었다.

주위를 둘러보고 공중전화를 발견하자마자 지글드는 달려갔다. 떠밀려서 뭐라고 하려는 손님이 움츠러들도록 험악한 표정을 보여준 직후에 수화기를 낚아챘다.

방첩을 위한 대책 같은 게 전혀 없다는 건 알고 있다.

하지만 한시가 급하다.

동전을 넣는 것조차도 짜증나게 답답하다.

"으으, 제길!"

기계가 디나르 동전을 제대로 인식하지 못하고 토해내는 순간에는 전화를 때려주고 싶을 정도로 열받았다. 두세 번 실패한 끝에 간신히 공중전화가 동전을 받아들이는 그 답답함! 전화공사 놈들, 제대로 정비하라고 소리치고 싶어진다.

"제길, 제길, 제길."

메모장에 기재된 연락처를 난폭하게 뒤지면서 아직인가, 아직인가 하고 신경이 곤두선다. 느긋한 신호음이 또 신경을 곤두서

게 한다.

"예, 슬라이토스 상사……."

"사샤, 나야, 지글드야."

"지각의 변명? 코드 정도는 써서……."

"지금 당장 빌딩에서 나와!"

"뭐?"

놀라는 사샤를 개의치 않고 지글드는 계속 소리쳤다.

"지금 당장, 빌딩에서, 나와! 바로 가까운 당 시설로 달려가!"

"알았어. 적과 상황을 설명해."

척 하면 딱이라는 게 바로 이것. 하지만 그 이해 속도조차도 지글드에게는 너무 느리게 느껴졌다.

"보안 부문이 적이야! 군도 안 돼! 당 조직에 의탁해!"

"알았……."

어, 라는 말을 들을 수는 없었다.

예기치 못한 소리가 고막을 흔들어서 지글드의 평형감각조차 흔들렸다.

수화기 너머라도 잘못 들을 리 없는 요란스러운 굉음. 익숙한 도구의 소리다. 공병대가 귀찮은 장애물을 적과 함께 날려버리려는 '폭약'이 터지는 소리.

"사샤?! 사샤?!"

대답을 바라며 불러보아도 단선된 것인가 싶은 수화기는 무심하게도 침묵을 지킨다. 이쪽을 노려보는 주위의 시선도 있어서 지글드의 짜증은 한계에 달했다.

"제길!"

스스로도 뭐에 대해 화내는 건지 모르겠다.

하지만 짜증스러웠다.

"그 얼간이, 자기 부하도 관리 못 하냐!"

주위에서 모이는 기이한 시선 따윈 신경 쓸 틈도 없이, 지글드는 달려갔다. 근처의 군 시설에서 헌병분대라도 잡아와야만 하겠지.

시간과의 승부다.

늦지 않기를.

아니, 늦지 않게 만들겠다.

제6장 전환기

주사위는 던져졌다.

지글드에게 멱살을 잡힌 다드가 내던져진 곳은 병실. 침대 위에 누워있는 알렉산드라의 용태는 한눈에도 중상이라고 알 수 있는 것이었다.

붕대에 감긴 그 모습은 보기에 따라서는 기묘한 미라 같다. 짜증 나는 게 있다면 지기는 가까운 장래에 지기 '였다'고 과거형으로 말하는 꼴이 되리라는 현실일까?

하지만 얕은 호흡음 속에서 사샤는 의식을 지키고 있었다.

"다드, 당신이?"

"……."

"아닌, 가. 그래, 뭐, 그렇겠지."

띄엄띄엄 말하는 알렉산드라의 투덜거림에 다비드는 구원이라도 얻은 것처럼 천장을 한순간 바라보았다가 고개를 숙였다.

믿어준다는 사실이 말이 되지 않은 한숨이 되어 새어나왔다.

"다드?"

알렉산드라의 질문에 다비드는 대답을 찾으면서도 자기 입이 마음대로 움직이지 않는 것을 깨달았다.

"당신, 실수한 거네?"

"실수했다……?"

"혹시 정말로 몰라?"

알렉산드라가 힘없이 중얼거리는 말에 다비드는 굳어버렸다.

무슨 말이든 해야 한다고 생각해도 입이 움직이지 않았다.

아아, 왜 이리 답답할까. 안절부절못하면서 무의식중에 꺼낸 TKP 담배를 떨리는 입에 물고, 라이터 불을 제대로 갖다대지 못하는 것에 짜증을 느꼈다.

가까스로 불을 붙여도 말없이 병실에 담배 연기를 계속 채울 뿐. 말해야만 한다고 알면서도, 왜 이 입은 이렇게도 무거울까?

시간이 얼마나 지났을지 모른다. 그래도 결심을 한 것처럼 알렉산드라의 시선을 계속 바라보면서 입을 열었다.

"미안하지만 모르겠어. 무슨 말이야?"

"네 곳이 동시에 공격을 받았어. 당신 휘하의 치안부대에. 포럼의 지도자, 네 명이 사망 아니면 입원."

"뭐?! 그럴 리가?!"

포럼을 습격? 하필이면 대기를 엄명했을 '치안부대'가? 그런 허가를 내린 적은 없다!

무심코 의자를 쓰러뜨리며 일어선 다비드는 믿기지 않는다는 듯이 소리쳤다.

"말도 안 돼! 그것만큼은 절대로 허락하지 않아!"

병실에서 소리치는 추태도 잊고, 주위를 아랑곳 않고 소리친 다비드에게 알렉산드라는 살짝 한숨을 흘리고 지쳐서 메마른 목소리로 투덜거렸다.

"결국 그런 점일까."

"뭐?"

"당신은 포럼에 대한 위기의식을 너무 경시했어. 단속 대상인 입장에서 보자면 시간문제라고 생각했는데?"

"치안 부문의 폭주를 놓쳤다고?"

추태라는 두 글자가 상황을 표현하는 단적인 말이었다.

사과를 표하기 위해 고개를 숙이자, 흥 하고 코웃음 치는 소리가 다비드의 귀에 닿았다. 비웃는 것도 당연. 자신의 직분을 생각하면 당연하겠지.

'공산당 중앙정치국 국원 후보 및 중앙서기'이자 '정보성'의 담당자. 토르바카인 주석에게서 맡은 치안 부문을 관할하는 책임자의 머리는 여기에 있다.

"감독 부주의였어."

다비드는 몸을 펴고 알렉산드라에게 다시금 고개를 숙였다.

"미안해……. 분명히 내 관리 부족이야."

"당신이 놓친 건 알고 있었어. 실수했네. 아마 그런 점이 아닐까 싶었지만…… 생각보다 강경했나."

"원망으로 들리겠지만, 알렉산드라, 네가 나와의 사이를 선전해 준 덕분이야."

"고작 소문으로 폭주한다고? 우리가 아는 것보다도 당 조직 말단의 열화는 심각할지도."

미안하다고 사과할 수밖에 없는 게 아쉽다.

개인으로서도, 공인으로서도, 통한의 사태였다.

"그래서? 결국 진의 용건은 뭐였어?"

"데우스 엑스 마키나라는 코드의 계획이야. 네게 협력을 받고 싶었어."

"데우스 엑스 마키나 계획이라."

알렉산드라는 그 말을 받아서 중얼거렸다.

고개를 끄덕이려던 다비드는 거기서 착각을 깨달았다.

그녀는 단어를 반복한 게 아니라 단순히 서론으로 쓴 거라고.

"포럼이라는 야당의 창설, 당의 규율 단속 노선, 범힐트리아 국가성 유지. 이거고 저거고 당신이 관여한 것치고는 괜찮은 노선을 지향했던 거 아니야?"

담담히 말하는 내용은 다비드가 비밀 중의 비밀로 감추고 있던 계획의 골자.

"알고 있었나? 어디서? 언제?"

"당신들의 방식은 잘 알고 있어."

살짝 몸을 움찔거리면서 알렉산드라는 붕대투성이인 얼굴로 웃었다.

"물론 출처는 당신이 아니야. 은근슬쩍 내게 흘러든 시점에서 당신의 상사는 제법이라고 떠올렸지만."

다비드는 쓴웃음을 지었다.

정보국 출신이었던 만큼 토르바카인 주석은 자잘한 정보의 조정이나 정보 통제에도 빈틈이 없겠지.

"그래서 본론으로 들어가도?"

"그래, 부탁해."

"나는 오래 못 가. 후임을 포럼 중에서 추천해둘게."

알렉산드라는 잠시 입을 다물었다. 가만히 자신을 바라보는 알렉산드라의 시선에 섞인 것은 기묘한 주저다. 신뢰받지 못하는 건가, 라고 생각하다가 다비드는 내심 쓴웃음을 지었다.

그럴 수밖에 없다. 자신의 실적을 보면 안다. 하부조직 감독에 실패. 데우스 엑스 마키나 계획은 좌절 직전! 뒷일을 맡기기에 이만한 얼간이는 드물다.

"내게 맡기는 게 불안하거든 토르바카인 주석 동지에게 맡기는 방법도 있어. 봉함문서를 받을 수 있으면 내가……."

"아니, 그걸로는 부족해."

작은 한숨과 함께 그녀는 입을 열었다.

" '학교'를 쓰도록 해."

알렉산드라가 말한 것은 계획 내부에서 사용되는 비닉명칭. 외부인이라면 알 리 없는 그것.

그걸 말한다면 모자를 벗고 항복할 수밖에 없다.

"미스터 기상대를 쓰라고?"

"하하하, 당신도 모르고 있었다면 내 승리네."

"뭐?"

"포럼의 평의원 중에 두더지가 있는 건 예상했어. 옥타비아 동지에게는 당신이 있었지. 두더지가 없다는 건 애초에 말이 안 돼."

이 순간만큼은 진심으로 유쾌한 듯이 알렉산드라가 웃었다.

한 방 먹여주었다며 짓는, 사관학교 시절, 실수를 저지른 자신이나 지글드의 지갑으로 술을 마실 때 지었던 미소. 유치함이 가득한 웃음이다.

"그러니까 우리는 '두더지'를 위한 회의를 몇 번이나 보여주었어. 당신의 손에 있는 보고서는 내가, 우리가, '당신들'을 안심시키기 위해 적어낸 각본에 따른 것 아닐까?"

"우리는 지도층 사이에 정보제공요원으로서 공작원을 세 명 잠입시켜서, 두더지의 정보를 다중으로 체크했는데."

"거짓말 하지 마. 사실은 네 명이잖아? '학교', '백로', '두꺼비', '게으름뱅이', 전부 다 말할 수 있거든?"

"어디서 그걸?"

"간단해. 나라면 '의심하지 않을' 인간을 다른 동지들에게 정리하게 해서 계속 감시했어. 당신이 교묘히 잠입시키려고 할 건 알고 있었으니까, 그렇게 했어."

"완패다."

병상에 누워있으면서도 알렉산드라는 포상을 받은 것처럼 계속 미소 지었다. 기막히다고 해야 할까? 이럴 때인데도 불구하고 그녀는 희미한 기품과 여유로 다비드를 압도했다.

저쪽을 꿰뚫어보고 있다고 생각했는데, 오히려 이쪽을 꿰뚫어보고 있었다.

"서로 잘 이해할 수 있다는 느낌일까?"

"거기까지 알면서 왜 이쪽의 그림에 따랐지?"

"야당으로서의 포럼이란 게 나쁜 생각은 아니라고 봤으니까."

"과거형인 이유는?"

"이미 당은 못 버텨. 아니야? 당신도 알잖아?"

알렉산드라는 고통에 신음하면서도 억지로 표정에 미소를 지었다.

"이 습격을 봐. 당의 통제가 이미 풀렸다는 증거잖아. 미안하지만 반환점은 이미 옛적에 지나쳤어."

"모든 걸 예상했다고?"

"습격을 구체적으로 예견한 건 아니야. 하지만 만일에 대비하여 보험을 들어두었어. 자, 나의 친애하는 동지를 소개하도록 할까?"

고개를 끄덕인 다비드에게 알렉산드라는 충격적인 소실을 말했다.

"'학교'의 정체는 에른네스트 동지야."

"뭐?"

"에른네스트 동지 정도 되는 남자가 잊었어? 당신 동생, 타치야나 에른네스트야."

"뭐라고?!"

시선으로 거짓말 아니냐고 묻는 다비드에게 알렉산드라는 사실이라고 답했다.

"당신은 정말 이상한 곳에서 둔하네. 때때로 접촉해서 경호했는데도 몰랐어?"

"강의를 듣는 학생인 줄로만 알았는데."

"눈치 좀 채지? 이번에도 경호를 위해 우리의 아성에서 보호했어. 뭐, 당신은 인질로 받아들인 모양이지만, 감사해도 좋을 텐데?"

"즉…… 앞으로는 타나와 절충을 하라고? 가족들끼리 처리하라는 거군. 설득력 있는 타협점을 찾아내려면 꽤……."

"스톱."

진통제를 맞았으니 팔을 마음대로 움직이는 건 쉽지 않다. 붕대로 칭칭 감긴 팔을 움직여서 이쪽의 말을 가로막는 알렉산드라의 표정은 지극히 진지 그 자체였다.

"원망해도 좋아. 하지만 나쁜 소식을 전할게."

다비드는 자세를 바로 하고 귀담아 들었다.

"우리 포럼의 평의원에게 무슨 일이 있으면 트리거가 되어서 이벤트를 발동하게 되어 있는 걸 알려나?"

"트리거?"

"공격에는 집단으로 대응하고 인민에 의한 방어를 완수. 사관학교에서 그렇게 배우지 않았어? 여기는 힐트리아거든?"

"어이, 잠깐만…… 설마……."

농담이냐고 매달리려는 시선을 피하지도, 부정하지도 않는 알렉산드라의 태도에 다비드는 최악을 확신했다.

"지금 당장 멈춰! 유혈참사가 일어나!"

당은 제어할 수 없는 대중행동을 결코 허락하지 않는다.

일당지배에 대한 명백한 도전은 명백한 치안전력에 의한 분쇄를 꾀하겠지. 그 정도로 다비드가 아는 힐트리아 공산당의 레드라인을 넘은 행위다.

지옥의 가마를 열게 되겠지.

"이건 평화적으로 이뤄져야만 하는 일이었잖아?"

"정말로?"

"당연하지?!"

사람들이 원하는 것은 '지금 있는 것'을 지키면서 조금씩 나아지는 미래다.

0이나 100이냐 하는 극단적 논법은 아무도 좋아하지 않는다.

폭동은 유혈참사에 불과하다. 불확실성을 내포한 폭동은 폭력의 응수로 가속도적으로 악화될 뿐인데!

"평화롭게 상대할 수 있다고 진심으로 생각해?"

"폭력으로 활로를 열 수는 없어!"

힐트리아에서도 20년 뒤라면 민주화도 피할 수 없는 사상으로 허용되겠지. 하지만 거기에는 전제조건이 하나 있다. '민주주의'에 폭력을 이용하는 어리석음을 사람들이 확실히 깨우친 뒤이어야만 한다.

'지금이라면 아직 힐트리아라는 국가는 버틸 수 있다'.

즉, 포럼은 당에 대한 감시장치이지, 지금 시점에서 그 이상의 역할을 떠맡는다고 다비드는 상정하지 않았다.

준비도 크게 부족하고, 참담한 결말이 눈에 보였다.

"시위대가 조직되면 군은 경계태세에 들어갈 수밖에 없어. 치안부대가 폭발하기 이전의 문제야! 진압장비를 갖추고 언제든지 나갈 수 있는 부대가 대기 완료. 일촉즉발이야!"

"그럴까? 인민을 폭행하고 싶은 치안기관원만 있지는 않겠지?"

"그게 그들의 일이야."

"당신 정말로 노멘클라투라가 되고 있구나. 당은 이미 못 버텨. 그것을 전제로 놓고 미래를 그려보면 어때?"

"서로 믿는 길이 다른가."

유혈을 피하고 싶다고 바랐다.

어디서 그르쳤던 걸까?

아니면 어디서 엇갈린 걸까?

"어쨌든 무리야. 당의 재생은 불가능하다고 확신하고 있어."

"그러니까 군중행동으로 파괴한다고? 흥, 웃기는 소리. 어떻게든 막아내겠어. 억누르고 말겠어."

하얀 병실 안에서 알렉산드라의 붉은 입술이 희미한 미소를 지은 듯이 보였을 때, 다비드는 등을 돌리고 있었다. 너무 감정적인 행동일지도 모른다. 하지만 색깔이 마음에 들지 않았다. 붉은색을 보고 싶지 않았다.

작별인사를 했는지도 기억에 없다.

어느 틈에 다비드는 알렉산드라의 병실을 뛰쳐나와 있었다. 막아야만 한다. 다비드는 갈 데까지 가버린 귀결을 알고 있다.

병원에 있던 진을 붙잡고 그는 소리쳤다.

"진, 차를 내줘!"

"어디로?"

척 하면 딱 하는 반응.

"일단 시가지 중심으로 빠르게 가줘! 관청가로 가는 도중에 자세한 루트를 조정할게!"

고개를 끄덕이는 친구의 대응은 신속했다. 자세히 묻지도 않고 움직여 주었다.

급발진하는 가속을 등 뒤의 시트로 느끼면서 다비드는 돌아가지 않는 머리를 돌리기 위해 TKP의 익숙한 싸구려 연기를 폐부와 영혼에 보냈다.

"이봐, 다드. 우아하게 한 대 태울 여유가 있거든 상황을 설명해줘."

"딱히 복잡기괴한 것도 아니야."

알렉산드라의 말에서 읽어낼 수 있는 것은 단순한 사실이다. 발단 자체는 조잡한 것. 힐트리아 공산당의 하부조직이 폭발하여 포럼 지도부를 습격한다. 이것들에 대항하여 힐트리아 민주개혁 포럼은 항의 시위를 기도한다.

민중의 민의라는 무기로 힐트리아 공산당에 대해 명확한 NO를 선언할 심산이다.

그는 결론을 말했다.

"결국 당의 하부조직도, 포럼도, 세상을 너무 얕볼 뿐이야!"

후회에 시달리며 괴로움에 사로잡히는 감정을 토로하고 다비드는 괴로운 현황을 직시했다. 결국 이건, 이 바보 같은 사태는 오늘까지 어떻게든 평온무사한 국가운영에 성공한 일그러짐이 낳은 고름이다.

"어이, 너도 세상을 얕보고 있잖아!"

"너 정도는 아니야, 진! 나는 당이 당인 이유까진 잊지 않아!"

"당인 이유……?"

쓸쓸한 표정을 지은 다비드는 질문하는 진의 눈짓에 고개를 끄덕였다. 당이란 힐트리아에서 '반역'을 허용하는 존재가 아니다.

반론이 있으면 체제에 반역하지 않는 한 허용하겠지. 이의 제기도 체제에 반역하지 않는 한 묵인하고, 때로는 받아들이겠지.

원리주의적으로, 아군 진영이 아닌 인간의 반대는 '정책의 올바름을 뒷받침한다'고 말할 만큼 철저하지 않을 정도의 유연성은 힐트리아라는 모자이크 국가를 묶고 운영하는 데에 필요최소한의 지혜로 인정받았다.

하지만 다비드는 오한을 느낄 수밖에 없었다.

"타나 녀석도, 알렉산드라도, 잘못 보고 있어. 당은 여차하면 이빨을 드러내!"

그것은 이번의 작은 폭발과는 규모가 다르다.

물론 보안 부문의 폭주라는 케이스를 포함하여, 방지하지 못한 것은 자신의 잘못이었다. 다비드 에른네스트가 아는 힐트리아 말기에서 '보안 부문'은 완전히 무력했다. 급변하는 말기의 정세에서 그들은 완전하게 무능했다.

그 바람에 방심한 것은 인정해야만 하는 사실이겠지.

"폭발이라는 말은 귀여운 정도야!"

"농담치고는 호쾌한데?"

하지만, 하지만, 하지만.

"농담? 어이, 나는 진심이야, 진."

"헛소리를 진지한 얼굴로 하진 마."

다비드는 지글드의 반발에 코웃음을 쳤다.

"일부러 말해 주지. 포럼의 간부들을 습격? 그게 대체 어느 정도의 일이지? 포럼은 와해됐나? 포럼이 근절되었나? 포럼의 지지층이 환멸하여 운동에서 떨어져 나갔나?"

다비드는 암암리에 그렇지 않다는 말을 했다. 보안 부문 단독으로는 '그 정도' 밖에 할 수 없다. 결국 치안 부문 놈들은 너무 성급하게 굴었다.

그들은 당의 일부, 국가의 말단에 불과하다. 눈을 감으면 지금도 떠올릴 수 있다. 힐트리아가 붕괴하는 과정에서 어쩔 줄 몰라 우왕좌왕하던 한심한 모습을.

그들의 권한으로는 분명히 대처할 수 없었다.

반대로 당은 수많은 도전에 어떻게든 승리했다. '당' 이라는 장치가 파괴되지 않는 한 '반역' 에 대해 '단호한 처치' 를 취할 수 있겠지.

"그러니까 포럼 놈들은 오해하고 있어. 그게 '당의 전력' 이라고. 웃기는 소리. 당이 마음만 먹으면, 마음을 먹게 되면, 포럼에 주력전차가 달려가. 그럴 준비는 확실하게 되어 있어."

"정치총국에 그런 계획은 없는데? 아니, 잠깐만. 있는 거군? 준비가 되어 있다는 소리는 네가 준비시킨 거로군?"

TKP 연기를 내뿜으면서 씁쓸한 목소리로 다비드는 지글드의 말에 답하여 말을 이어나갔다.

"그래, 수도긴급치안계획, 코드는 시트론이야. 서기국 담당으로, 나 자신이 준비한 물건이지. 수도경비부대를 포함하여 복수의 전력이 돌입해."

"이 바보 자식이."

그러며 날아오는 주먹.

뺨의 고통은 자신의 죄과를 다비드에게 의식시켜 주었다.

처음부터 과소평가했다.

치안 부문의 폭주는 없을 거라고.

알렉산드라가, 포럼이, 몰랐다고는 해도 타냐가, 그렇게까지 당을 잘못 보고 있었다니.

진에게조차도 도무지 공언할 수 없는 실수지만, 자신의 양심만큼은 속일 수 없다. 이 무슨 추태인가? 미래를 알고 있다고 생각한 얼간이라고 다비드의 마음속에서 맑은 정신으로 있는 누군가가 비웃었다.

확정적이 아닌 분기미래라는 사실을 자신은 항상 머릿속 어딘가에서 잊어버리고 있었다. 앞날이 전혀 보이지 않아!

"다드, 너한테 자아비판을 시키고 싶은 마음이야 굴뚝 같지만, 먼저 해결책을 정리하자."

지글드의 말에 다비드는 수긍했다.

"그래, 시가지로 차를 몰아주겠어? 아무튼 그것부터 시작하자."

"괜찮겠어? 사샤의 말이 사실이라면 최악의 경우 곧 시위대로 거리가 넘쳐나게 되는데."

"그거면 돼."

"뭐? 무슨 생각이야?"

"생각이고 뭐고 있겠냐."

다비드는 고개를 흔들면서 짧게 내뱉었다.

군중이란 것에 불이 붙으면 '평화적 해결'을 바랄 수 없다. 다비드 에른네스트라는 내전 경험자로서 그것만큼은 단언할 수 있다.

지금 상황에서는 자기 사무실로 돌아가서 힐트리아 관료기구를 움직이는 동안에 사태가 급속하게 진전된다.

하지만 아직은 '움직이기 이전'이라고, 다비드는 짧게 덧붙였다.

냉정함을 되찾으면 다비드의 뇌리는 쿠데타 같은 현장의 폭발 밑에 있는 논리를 이해한다.

"타나의 생각은 싫어도 알아. 보나 마나 시위대의 선두에서 깃발을 흔들겠지."

민중을 이끄는 자유, 그야말로 당에 대한 반역을 체현하는 모습이라고 해야 할 그것.

타나라면 틀림없이 한다. 그렇기에 과거이기도 하고 미래이기도 한 이전에 자신은 여동생을 쏴죽이게 되었다.

이의를 제기할 때 타나는 두려워하지 않는다.

지금도 떠오른다.

'그걸 실행하면 동생이라도 쏠 수밖에 없어진다'라고 여동생에게 말한 순간, 타나는 전령 역할을 맡은 다비드의 사자에게 편지를 맡겨서 돌려보냈다.

그가 새파란 얼굴로 내미는 편지의 내용은 지금도 정말로 잘 기억한다.

'그렇기에 오빠가 잘못되었다는 것을 말하기 위해, 제일 앞줄에서 만나지요.'

짜증이 날 정도의 달필이었다. 동요와도, 공포와도 거리가 먼, 각오한 인간의 글씨. 그것에 주눅들었다.

"적어도 타나는 겁쟁이가 아니야. 녀석은 시위대의 선두에 있어. 안 그러면 그건 이미 내가 아는 타나가 아니야."

"좋아, 알았어. 너와는 어울리지 않게 똑 부러진 여동생이 선두에 있다고 하자. 그래서 어쩔 생각이야?"

"단순하지."

질문하는 진은 모르는 걸까?

"힐트리아를 지키기 위해, 타나를 설득해야지."

힐트리아를 부수길 원했던 자신이 힐트리아를 지키기 위해 타나와 대치한다.

그렇기에 다비드는 웃음이 나올 정도의 뒤틀림에 괴로워하면서 말을 이었다.

"동생이 실수를 저지르기 전에 어떻게든 수습해야지. 그것뿐이야. 그 이상도, 그 이하도 아니야."

"치안 부문의 폭주라는 요소를 너무 경시하고 있어. 잘 수습할 수 있을까? 무슨 사기라도 치지 않는 한 도무지 정리가 안 돼."

진의 걱정도 이해한다.

하지만 다비드는 웃고 있었다.

"정보성과 헌병대가 손을 잡은 조직적 쿠데타라면 나도 너도 느긋하게 대화나 하고 있을 수 없어. 그렇지?"

쿠데타란 것은 전격적이어야 한다.

대원칙으로 다비드도 지글드도 '제일 먼저' 배제되어야 할 체제측 치안기구의 일원이고, 그런 이들이 숨을 쉬고 말하고 자유롭게 차를 모는 시점에서 쿠데타라고 할 수 없다.

"이건 틀림없이 현장 레벨의 독단전행이야."

다비드는 확신을 가지고 웃었다. 보안 부문 놈들, 앞날을 제대로 생각하지 않고 저질렀다.

"뛰어드는 거야. 현장에서 시위대와 보안 부문의 충돌을 막자고. 그것밖에 없어."

"잠깐, 제정신이야? 현장에 돌입한다고?"

"당연하지."

다비드는 끄덕였다. 이런 형태로 과거의 경험을 활용하다니, 완전히 아이러니다.

내전 때, 얼마든지 불길을 퍼뜨릴 기회가 있고, 불길을 잡을 기회도 있었다. 방법이라면 힐트리아의 그 누구보다도 잘 알고 있다.

"적당한 말로 시간을 끌게. 그러는 동안 주석 동지나 당의 제군이 필요한 준비를 해 줄 거야."

"남에게 맡기는 거냐."

"아니, 이 경우는 그게 좋아."

"왜지?"

소수의 보안 부문 관계자가 포럼의 태두에 견디다 못해 폭발. 이건 조직적인 습격이라고 말하기 어려운 레벨이다.

그리고 노멘클라투라나 당 관료란 것은 '폭발'의 책임을 반드시 묻는다.

추궁하는 검찰관료가 누구든지 반드시 철저하게 한다. 당원이란 그런 생물이다.

치안 부문의 직원이라면 추궁과 처분은 가혹하기 그지없을 것을 알고 있겠지. 당연히 놈들은 책임을 피하기 위해 전력을 다하겠지.

말하자면.

"보안 부문의 하부조직이 폭주했을 뿐이라면, 놈들이 사태의 문제를 이제야 깨달았다고 해도 이미 늦었어. 그런 놈들이 지금부터 활로를 찾아내려고 한다면 다음 수를 읽는 것도 어렵지 않겠지."

"그럼 다드 동지의 현명한 생각을 물어볼까."

"단순해. 그 소동을 틈타서 군대를 움직여서 군중과 군대를 충돌시키려고 할 거야."

결국은.

책임을 떠넘길 기회를 주지 않고 적절한 초기대응으로 억누를 수만 있다면.

"초기대응만 성공하면 진화 자체는 시간문제에 불과해."

낙관하기 위한 소재를 찾아서 다비드는 지글드에게 물었다.

"오히려 휘말린다는 점 말인데, 진, '전문가'로서의 네게 묻지. 이런 케이스에서 군대가 폭주에 휘말릴 가능성은?"

"대단히 높다고 말할 수밖에 없지."

담배를 물고 나누는 대화란 나쁘지 않다. 적어도 화제가 무엇이든 니코틴을 폐에 빨아들이면서 대화할 수 있는 만큼 나쁘지 않다. 지친 마음에 약소하나마 윤기가 돌아온다.

"그런가."라고 메마른 목소리로 말할 수밖에 없더라도 말이다. 니코틴이 폐에서 흡수되면 목소리란 놈도 어떻게든 목에서 나온다.

"정말로 소수파가 다수파를 움직일 거면 '그렇게 할 수밖에 없지'. 할 거면 제대로 하겠지. 수단은 가리지 않아."

"좋아, 너는 참모본부에 경고를 날려. 나를 내려준 뒤에……최대한, 아니, 가능한 데까지 서두르는 편이 좋아."

힐트리아의 중층적인 권력기구를 보면, 헌병대, 보안관계의 군부대가 한 번 전면적으로 개입하기 시작하면 멈출 수 없다. 상층부에는 최대한 책임을 지기 싫어하는 인간이 우글댄다. 한 번 움직인 흐름에 거스르려는 인간은 고관이 될 수 없는 사회구조다.

무사안일주의자는 한 번 정해진 것을 지지하겠지.

방향성을 그르치면 정말로 대참사다.

"폭주하는 자들의 규모는?"

"모르겠어. 하지만 수도에 있는 정보부 실동부대는 그리 많지 않아. 그 대신이라고 해야 할까. 헌병대와 정보성의 즉응 특수부대에 지원을 요청하는 권한이 있지만."

"그건 귀찮군. 동조한 부대와 직무를 수행할 뿐인 부대를 구별하기 어려워."

"필요하다면 신뢰할 수 있는 말로 대응할 수밖에 없지."

그 신뢰에 대해 질문이 오기 전에 다비드는 말을 이어나갔다.

"여차하면 군이나 정보성의 보안부대를 물러나게 하자. 수도 경비부대와 민경의 동원으로 대처할 수 있을 정도의 예비계획은 준비했어."

"보자……. 그게 과연 될까? 그런 예비계획이란 것은 실제로 기능할지 꽤 의심스러운데."

"수도경비부대만이 아니라 수도를 관할하에 두는 수도민경인데? 필요수는 확보할 수 있을 거고, 연습도 몇 번이나 했는데."

"정말로 민경을 믿을 수 있다면 든든한 말이지."

진은 웃었다.

"애초에 보르니아의 소요에서도 현지민경부대는 개입을 주저했어. 당의 권한은 이미 그 정도야. 유사시에 통제가 흐트러진다는 전제로 행동할 수밖에 없어."

"아니, 잠깐만?!"

다비드는 무심코 소리쳤다.

핸들을 쥔 지글드가 아연해진 얼굴을 하는 것도 개의치 않고, 다비드는 무심코 목청을 높이는 형태로 물었다.

"민경이 주저한다고?!"

군중 컨트롤의 기본은 폭도화의 저지. 적절한 배려와 유도야말로 근간이고, 격발하기 쉬운 군중심리를 감안한 현장의 대응이 요구된다.

초보에게 맡기기에는 너무 위험한 일이다. 그러니까 평소부터 수도의 치안을 맡는 수도민경을 전면에 내세우고 위압적, 적대적으로 보이지 않도록 유연한 군중 유도를 맡기는 수순이었다.

바꿔 말하자면.

"민경이 나오지 않으면 누가 군중을 제어하지?"

"아무도 안 하겠지."

"그럴 수가! 그럼 드디어 진짜로 전차로 밀어버리는 꼴이 될지 모르는데?! 민경 놈들, 직무태만의 귀결을 이해하고 있나?!"

정말 만에 하나의 사태에 대비하여 제101경비대대를 시작으로 하는 당의 정예를 미리 수도 근교에 전개시켰다.

지휘관, 슐츠 아놀드 대령은 토르바카인 주석의 오랜 부하.

하지만, 하지만, 근본적으로 '대대'다.

신용할 수 있는 정예이며, 틀림없이 최강의 카드다. 하지만 카드 한 장만으로는 게임을 유지할 수 없다.

"제길, 그런 게 가능한 거야?"

"직무상 잘 알고 있지만, 싱기두눔의 부대는 엘리트들로 갖춰져 있어. 당의 내신도 나쁘지 않아."

"신용할 수 있는 인간으로 골라 뽑았다는 소리겠지!"

내뱉은 다비드는 지글드가 코웃음 치는 걸 깨달았다. 핸들을 쥔 채로 황당하다는 듯이 시선을 보낸 지글드는 TKP를 꺼내고 있었다.

라이터로 불을 붙인 그것을 불면서 지글드는 쓴웃음 섞인 말을 이어나갔다.

"엘리트, 결국 무사안일주의야. 잃을 것이 많은 녀석들로서는 실패란 정말 두렵겠지."

"뭐? 으으, 제길, 그런 건가!"

차의 보드를 주먹으로 때리며 다비드는 자신의 얼간이 같은 상황을 진심으로 저주했다. 이렇게 얼빠질 수 없겠지.

"제길, 제길, 제길!"

"다드!"

"진, 또 보르니아야!"

"보르니아?"

진의 영문 모를 목소리에 다비드는 자신이 내뱉은 말에 추가 정보를 제시했다.

"군중에게 겁먹었어! 제길, 또인가!"

"아하, 떠올랐다. 그건 정말 추한 경험이었지."

처음 경험한 폭도 진압을 떠올린 거겠지. 쓸개 씹은 얼굴을 한 지글드의 표정에 떠오르는 것은 떨떠름함.

"구원 요청을 현장 책임자가 묵살하려고 했지. 제기랄, 그런 건가."

다비드는 고개를 끄덕였다.

카넬리아, 알렉산드라가 나란히 설득해도, 책임문제를 두려워한 현장 책임자가 말을 흘려듣던 스파르타키아 관련 기억.

함석판 너머로 날아오는 돌의 충격은 빛바란 기억이면서도 선명했다.

"방치하면 파국은 시간문제야."

"동의하지, 다드. 안 좋게도 네 예상이 맞을 것 같아. 너는 안 좋은 것만큼은 제대로 예언한다니까."

　초기진압에 실패한 군중이란 것은 언제나 폭도가 된다. 초기 단계에서 폭력의 행사를 주저한 현장은 반동으로 '극적인' 수단을 아쉬워하지 않겠지.

　"카산드라라고 불러주겠어?"

　"흥, 말은 잘해요. 예언자가 될 바에는 차라리 행동으로 보여야 할 텐데."

　다비드는 담배 끄트머리를 씹으면서 결의를 드러내고 끄덕였다.

　"그래. 어떻게든 상황의 주도권을 되찾는 거야."

　최악이라도 TO나 군을 끌어들이는 사태는 피해야만 한다. 다비드는 말을 이었다.

　"그러니까 나는 타나를 설득하겠어. 진, 군을 막아줘. 부탁할게."

　"다비드 동지, 무리란 말을 알고 있는지만 말해 줘."

　"당에 불가능은 없어. 그걸 위한 개념이잖아?"

　그 말에 자신만만하게 웃는 지글드는 무엇보다도 든든하다.

　그리고 다비드는 '타나가 시가지에서 시위대를 움직이려면 어떻게 할까'라는 전제지식을 갖고 있다.

　타나는 과거에 당당히 대로를 나아갔다.

　이번에도 그럴 거라고 짐작하는 건 부적절하다고 보기 어렵다. 루트는 알고 있는 거나 마찬가지다. 어렵게 여겨진 병행 추격만이 아니라 앞서는 것도 불가능하지 않다.

지글드의 운전으로 길을 빙 돌아가 보니 딱 맞았다.

집단의 선두에는 낯익은 얼굴이 있었다.

고개를 끄덕이고 타이밍을 재어서 다비드는 지글드를 데리고 군중의 선두를 향해 슬쩍 섞이는 형태로 달려갔다.

둘이 나란히 사복인 것도 다행이었다. 그리 위화감을 주는 일도 없이 군중 사이에 섞인 다비드는 바로 선두를 가는 타치야나의 곁에 어렵지 않게 도달할 수 있었다.

다투고 밀치고 밀리는 일을 반복하면서 선두집단 사이를 나아가는 건 대단히 힘들었지만, 그래도 해냈다고 해야겠지.

그는 도달했다.

도달했다는 안도와 함께 다비드는 바로 옆에서 똑바로 앞을 바라보는 타치야나의 뒷모습을 향해 말을 던졌다.

"타나, 할 말이 있어."

"오빠?!"

돌아보고 억누른 놀라움의 소리를 흘리는 여동생. 그 모습은 타나가 자신의 등장을 예상하지 않았다는 증거였다.

어떻게 여겨졌을지 모르고, 솔직히 말하자면 알고 싶지도 않지만, '예정 밖'이라는 것은 나쁘지 않다.

"지금 당장 진로를 바꿔줘."

"설명도 없이 만나자마자 하는 소리가 다짜고짜 그거?!"

"설명은 할게!"

자기가 조급히 군다는 자각은 있다.

초조함에 혀가 잘 돌지 않는다.

이럴 때 답답함을 느끼면서 다비드는 타나에게 다가가며 말을 찾으려던 때 위화감을 깨달았다.

부자연스럽지 않을 정도, 하지만 아무리 봐도 주위를 에워싸고 있었다. 그것도 체격이 묘하게 좋은 남자들이. 주변에서 대화가 새어나가는 것을 차단하려는 의도를 명확하게 느끼게 하는 그것은 어지간히 훈련받지 않으면 아무래도 눈에 띄는 그것.

자신을 쫓아온 지글드까지 통과시키고 에워싼 것을 보면, 이 군중 중에서 다비드의 동류를 찾아낼 수 있다는 소리다. 감탄마저 하게 될 정도 수준의 군인, 혹은 현장을 담당하는 치안 부문 출신 놈들이 타나에게 붙어 있다?

"어이, 타나?"

"호위하는 분들이야. 이상한 짓 하지 마, 오빠."

꽤 경계를 샀군.

그럴 만한 짓을 했으니까 그만큼 불신감을 품었다는 소리겠지. 무리도 아니다. 하지만 스스로도 놀랐다. 다비드는 쇼크를 느끼는 자신을 보고 한층 경악하는 꼴이 되었다.

"딱히 어려운 이야기는 아니야. 타나, 경고도 뭐도 아니야. 사실을 전하러 왔어. 이대로는 타나, 네가 방아쇠를 당기게 돼."

"방아쇠는 많이 있어. 내가, 우리가, 대체 뭘 당긴다고?"

"내전이야."

"오빠, 아니, 동지."

남을 향하는 말투로 바뀐 그것. 다비드는 푸른 하늘 아래에 정말로 짜증스러운 미래이자 과거이기도 한 일을 떠올렸다.

"나는 힐트리아인으로서 '내전의 환영'에 겁먹는 것을 좋게 여기지 않습니다."

"타냐, 지금 당은 잘못되었을지도 몰라. 하지만 잘못된 부분이 있다고 해도, 근본적인 부분에서 선인들은 '형제애와 융화'를 당에게 맡겼어."

"부정하지는 않겠습니다, 동지. 그러니까 우리 포럼도 체제 내에서의 개혁이 잘 진행되는 한 상황을 지켜볼 생각이었습니다."

그 말투는 한없이 진지했다.

그러니까 과거형으로 표현하는 말이 무겁게 울렸다.

"진심으로, 저런 짓을 하는 당을, 믿으라고?"

뭘? 이라고 말하며 맞서 노려보려던 다비드는 옆에 있는 지글드가 숨을 삼키고 표정을 굳힌 것을 깨달았다.

힐끗 그 시선을 좇아가보니 '정보성'의 로고가 선명한 장갑차. 정규군과 전혀 다른 경장갑이지만, 그래도 군중을 쫓아버리기에는 충분하다.

수반한 보병부대도 '진압'하기에는 수가 너무 적다. 하지만 그런 놈들도 '무장'은 하고 있다.

그리고 모두가 알고 있다.

노멘클라투라는 얻어맞는 것을 좋아하지 않는다. 하지만 맞서 싸우는 건 아주 좋아한다. 피해자를 가장하여 가해자로 바뀌는 것은 흔히 있는 일.

"우리는 평화적 시위대입니다. 그러니까 그들에게는 거슬리겠지요. 무슨 수를 쓸지는 동지 자신이 가장 잘 알지 않습니까?"

공격당하면 반격하라는 허가는 나왔다. 공격당했다고 지휘관이 주관적으로 인식하면 충분하다. 극단적인 경우 '위압' 당했다고 말하면 된다.

폭도에 대한 최소한의 희생, 필요한 손해, 콜렉트럴 대미지.

" '위압' 당한 그들이 발포하지 않는다는 보증이 있습니까, 동지?"

말로는 뭐라고 해도 이미 분수령은 넘었다.

각오를 할 수밖에 없다.

다비드는 그 순간 자기 역할을 이해했다.

이건 이미 멈출 수 없다.

굴러가겠지. 분수령이었던 작은 조약돌은 굴러서 이윽고 거대한 바위로 변하여 기존 세계를 깨뜨리는 것이다.

하지만 지금, 이 순간만큼은.

모두가 아연히 방관하는 이 순간만큼은. 어느 쪽으로 돌을 날릴 것인지, 일어설 것인지만큼은 정할 수 있다.

자의적으로, 독단으로, 자기 의사로.

정리할 수는 없더라도, 가속시키는 것만큼은 가능하겠지. 흐름을 바꿀 수는 없더라도 흐름을 만들면?

"타냐, 얄궂은 일이군. 말로는 믿어주질 않아. 그러니까 보여주지."

"뭘……?"

"당이 잘못됐다고 해도 당의 이상주의는 진짜였어. 그 사실을 너희가 '동지'로 불러준 한 명의 힐트리아인으로서 보여주지."

여동생의 어깨를 두드리자마자 다비드는 발길을 돌렸다.

"오빠?!"

"아, 그렇게 불러주나. 그럼 오빠로서…… 무사하길 빌게. 건강하게 지내. 부모님에게도 전해줘. 남자친구랑은 잘 지내고. 그러면 잘 있어."

가볍게 손을 흔들면서, 돌아보는 일 없이 다비드는 걸어갔다. 둘러싸고 있었을 터인 남자들도 제지하기를 꺼린 걸까?

그 걸음을 가로막는 이 없이, 산책이라도 하듯이 막힘없는 발걸음으로 다비드는 나아갔다. 힐끗 주위를 둘러보았을 때, 그는 달려와 준 지글드를 깨닫고 얼굴을 가져가서 귀엣말을 했다.

대수롭지 않다는 표정으로, 같이 가자고 권하는 듯한 분위기.

하지만 그 표정과는 달리 억누른 목소리의 내용은 절실했다.

"진, 부탁해. 군으로 달려가 줘."

"어쩔 생각이야?"

"그 말 그대로야. 나는 하겠어. 뒤처리를 어떻게든 부탁해."

짧은 말을 나누면서 장갑차 쪽으로 걸어가는 그들의 발을 방해하는 이는 아무도 없었다.

"어이, 잠깐만, 그건 즉? 저걸 밀어내겠다고?"

"할 수밖에 없어."

"제정신이야?"

"당연히 제정신이지."

다비드는 지글드의 시선을 받아 끄덕였다. 더 말하자면 완벽하게 제정신이다.

"여기에 늘어선 군중을 연방군의 전차나 정보성의 장갑차로 밀어봐, 그대로 폭발이야. 그렇게 되면 보안 부문의 천하인데? 당도 어쩔 수 없이 대결 구도로 끌려가게 돼."

라이터를 꺼내어 입에 문 TKP에 불을 붙인 다비드는 각오를 하듯이 크게 들이마신 뒤에 입을 열었다.

"우리는 힐트리아인이야. 힐트리아인으로서 최선의 길을 택하겠어."

"당을 배신한다고?"

"어이, 이 문답은 열차 안에서 끝냈잖아?"

힐트리아인이고 당원이다. 반대가 아니다.

"그러니까 하겠다고?"

"소수의 바보에게 끌려다니다가 전면대결에 빠져선 안 돼. 치명상을 피할 수 있는지의 분수령이야. 할 수밖에 없어."

생각한 끝에 나오는 말이다. 거기에 흔들림은 없다.

"전차로 밀어버리는 것도 싫지만, 돌을 맞는 것도 유쾌하다고 보기 어려운데? 빌어먹을, 너랑 있으면 항상 귀찮은 일에 휘말려."

맞는 말이라고 답할 수밖에 없는 사실이었다. 그러니까 일부러, 라고 해야 할까? 다비드는 의식적으로 화제를 돌렸다.

"녀석들, 고무탄을 장비하고 있을 것 같아?"

"실탄 장비겠지. 분명 쏠 마음으로 가득해."

"아픈 건 싫은데."

머리에 피가 솟구친 포럼 구성원이 폭도가 되고, 대응을 위해

급하게 동원되었을 보안부대나 군부대가 정면에서 충돌하게 된다면 대참사다.

자칫하다간 힐트리아군끼리의 싸움도 있을 수 있다.

힐트리아의 모든 길거리에 인민의 피가 흐르게 되겠지. 개선가를 부를 수 있는 것은 반동적인 소수분자뿐이다. 그런 놈들이 직후에 몰아칠 참혹한 민족분쟁의 폭풍에 날아가지 않는다면의 이야기겠지만.

어느 쪽이든지 그럴 걸 다시금 방관하는 꼴이 될 거면 지금 여기서 바보들에게 납탄을 맞는 편이 훨씬 낫다.

"아무튼 하겠어. 뒷일은 부탁해."

'어떻게?' 라고 시선으로 묻는 친구는 의외로 건망증인 모양이다.

"놈들이 정보성 계열이라면 내 목에 꽤 열을 올릴 거야. 놈들 앞에 나가서 적당히 거짓말을 주워 담으면 인기가 있겠지."

"맞는 말이군!"

"그러면 친구여."

"뭔데?"

"미안하지만, 심부름을 좀 부탁해. 그리 어려운 일은 아니야."

잘 부탁한다고 진의 어깨를 두드리며 군 쪽을 부탁하자마자, 다비드는 제일 앞줄로 튀어나갔다.

"해산해라! 해산이다, 해산!"

헌병대나 정보성의 제복이 뒤섞여서 소리를 질러대는 이들을 앞에 두는 것은 정말 기묘한 경험이다.

명목상 상사인데, 라고 쓴웃음을 지으면서 다비드는 그 앞으로 나아갔다.

"그 정도로 해라!"

"무슨……."

"힐트리아인으로서 경고하지. 그 총을 내려라."

"누구냐?!"

"힐트리아인이다. 한 명의 힐트리아인으로 경고한다."

"음? 그 얼굴은……!"

이쪽 얼굴을 아는 거겠지.

"잠깐! 다비드 에른네스트 서기라고?!"

의심 많은 지휘관들의 안색이 일변하고, 험악해진 시선이 자신을 향하는 것을 다비드는 느꼈다. 품에서 꺼낸 TKP를 입에 물고 한 대 피우면서 '전형적인 악당의 태도로군'이라는 기묘한 재미마저 느꼈다.

어쩌면 분명히 희극의 한 장면일지도 모른다. 바라건대 자신도, 놈들도 희극으로 잘 끝낼 수 있으면 좋겠다.

"바로 그렇다. 내 이름이지. 확성기로 소리 지르지 않아도 다비드 에른네스트라는 이름까지 잊지는 않았어."

"데모 소요의 실행범의 가족이라고 인정하는 거군?!"

위압적인 관료의 얼굴은 힐트리아 시민을 공포의 한가운데로 떨어뜨리기에 충분하다. 하물며 정치범의 연좌 정도 되면 어떤 처분이 기다리고 있을지도 확실치 않다.

하지만 다비드는 그런 현실에 코웃음을 쳤다.

"어이, 멍청이들. 글자를 못 읽을 수 있거든 법률을 읽어라. 연좌제라고? 대체 어디의 야만스러운 봉건국가 출신이지? 여기는 힐트리아다."

TKP의 연기를 오만할 정도로 내뿜으면서 다비드는 어리석다는 듯이 비웃었다.

"나도 얕보였군."

힐트리아라는 국가의 대의명분을 말할 때 노멘클라투라를 이길 자는 없다. 거짓말과 허위라는 점에서도. 다비드는 내심 그런 생각으로 쓴웃음을 지었다. 모든 것은 쓰기 나름.

"진보와 개명으로 야만과 몽매를 쫓아낸다고 호언한 힐트리아의 선배들이 저 세상에서 울고 있겠군."

"헛소리 마라! 치안기관에 대한 폭언, 흘려들을 수 없다!"

"당원의 본분을 잊고 소요 행위에 관여! 명확한 반당행위다!"

반발을 외치는 지휘관들은 말싸움의 불리함을 깨닫고 실력으로 이쪽을 구속하기로 결단했겠지. 맞받아 소리치면서도 몇몇 병사를 움직이기 시작했다.

"치안부대 주제에 법 해석으로 당 서기에게 도전하나! 정치학습 시간이 부족했던 모양이군! 당의 지도권을 뭘로 아는 거지?!"

병사를 분노를 담은 시선으로 응시하면서 질문. 다비드는 오만 그 자체라고 할 태도로 내뱉었다.

"책임자를 불러와라! 네 녀석들과는 더 이상 할 말이 없다!"

고급 당원이란 것은 병사에게 공포의 대상이다. 이쪽을 째려보든, 싫어하든, 일단 덮어놓고 책임이란 말을 던지면, 어떤 병사라도 조건반사적으로 몸을 움츠린다.

병사는 당원을 두려워한다.

정말 아름다운 당과 군의 관계 아닌가.

"물러나라! 그걸 못 하겠다면 관등성명을 대라!"

하지만, 하지만.

아무래도, 아무래도.

지휘관의 노성 또한 병사를 훈련하여 조건반사적으로 따르게 하는 요소를 갖추고 있다.

"겁먹지 마라! 반역자를 구속해라!"

그 한마디에 분노한 병사들이 다가왔다. 본 적이 없음에도 불구하고 기억에 있는 광경이다.

직무에 따른다고 확신하는 태도.

자신들이 올바르다고 믿어 의심치 않는 태도.

다비드는 떠올렸다. 스파르타키아드 관련으로 보르니아에서 작은 민족폭동을 제압했을 때의 그것이다.

분노에 몰린 인간의 움직임.

"아하, 과연. 위협에 직면한 반응이란 건가."

뒤늦게나마 이해할 수 있다.

치안기구의 인간은 힐트리아 민주개혁 포럼의 태도를 직감적으로 자신에 대한 도전이라고 깨달았을 게 틀림없다. 도전받는 것에 익숙지 않은 인간이 정면에서 자신의 권위를 부정당했다. 군인이나 정보성 요원들이 분노하는 것은 필연적인 귀결이다.

본능이, 생존본능이 '위협'에 반응한다는 걸까.

"멈출 수 없는 거로군. 거참 나도 부족함이 많았어."

TKP를 고쳐 물면서 다비드는 멍한 표정으로 자신의 부족함을 저주했다.

노멘클라투라 대책은 꼼꼼히 살폈다. 흠 잡을 데가 없다고 자부했을 정도다.

민족 감정에 대한 배려도 빈틈없이 갖추었다. 서방의 짜증나는 간섭에 대해 굵은 못을 박았다. 준비는 완벽했다고 과거형으로 말해야 하겠지.

통치기구의 말단에 대해서는 생각이 부족했던 것이다.

커다란 둑도 개미구멍으로 무너진다는 말이 있다. 상층부의 지시에 따라 움직일 거라고 방심했던 거겠지.

그러니까 이런 곳에서 무릎을 꿇는다.

악마는 세부에 깃든다는 말을 잊은 인과응보겠지.

그러니까 아직 역전의 수도 있다.

말하자면 씨앗 정도는 뿌릴 수 있다.

"멈춰라, 어중이떠중이들! 나는 힐트리아 시민이다! 그 추악한 얼굴을 돌리고 얌전히 주둔지로 물러나라!"

"다비드 에른네스트 서기라고?! 헌병대 사령부와 당에서 구속 명령이 나왔다! 곧바로 투항하라!"

"거절한다!"

분명히, 주위에 울릴 정도의 큰 목소리로 다비드는 외쳤다.

"당이라고? 당이라면 주석 동지의 명령인가? 토르바카인 주석 동지의 사인도 없는 명령서에 따르라는 말인가!"

"긴급사태조치법에 따른 임시조치가 인정되었다. 일시적인 구금조치에 저항하겠다면 공무에 대한 심각한 반역이다!"

"웃기는 소리! 인민에게 총부리를 들이댄다! 이게 어디가 인민을 위한 일인가! 애초에 서기국의 인간에 대한 구속명령은 대체 뭔가!"

주위를 주욱 둘러보는 자신의 시선에 움츠러든 병사는 한둘이 아니다. 그들의 태반은 다비드를 '정보성' 관련의 고관이라고 알고 있다.

알고 있다는 것은 판단 재료라는 소리다.

"동지 제군! 귀를 기울이지 마라! 반역자의 말이다!"

"좋다, 동지 제군, 한 명의 힐트리아인으로 전하지. 나를 반역자라고 욕해라. 그리고 의무를 다해라. 하지만 그 전에 너희의 앞에 선 나를 쓰러뜨려라. 한 명의 힐트리아인으로서 조국에, 이 힐트리아에 태어난 남자로서, 나는 여기에 선다. 선배들이 바란 평화 속에서, 선배들이 바란 조국에서, 선배들이 맹세한 푸른 하늘 아래서, 나는 여기에 선다."

녀석의 입을 막으라고 치안요원 누군가가 외쳤다.

하지만 이미 늦었다.

연설이란, 말이란, 먼저 울리는 쪽이 유리하다.

"나는 선배가 남겨준 과실을 힐트리아인으로서 깨물었다. 나는 같은 것을 아이들에게, 아이들의 미래에 남기고 싶다. 나는 노멘클라투라다. 악명을 떨치는 노멘클라투라로 바라는 바는 있다. 제군이 믿든 말든 상관없다."

놀라는 정보성 인간들은 감이 좋다. 하지만 다비드는 그들의 주저를 비웃었다. 주저없이 다비드를 쏘는 게 차라리 나았겠지.

"나는 힐트리아인이다. 당원이기 이전에 나는 한 명의 힐트리아인이다. 힐트리아인으로서 동지 제군이 아니라 동포 제군에게 인민의 목소리를 전하지."

군중을 가르며 치안부대가 밀려오는 방법은 견실하다.

그러니까 보안 부문의 한계를 말한다. 자신의 상상력에 구속된 얼간이들. 사랑해야 할 자신의 동포들.

그러니까 너희는 이미 늦었다.

"우리는 길을 그르쳤어도 하나의 형제다. 이 푸른 하늘 아래, 우리는 힐트리아인이다. 바라든 바라지 않든, 깨닫든 깨닫지 못하든, 여기가 우리의, 힐트리아인 전원의 고향이며 집이다."

다비드 에른네스트가 백만 마디의 말을 쏟아내어도 본래라면 노멘클라투라의 허언이라며 모두가 그 '말'을 있는 그대로 받아들이지 않는다.

여기서는 어떨까?

무대가, 공간이, 사람이 갖추어져 있다.

말에 마력이 깃든다.

"가족끼리 문제가 생길 순 있겠지. 하지만 가족의 문제라면 대화로 해결할 수 있다. 가족 사이의 문제에 총기나 전차를 끌어들이는 인간은 '멍청이'라고 한다."

씨앗은 이미 뿌려졌다.

"힐트리아 만세!!!"

제7장 최후의 하루

더러워진 손은 씻을 수 없다.

힐트리아의 수용소, 유치장이란 곳은 쾌적하게 있을 곳이라고 하기 힘들다. 알렉산드라 파벌의 수용소만 예외다. 거기 내던져진 몸으로서는 불쾌하기 그지없는 공간이다.

　소리가 너무 잘 울리는 것도 그렇다. 누군가가 콘크리트 바닥을 걸어서 이쪽으로 걸어오는 것도 안다. 다비드는 쓴웃음을 지었다. 거기 던져진 유일한 수용자로서는 손님을 접대할 마음이 들지 않는다.

　쇠창살이 쳐진 창문 밖은 그래도 푸르다. 딱딱한 침대에 앉아서 바라보는 하늘은 이쪽의 사정도 모른 채 평소와 다름없다.

　버릇없는 방문자에게 한마디 해 주려고 고개를 돌렸을 때, 다비드는 굳어버렸다.

　"카나?"

　"응, 그래, 다드. 좀 어때?"

　"이런 꼴이지. 오랜만의 휴가야. 가끔은 일을 잊고 느긋하게 지내는 것도 나쁘지 않네."

　"감옥에서?"

　"주거 부족이니까. 군소리 할 수도 없지."

　가볍게 쓴웃음을 지으면서 카넬리아는 문을 열어주었다. 허세를 다 들켰다고 해도 의외로 기분이 나쁘진 않다.

"군소리 안 한다고?"

"이런 세상이니까."

"맞는 말이야. 그럼 당신은 검약해."

아름다운 동작으로 카넬리아가 꺼내는 것은 아크 로열 상자. 익히 본 그것을 그녀는 우아하게 보여주었다.

"어이어이, 아크 로열이 있으면 이야기는 다르지. 한 대 줘."

향기로운 연기가 그립기 짝이 없다.

라이터를 빌려서 천천히 담배를 피우는 한때는 장소가 유치소든 아니든 뜻밖에도 나쁘지 않다.

향기를 마시고 천천히 연기를 내뱉은 뒤 다비드는 물었다.

"카나, 상황은……?"

"보는 바와 같아. 당신 같은 국가반역자에게 아내가 제지도 받지 않고 대놓고 올 수 있을 정도로 당은 엉망진창이야."

그러면서 카나는 웃었다.

"진에게 부탁했던 거야? 군은 아주 기묘하게 주저하고 있어."

"군이?"

카나는 고개를 끄덕이며 말을 이었다.

"그래, 정치총국이 개입한 흔적이 있었어. 미안하지만, 그 이상은 확실하지 않아. 다만 연방군 참모본부가 헌병대를 제어한다는 건 틀림없어."

"비상사태 선언은?"

"나오지 않았어. 그러니까 결론부터 말할게. 군이 눈치를 계속

보면…… 결말은 시간문제야.”

다비드는 이해했다는 듯이 끄덕였다.

“그래, 포럼이 이기나.”

힐트리아 연방군이라는 파수견에게 버림받으면 당 조직은 성립되지 않는다. 그런 일이 있다고는 꿈에도 생각하지 않았다. 하지만 군이라는 국가기구의 폭력장치가 당의 수중에 없다면.

시위대에 돌입당하는 추태를 보이면 당의 권위는 하늘 저편으로 날아가겠지.

최면 효과가 좋음을 설명하듯이, 공산주의가 당의 권위를 설명한다. 결국 공산당의 권력은 논리로 성립하는 게 아니다.

실감적인 지배력.

환상이 깨지면 당은 명맥을 유지할 수 없겠지.

“조금 달라.”

그렇기에 카넬리아의 의미심장한 웃음에 다비드는 당혹스러워졌다.

“힐트리아 공산당이 지는 거야.”

져야 해서 진다.

힐트리아 공산당이라는 썩은 나무는 이미 자신의 무게를 버티기도 힘들어진 것이다. 포럼의 일격 때문이 아니다. 오래된 나무가 스스로 쓰러지는 현상에 가깝다.

설마, 설마.

군중행동조차 제압하지 못하다니.

“그런가, 힐트리아 공산당이 지나.”

"그래, 그렇게 되고 있어."

그러면 포럼의 부전승일까.

다비드는 고개를 내저었다.

포럼이 데우스 엑스 마키나라고 해도. 편의주의처럼 희생 없는 해결책이란 것은 환상이다.

포럼 또한 피를 흘리고 있다.

깃발을 휘두르는 타나가 어려서 그렇다고 해도, 유치한 반란이라고 웃어넘길 수 없는 심각한 고름이 포럼의 약진을 지지하는 거겠지.

정념의 충돌.

정말로 무시무시하다.

"힐트리아인으로서 모두가 싸우고 있어. 그렇다면 이건 힐트리아인의 승리겠지."

"다드?"

시적인 표현이라고 쓴웃음 짓는 카나에게 다비드는 고개를 끄덕여주었다. 감상에 젖고 싶어질 만도 하다.

모두가 힐트리아의 푸른 깃발을 내걸고 의심치 않는다.

기본 전제로서의 힐트리아.

사람들은 힐트리아 공산당을 공격하겠지. 하지만 약속의 나라의 일체성은 좋든 나쁘든 '그런 것이다'라고 믿는다.

그렇다면.

"힐트리아인의 승리야, 역시나."

아크 로열을 입에 물고 천천히 한 대 피운다.

"그래, 실내는 영 마음에 들지 않아."

"하늘이 그리워?"

전면적으로 수긍할 수밖에 없는 말이었다.

"이렇게 최고의 한 대를 피울 수 있는 때인데, 문제의 푸른 하늘을 쇠창살 너머로밖에 볼 수 없잖아. 풍경이란 것이 부족해."

카나는 고개를 끄덕였다.

"그래서? 다드, 당신은 어쩌고 싶어?"

"지켜볼 생각인데."

"좋아. 그럼 특등석 티켓을 줄게. 따라와."

그녀는 발길을 돌리더니 이쪽을 돌아보고 말을 이었다.

"토르바카인 주석이 부르는데 올래?"

"아무래도 저지선 정도는 있겠지. 다투지 않고 돌파하는 건 어려울 텐데, 가능하겠어?"

"누구한테 하는 말이야? 나도 일단 수도공공질서경비대에 몸을 담고 있어……. 이럴 때 아주 편리하지 않아?"

그 말에는 자신감이 잔뜩 담겨 있었다. 실제로 근거 있는 발언이었다고 다비드는 인정할 수밖에 없다. 경비에 임하는 부대의 지휘관급은 하나 같이 카넬리아의 얼굴을 알고 있다. 그리고 다비드의 소속도 알고 있다.

간단히 말하자면 시위대가 돌입하기 직전이기에 '뒷문'은 마음대로 쓸 수 있었다.

도망치려는 쥐새끼는 많지만, 숨어들려는 기특한 놈들은 적다는 것도 크겠지.

토르바카인 주석의 집무실까지는 평소와 다름없는 수속과 단계로 안내받았다. 조용한 복도를 걷고 있으면, 바깥의 소동 따윈 현실이라고 생각되지 않는 기묘한 질서마저 느껴질 정도다.

똑똑 하고 문을 노크하고 호위들에게 안내받아 입실.

"동지, 남편을 데리고 왔습니다."

"수고했다."

치하의 말도 평소와 같다.

일이 여기에 이르렀어도 토르바카인이란 인물은 흔들림 없다.

각오, 체념, 깨달음. 그리고 마모일까? 무슨 이유든, 힐트리아 공산당을 떠맡은 국가주석의 태도는 평소와 다름없었다.

"지장이 없으면 저희는 다소 자리를 피해도 되겠습니까?"

"응? 아, 그렇게 부탁하지."

카넬리아가 퇴실하고, 이어서 경호원들까지 뒤따르는 건 평소와 다름없다.

"이거야 원, 탈옥 현행범인가? 어찌 되었든 고생을 시켰군."

"구속된 것 말입니까? 아니면 여태까지의 일입니까?"

"양쪽 다라고 해야겠지."

앉으라는 말과 함께 의자를 권하기에 다비드가 앉았을 때, 다비도프 시가를 건네받았다.

라이터를 카넬리아에게 빌려두었어야 한다고 깨달은 것은 그럴 때였다. 수용되었을 때 소지품은 모두 몰수당했다.

다비도프를 앞에 두고 움직이지 않는 다비드의 모습에 눈치챘을까. 토르바카인 주석은 쓴웃음 섞어서 책상 위로 라이터를 미끄러뜨렸다.

감사하다는 말과 함께 고개를 숙이고 다비드는 그리운 니코틴을 듬뿍 들이마셨다.

"통제가 흐트러졌다. 좋든 나쁘든 국가조직은 관료기구다. 치안기구로서도, 군으로서도, 최후의 발악을 시도할 정도로 끈질기게 버틸 각오가 없었겠지."

"군의 주요 부대조차 굴했다고 들었습니다."

토르바카인 주석은 고개를 끄덕였다.

"의리가 있는 그들은 내게 일단 묻더군. 피로 젖은 카펫 위를 걷는 건 나쁘지 않지만, 내 취미와는 다소 달랐다. 그러니까 쓸데없는 유혈을 피하도록 부탁했다."

"대단히 동감입니다. 카펫을 적실 만한 일은 아닙니다."

유혈사태의 회피. 그것이 이루어지면 내전도 회피할 수 있을지 모른다. 다만 다비드에게는 의문이 있다. 의혹, 불신감이라고 말해도 좋겠지.

"그런데 주석 동지. 한 가지 여쭈어도 되겠습니까?"

"뭐든지 물어보게. 이미 국가기밀이고 뭐고 없다."

그 말에 따르듯이 다비드는 단도직입적으로 물었다.

"이 결말, 예견하셨던 겁니까?"

군이 개입하지 않는다는 사실.

진의 움직임이 있었다고 해도, 당 기구의 정점에 선 토르바카인 국가주석이 '단호한 진압'을 지시했으면 유혈 사태가 생길 수 있었다.

다비드 자신도 무력으로 폭도를 진압하는 것을 전제로 한 진압계획, 코드 시트론을 준비한 몸이다. 필요하다면 수도경비부대만으로도 군중을 전차로 쫓아버릴 수 있다는 건 알고 있다.

그러니까 의문을 품을 수밖에 없다. 반석을 보이는 체제가 대중의 항의 운동 앞에 사상누각처럼 무너지는 것은 왜일까.

아니, 무너지기 전에 왜 '토르바카인 주석'이 당연하다는 듯이 그것을 받아들이는가, 라고 해야겠지.

"피하고 싶다고 생각했다. 하지만 피할 수 있을지 반신반의였다고 인정하지."

"포럼으로 대체되는 것을 '긍정한다'고 처음부터?"

"아니지. 가능하다고 해도 20년, 어쩌면 30년 후의 일이라고 생각했다. 아무리 그래도 말이지."

그리고 토르바카인 주석은 잠시 다비도프를 피우면서 말을 고르듯이 이어나갔다.

"가능하다면 당을 재건하고 싶었다. 이전에 말라리아 요법을 말했지? 위험하다는 것은 알고 있었지만."

토르바카인 주석은 지친 목소리로 자조했다.

"하지만…… 상상 이상으로 당은 썩어서 문드러졌던 거지. 힐트리아 공산당이라는 환자에겐 그걸 버틸 체력조차 없었다."

"솔직히 말씀드려서 이 정도라고는 생각하지 않았습니다. 지금이라면 다소는 제어할 수 있을 거라고 생각했었습니다."

"자네는 상황을 컨트롤할 수 있다고 천진난만하게 믿어 의심치 않았던 모양이로군. 다소 의외라고도 생각해."

"의외입니까?"

토르바카인 주석은 고개를 끄덕였다.

"운명을 지배하고 개조한다. 훌륭한 공산주의자의 마음이다. 그건 도저히 안 된다고 우리 세대는 질릴 만큼 맛보았지만."

"테제로군요."

그렇게 답하면서 다비드는 말을 이었다.

"운명을 바꿀 수 있다고 믿고 싶었던 거겠죠."

"풋풋하군."

"부정하진 않겠습니다."

그래도 운명을 바꾸고 싶었다.

가족이, 형제가, 동포가, 서로를 죽이는 힐트리아의 붕괴만큼은 피하고 싶었다. 여기가 이상향이라고는 할 수 없다. 하지만 다비드는 진심으로 단언할 수 있다.

힐트리아는 민족의 감옥이 아니다. 지긋지긋한 비능률을 봐도 그것은 힐트리아 공산당이라는 '조직'의 문제에 불과하고 힐트리아라는 조국 때문이 아니다.

힐트리아, 약속의 나라, 이 땅에 사는 전원의 집.

모두가 모두를, 배척하지 않고 배척당하지 않고, 평온하게 푸른 하늘의 아래에서 만들어가는 고향. 형제애와 통일이라는 모토에 맡겨진 선배들의 바람은 흠이 가지도, 썩지도 않았다. 결코, 결단코, 썩게 놔두지 않겠다.

"당신은 충실한 당원이었습니까, 아니면 힐트리아의 애국자였습니까?"

"나는 힐트리아인이며 당원이다."

다비드는 그 말에 활짝 웃으며 끄덕였다.

"그럼 외람되나마 당신의 승리라고도 할 수 있겠습니다."

"글쎄, 과연 그럴까?"

토르바카인 주석은 즐거운 듯이 텅 빈 다비도프 상자를 움켜쥐더니 옆에 있던 낡은 아크 로열 상자로 손을 뻗으면서 쓴웃음과 함께 입을 움직였다.

"군도, 정보성도, 견고하다고는 하기 어렵지. 사고가 일어난다면 '주류'라기보다도 '보통 사람들'의 폭주라고 예상한 포럼이 정확했다."

향기 나는 아크 로열을 손에 들고 연기를 피우면서, 나이 들고 험악한 얼굴을 펴며 토르바카인 주석은 유쾌한 듯이 웃었다.

"당은 결국 썩은 과실이었겠지. 그렇게 된 원인은…… 뭐, 당의 논리로 말하자면 최악의 반동세력인 자네와 나일까."

"우스꽝스러운 판을 짰다고 비웃음받을 건 각오했습니다."

"맞는 말이로군."

그렇게 답하는 상사의 목소리도 어딘가 쓴웃음을 띠고 있는 듯했다.

다비드가, 토르바카인 주석이 목표로 삼은 〈데우스 엑스 마키나〉에 의한 해결. 포럼의 우두머리인 알렉산드라는 그런 이쪽의 속셈을 다 알고 있었다.

잠입시켰을 터인 스파이들은 다 정체를 들켰고, 유도할 셈이던 이쪽이 반대로 유도당한 꼴. 야당으로서 그들은 여당과 대립하는 것을 기본 전제로 삼고 있었다. 이쪽이 돌봐줄 생각으로 이 것저것 기대를 품고 있는 것을 다 들켰다.

웃기다고 해야 할까?

지금 자신들은 훼방꾼으로서 정권의 자리에서 쫓겨나고 있다.

"우리 의도를 읽은 포럼의 집념이 이겼다고 해야겠지."

"속셈을 들킨 음모가란 참담하군요. 수단을 가리지 않는다고 호언했습니다만, 부끄럽다는 감정을 떠올렸습니다."

"이 나라의 밑바닥을 봤다는 점에서는 그자도 옥타비아와 동류다. 그렇다면 옥타비아에게 한 방 먹었다고 할 수도 있을까."

"예?"

"옛날 이야기다, 동지. 그녀도 분명 이랬겠지."

예의 바르게 다비드는 묵묵히 고개를 끄덕였다.

자신이 아는 옥타비아 여사는 완전히 지친 이상주의자이며, 살아있는 시체라고 해야 할 잔재였다. 토르바카인 주석의 기억에 있는 여사라면 어쩌면 알렉산드라처럼 짜여진 판을 간파하고 뻔뻔하게 행동했을지도 모른다.

다비드는 거기서 옥타비아 여사의 최후를 떠올렸다. 자신이 들이댄 총구를 바라보는 그 눈.

그건 무슨 일이 일어날지를 다 읽은 끝의 자결에 가까운 감정을 띠고 있었다. 이상주의자로서 현실에 굴하지 않고, 하지만 현실을 잊지 않고 계속 발버둥 치는 모습.

알렉산드라의 모범이 된 여사의 영혼이 일을 일으켰다고 말할 마음은 없다. 하지만 돌려서 말하자면.

"아크 로열의 향기가 떠오르는군요."

"정말로 못된 향기지. 아주 달콤해."

절망과도 비탄과도 거리가 먼 웃음이 떠올랐다. 입에 문 싸구려 TKP의 향기가 아크 로열의 그것과 뒤섞인 그것은 형용하기 어렵게 맛있다.

테란 와인의 달콤한 향기가 자꾸만 떠올랐다.

"1승 1패라고 할까. 뭐, 대충 그렇겠지."

기고한 노인의 한마디였다.

무너져가는 당 기구. 그 정점에서 있는 마지막 집정관인 노라스 토르바카인 주석이 무너지는 정부를 앞에 두고 꿋꿋하게 버티고 선 모습은 처절한 의지의 힘이 있기 때문이다.

"힐트리아 공산당에 보낸 바람이 이루어지지 않았던 것. 선배에 대한 사죄의 말도 떠오르지 않는군. 아쉽기 그지없어."

남들은 몰라도 다비드는, 과거에 나라를 멸망시킨 어리석은 자는 이해할 수 있다. 무력감에 시달리며 태만하게 국가를 운영하는 어리석은 자와 비교할 수도 없다.

"솔직히 말해서 이런 형태로 막을 내리게 될 줄이야."

아아, 이 사람은.

이 노인은 패배자지만 승리자다.

승리를 서로 나누는 것을 이렇게 기뻐한 적도 없다.

"당이 무너져간다. 당이 버티지 못한다. 이런 날이 올 거라고는 꿈에도 생각하고 싶지 않았다. 하지만 무너질 거면 완벽하게 잘 무너져야 하지."

창밖을 바라보는 시선은 부드럽다.

빈틈없이 항상 마음속을 들여다보던 그 눈동자가 부드럽게 풀어진 모습.

분명 믿고 있었겠지.

조국의 미래를.

약속의 나라를.

그렇기에 이 사람은 후회는 해도 부끄러워하지 않는다.

"힐트리아인이라는 존재가, 힐트리아인이라는 실존의 절규가, 언젠가는 들려올 거라고, 보일 거라고 바랐다."

바라던 미래와는 다를지도 모른다.

하지만 바라지 않은 미래는 피할 수 있었다.

그것은 뭐라고 말로 표현해야 할까?

"이런 형태로 볼 줄이야. 당에 대한 힐트리아인의 봉기라니."

"기뻐해야 할까요?"

"기뻐해야겠지, 동지. 축하를 위해 시가라도 준비하면 좋았을지도 모르지. 양쪽 다 없지만."

그러면서 웃었다. 어느 틈에 두 남자는 패잔병의 처지인데도 즐겁게 웃고 있었다. 정말로 유쾌하기 짝이 없다.

자신의 책동이 실패한 참담함이 없다고는 할 수 없다.

다비드 에른네스트와 노라스 토르바카인이라는 두 동맹자가 꾸민 〈데우스 엑스 마키나〉 계획은 대실패다.

야당이 여당을 쓰러뜨렸다. 힐트리아 공산당의 재생이라는 꿈은 날아갔다.

지금 와서 생각하면 왜소한 사람의 이성으로는 잴 수 없는 탁류와 같은 역사에게 비웃음을 살 만한 꿈이었던 게 틀림없다.

하지만 결국 힐트리아인이 '공산당'이라는 사악한 강적을 걷어차는 신화가 만들어졌다. 이거라면 힐트리아인이라는 환상은 육체를 얻겠지.

역사는 변했다.

다비드 에른네스트 대통령이라는 어리석은 자의 이름을 걸고 단언할 수 있다.

잘못은 되풀이하지 않았다.

"나는 잘못한 거겠지."

"실례지만, 잘못했다고 해도 최선의 결과를 끌어냈습니다. 동지, 있을 수 있었던 최악은 회피했습니다."

유혈은 회피했다. 내전의 위기가 지금도 완전히 불가능하지는 않겠지만, 힐트리아 공산당 대 힐트리아 민중이라는 구조가 성립되었다. '민주화=민족문제의 해금'까지 이르지는 않겠지.

힐트리아라는 환자의 영혼을 좀먹는 민족주의는 정리되었다. 육체를 구속할 외채 문제도 엉클샘의 자금으로 대충 정리되었다. 그것을 위해서 여기저기 뛰어다녔다.

그 성과를 다비드는 알고 있다. 경제가 곤경에 처했어도, 경제가 와해되어도, 신용이 없어지는 최악의 사태는 피할 수 있다.

겨울에 석탄이 없어서 아이들이 얼어 죽는 미래를 두려워할 필요는 없다. 그것만 해도 자랑스러워해야겠지.

카나가 '힐트리아 시절이 나았다'고 한탄하는 미래는 없다.

이뤄진다면. '공산당 시절보다도 좋아졌다'고 부모가 아이들에게 말하는 시대이기를 바란다.

그걸 위한 씨앗은 뿌렸다. 자신들은 최소한의 일을 해낼 수 있었다고 자랑해도 좋다.

힐트리아인의, 힐트리아인에 의한, 힐트리아인을 위한 민주화.

말로 하자면 꽤 진부한 말들. 하지만 그것은 힐트리아인의 성 내평화를 지키는 데에 결정적인 요소가 될 수 있다.

연착륙까지는 손이 닿았다.

토르바카인 주석은 거기서 살짝 고개를 갸웃거리더니, 몇 초 동안 뭔가 석연치 않은 듯이 침묵했다.

"넋두리였군. 나는 결국 힐트리아인이고, 힐트리아 공산당의 당원인 것도 당연하다고 생각하는 세대의 인간이었다."

다시금 입을 열었을 때, 노인의 음색은 쓴웃음을 띠고 있었다.

"당과 인민의 분리, 이반, 대립. 마음속 어딘가로는 옥타비아 처럼 인정할 수 없다고 생각했겠지."

어딘가 난처한 듯한 표정으로 토르바카인 주석은 말없이 시선을 살짝 내렸다.

어디를 보는 건지 살피는 것도 눈치 없는 짓이다.

나라가 패한다는 것은 논리로 설명할 수 없다.

나라를 잃은 자만이, 자기 조국을 잃은 자만이, 가까스로 이해할 수 있는 상실은 이치를 초월한 고통을 수반한다.

"멸망이로군."

"멸망입니까?"

씨앗은 뿌려졌다.

적절한 토양에 적절한 타이밍으로.

뒷일은 꽃이 피길 기다릴 뿐이겠지.

그것은 재생이긴 해도 멸망은 아니다.

"틀림없다. 나에게는 멸망일지도 모르지만…… 그래도 힐트리아라는 하나의 꿈을 남긴 것을 자랑스럽게 여겨야겠지. 마음속 어딘가로 쓸쓸함을 느끼는 것은 노인의 괜한 감상이겠고."

"그 심중, 이해합니다."

"노인의 허언에 어울리게 했군. 동지, 자네에게 깊이 감사하지. 그리고 패전에 함께한 것을 어머니의 이름으로 사과하마."

"아뇨, 함께 싸울 수 있었던 걸 후회한 적은 한 번도 없습니다."

다비드의 마음속을 채우는 것은 순수한 칭찬이다. 크나안 공화국을 재로 만든 무능한 자로서는 더없이 자랑스러운 일이다.

힐트리아는 다시금 되살아날 수 있다.

토르바카인이라는 국가주석은 국가를 멸망시켰다고 할 수 없다. 그는 정권을 잃는다. 당조차도 흔들리겠지.

하지만 약속의 나라는 남는다.

"위로하지 말게. 비웃게. 나는 더 나은 결말을 맞이할 수 없다."

"최선은 아니라고 해도 최악은 면했습니다. 궁극적으로 연착륙을 해냈다고 웃어도 됩니다."

나라를, 조국을, 집을 지켜낸 남자다. 어째서 비웃을 수 있을까. 누가 비웃더라도 나만큼은 그걸 부정하리라. 승리자에게 바쳐야 할 것은 비웃음이 아니라 갈채와 만세여야 한다. 개선의 꽃

길이 없다면 얼마나 쓸쓸할까.

"아쉽게도 축배 준비가 늦어지고 있습니다. 슬로니아의 좋은 테란 와인이라도 가져오면 좋았겠습니다만."

"하하하하핫!"

활짝 웃는 모습.

"축배인가! 나에게! 바로 나에게!"

"예, 힐트리아인의 승리에."

이겼다.

빌어먹을 가능성에게.

있었을지도 모르는 참극에게.

그렇다면 가슴을 펴고 축하하자. 약소하고, 그 누구도 이해하지 못한다고 해도.

이것은 승리다.

승자로서 역사에게 의연하게 자긍심을 품어야 한다.

"좋아! 피할 수 없는 운명이라면, 힘차게 포용해야겠지."

"'약속의 나라에 건배!'"

잔도 뭣도 없지만, 마음만큼은 최고의 술을, 고향의 미래라는 술을 나눈 듯한 유쾌함이 다비드를 고양시켰다.

"아아, 그런가. 마지막이 될지도 모르니까. 이참에 조사라도 한마디 읊어야겠지."

평소와 달리 음울함을 띤 토르바카인 주석의 목소리였다.

감정을 드러내면서, 어딘가 쓸쓸한 음색으로 그는 말했다.

"당은 그릇되었다."

"당뿐입니까? 당원도 그렇지 않습니까?"

"슬프게도 양쪽 다지. 하지만…… 내세운 이상은 틀림없다."

다비드도 고개를 끄덕였다.

힐트리아인으로서, 진심으로.

선인들의 마음, 힐트리아에, 약속의 나라에 맹세한 바람.

"틀림없었다. 하지만 당이라는 뿌리가 썩었다. 그러니까 이런 형태로 말을 옳게 되었지."

그래도 토르바카인 주석은 웃었다. 아크 로열의 연기를 내뿜으면서 만족스러운 표정을 하면서 말을 이었다.

"최악의 사태를 회피해서 정말로 다행이다. 이 전개라면 종막도 보기 썩 나쁘지 않겠지."

"뭐, 그렇다면 각오하지요."

"각오? 자네는 아니지."

"예?"

놀란 다비드의 벙찐 표정이 웃겼던 거겠지. 큭큭 웃음소리를 흘리고 토르바카인 주석은 허둥대는 다비드의 눈을 응시했다.

다비도프와 아크 로열의 꽁초가 재떨이에 쌓이고 말없이 떠도는 담배 연기가 실내에 충만한 가운데, 갑자기 토르바카인 주석은 입을 열었다.

"살아라."

"예?"

다시금, 이라고 해야겠지.

당혹스러움을 숨기지 못하는 다비드에게 토르바카인 주석은 새롭게 꺼낸 TKP 상자를 던져주면서 말을 이었다.

"그냥 동지라고 부를까. 다비드 동지, 전에도 설명했을 거다. 동지는 '우리'의 일원이 아니다. 그 손이 더럽다고 해도, 허용될 만큼은 깨끗하다."

"더러워졌다는 자부심이 있습니다."

"젊은이의 자부심 따윈 아무런 의미도 없지."

흥 하는 콧방귀 소리로 반발하면서 그는 말을 이었다.

"당이란 우리의 것이다. 우리가 모든 인생을 걸었고, 함께 쓰러져야만 한다. 즉 우리의, 우리 세대만의 문제다. 알겠나?"

담배를 가볍게 흔들면서 하는 말. 아니, 그렇다고 해도 그 말만 놓고 보면 너무 오만했다.

"동창회 자격은 엄격하다. 클럽에 가입하고 싶다는 신참의 마음은 모를 것도 아니지만…… 젊은이에게는 참가 자격이 없지."

토르바카인 주석은 오만할 정도의 어조로 말했다.

"살아라. 그리고 지켜보아라. 조국, 국민, 자기 인생을 끝까지 보아라. 그리고…… 바라건대 하늘을 올려다보며 추억해다오."

"뭘, 말입니까?"

그러니까 너는 아직 애송이인 거다. 토르바카인 주석은 눈으로 그렇게 말했다.

"약속의 나라는 영원하지 않을지도 모른다. 하지만 내일은 있겠지."

"힐트리아인으로서 가슴을 계속 펼 수 있는 것. 이보다 더한 기쁨은 없습니다."

진심에서 우러나온, 두 번째 삶을 사는 다비드 에른네스트의, 영혼에서 나온 말이었다.

"탈보이도 아니고, 나슈도 아니고, 우리는 힐트리아인입니다. 힐트리아인이라는 환상을 내세울 수 있습니다."

아크 로열의 희미한 향기 속에 녹이듯 자아낸 따뜻한 말.

"아름다운 환상이군."

다비드는 고개를 끄덕였다.

"바라건대 이 신화가 실체가 되기를 빌지."

"빈다고요? 무엇에 말입니까?"

"우리의 푸른 하늘에. 선배들에게."

그들은 일어서 있었다.

언제든, 언제든, 생각해보면 바라고 있었다.

바람이 이루어진다고는 할 수 없다. 하지만 이루어지지 않는다고도 할 수 없다.

""약속의 나라에.""

함께 말하는 것은 약속의 나라에 대한 찬사.

"잘 가게나."

"그럼, 언젠가 또 뵙죠."

"하하하, 마지막에 그런 소리를 하는군."

해야 할 말은 다 했다.

꾸벅 고개를 숙여 인사하는 다비드에게 토르바카인 주석은 살짝 웃어주었다.

"좋아, 언젠가 또 봄세."

후욱 하고 한숨을 한 번. 그러면서 꺼내든 것은 조금 전에 받은 TKP 담뱃갑.

마음을 놓고 한 대 피우는 동안, 다비드는 난처한 듯이 창밖에서 진전되는 사태를 지켜보았다.

"폼만 재느라 뒤처리를 생각하지 않았지?"

다 안다는 듯이 부드러운 표정을 한 카나에게 맞추어 다비드도 쓴웃음을 지었다. 실제로 그랬다.

"아니면 생각할 마음도 없었어?"

"그럴지도 모르지."

"참나, 손도 많이 간다니까."

항복이라는 듯이 다비드는 어깨를 으쓱였다.

"카나? 출구는 있어?"

"그래. 자, 이거."

그녀가 내민 것은 딱 사이즈에 맞는 제복.

"민경의 제복? 이 국면에서는 군중을 자극할 것 같아서 무서운데."

군중에게 표적이 되지 않겠냐고 걱정하는 다비드에게 카넬리아는 활짝 웃어주었다.

"완전 정반대야. 반대. 철수하는 인원 사이에 섞이는 거야. 나무를 숨길 거면 숲 속. 욕설 정도는 들을지도 모르지만, 이게 제일 나아."

"그 말은……?"

"탈출할 거면 지금밖에 없잖아?"

카나는 인도해 주겠다고 한다.

왜일까. 영문도 없이 다비드는 눈물이 솟구치고 있었다.

"그럼 도망칠까."

"조금 달라."

빙그르 몸을 돌리면서 카넬리아는 멋지게 웃었다.

"신혼여행이야. 아무리 그래도 슬슬 휴가 정도는 받아도 좋잖아?"

"아하, 그렇군. 그래, 신혼여행."

그건 멋지다.

"하지만 어디로 가지?"

"하야넨 대사 동지가 비자와 표를 준비해 주었어. 역시 인맥은 있고 봐야 한다니까."

"하하하……."

갈리아에 파견할 때 토르바카인 주석이 뭐라고 일러주기라도 한 걸까.

이런 전말을 예측했다고?

"다드?"

"아니, 나는 정말로 토르바카인 주석에게 못 미쳐. 이렇게 될 것을 알고 계셨던 거겠지?"

애송이는 경험을 쌓아도 고작 이 정도. 아니, 인간의 지혜란 그런 것이다. 운명을 조종할 수 있다고 생각하는 건 오만이다.

"마주 보는 것 말고는 방법은 없나. 피할 수 없는 운명이라면 차라리 포용하라고 하지."

받아들이자.

그러면서 저항하자.

그것이 운명이라는 변덕쟁이 여신과 어울리는 법이다.

"뭐, 뒷일은 타나가 할 일이잖아?"

"타나가 잘할 것 같지는 않은데. 솔직히 파란이 많을 거야."

"맞아. 하지만 오만한 소리야. 폐허에서도 부활했으니까. 우리도, 우리의 나라도 잘해낼 거야."

폐허에서 부활했다.

정말로 바보 같은 우방의 가사다. 하지만 거기 담긴 마음은 어느 정도일까.

시원찮은 않은 인생이다. 그래도 나쁘지 않다고 가슴을 펼 수 있다. 그렇다면 지켜보자. 그런 마음과 함께 다비드는 작게 중얼거렸다.

"약속의 나라, 만세."

종장 그 뒤로

모든 것은 인민을 위해.

—————무명 묘비

N,B 힐트리아인 약속의 나라에 잠들다.

"실례하겠습니다, 표를 보여주시겠습니까?"

"여보?"

"아니, 당신이."

"부끄러워하긴."

서로에게 표를 내미는 두 사람의 모습. 그 손가락에 빛나는 반지를 확인하고 다 이해했다는 얼굴을 한 차장은 느긋하게 웃음을 띠었다.

평소라면 예의 바르게 재촉하겠지만…… 이 표만큼은 연장자로서 흐뭇한 마음이 앞선다.

결국이라고 해야 할까. 여성의 시선과 미소에 밀린 남성이 입을 열었다.

"자, 여기요."

"예, 확인하겠습니다."

개인실에 앉은 두 사람을 대표하여 살짝 멋쩍은 듯이 남자가 내민 것은 한 장의 성인용 승차권.

남성에게 표를 받을 때, 그 손가락에 있는 새 반지가 정말 유쾌한 순간이다. 차장은 수중의 메모를 슬쩍 확인하더니 활짝 웃었다.

"신혼여행이시군요. 축하드립니다."

꾸벅 인사하던 차장도 분위기가 이상한 것을 곧 깨달았다. 평소라면 이쯤에서 조금 멋쩍어하든가 기쁨을 보이는 법인데.

"솔직히 말하자면 좀 늦었지요."

어딘가 쓸쓸한 듯이 웃는 남자의 목소리에는 힘이 없었다. 하지만 차장도 납득했다.

"오호?"

부드럽게 듣는 자세를 지키면서 살짝 긴장을 풀어주는 것이 자기 역할이라는 것을 차장은 잘 알고 있다.

젊은 커플의 앞날을 축복하는 것은 언제든지 나이든 이에게는 즐거운 법이다.

"사실혼이었다가 간신히 이렇게 되었다고 할까요."

"주위의 소동을 피해서 조용히 여행을 나왔어요."

난처한 듯이 중얼거리는 남자의 말은 정말 진지하다. 여성, 아니, 아내가 덧붙이는 것도 크게 공감할 만했다. 아내와의 거리감이 다소 어색하게 보이는 것도 이해할 수 있는 일이다.

이런 일을 하고 있으면 여러 부부를 보게 된다. 주위에서 축복하는 부부만 있는 게 아니라는 현실을 차장은 잘 알고 있었다.

그러니까 그는 미소를 지었다.

"고생하셨군요. 괜찮으시다면 제가 두 분의 새출발에 약소한 선물을 드려도 되겠습니까."

"대륙횡단철도의 차장께서 선물을 주신다니, 으음, 고향으로 돌아갔을 때 자랑할 수 있겠군요."

돌아갈 수 있으면 좋겠습니다만, 이라는 표정을 한 남성의 말에는 살짝 어두움이 담겨 있었다. 그렇긴 해도 이 부부는 아직 젊다.

　미래는 알 수 없는 법이다.

　그렇기에 깊이가 있다.

　"자랑거리는 많으면 많을수록 좋은 법입니다. 뭐, 저희의 와인이 새 출발을 축복하는 첫걸음이라는 명예는 양보하지 않겠습니다만."

　두 사람의 여로에 행복이 함께하기를. 차장은 밝은 웃음으로 축복했다.

　"이거 기대되네요."

　"하하하, 그래 주신다면 다행입니다."

　"실례하겠습니다. 차장님의 선물입니다."

　"어라, 이건?"

　"슬로니아의 테란 와인입니다. 두 분의 새 출발에 선물로 드리는 것이지요."

　웨이터가 미소와 함께 보여준 것은 한 병의 힐트리아 와인.

　"고전적인 양조법으로 만든 것이군요. 오랫동안 지켜온 가족의 맛."

　다비드가 한 말에 대해 웨이터는 '잘 아시는군요'라는 말과 함께 웃으며 병을 내밀었다.

"차장님이 두 분 이야기에 홀딱 반해서, 신혼부부께 드리라면서 내주셨습니다."

"아주 멋진 선물, 감사합니다."

감사의 말을 하는 다비드와 카넬리아에게 전달을 마치자마자 멋진 인사를 한 웨이터는 "좋은 시간 보내시길 바랍니다."라는 말을 남기고, 훼방꾼은 물러간다는 듯이 총총히 떠났다.

둘만이 남겨진 개인실에서 다비드는 조금 멋쩍음을 담아서 받아든 슬로니아 테란 와인으로 손을 뻗었다.

"가족의 맛이라."

"집에서 뛰쳐나온 방탕아로서 조금 힘들어?"

병을 손에 들고 눈가에 떠오른 눈물을 닦으면서 다비드는 작게 중얼거렸다.

"그리움이 눈에 쓰라리군."

"어머나, 다드도 참."

미안해, 라고도.

고마워, 라고도.

무슨 말을 하려고 해도 말로 표현하기란 어렵다.

"이걸로 잘됐다고는 하지 마."

"그래."

"하지만 나쁘진 않아. 나는 그렇게 생각해."

"고마워."

카나가 그렇게 생각해 준다면, 다비드 에른네스트에게 그 이상의 평가는 문제가 아니다.

"진심으로 안도할 수 있는 평가야."

가볍게 웃는 카넬리아의 안색은 밝다.

자, 건배다.

포옹 소리 내어 마개를 뽑고 테란 와인의 향기를 즐기면서, 다비드는 잔에 붉은 액체를 따랐다.

약속의 나라에.

힐트리아에.

우리의 고향에.

""힐트리아에 건배.""

작가 후기

먼저 오랫동안 소식이 없었던 것을 사과드립니다. 저는 카를로 젠. 여러분의 손에 있는 제4권을 2015년 중에 낼 터였던 자입니다.

펜이 느려지게 된 원인은 많이 있습니다만, 그중 하나로는 쓰려던 소재가 현실세계에서 마구 일어나는 바람에 소재 문제로 고민했음을 고백할 수밖에 없습니다. 인정하기 부끄럽습니다만, 이 현실이라는 강력한 라이벌 때문에 저는 최근 숱하게 헛물을 켰습니다.

예를 들어서 크림(크름) 반도를 점령한 '수수께끼의 무장세력'. 영국의 당당한 'EU 탈퇴(국민투표)', 혹은 터키(튀르키예)에서 발생한 '쿠데타'. 그리고 미국의 '트럼프 대통령' 등, 사실은 소설보다도 기묘하다는 게 족족 드러났기에 이를 갈면서 분한 마음을 억누를 수밖에 없습니다.

그렇기에 동업자인 현실이 배드 엔딩 루트를 개척한다면……

라는 마음에 저는 심술꾸러기처럼 당당히 다른 길을 택하기로 했습니다.

재빨리 착수한 원고도 탄탄한 진전을 보이고, 교정만 남았다며 다시 읽을 때의 일입니다. 혼돈에 빠진 힐트리아의 여론과 최근 미국 대통령 선거의 이런저런 공통점을 찾아내고 쓴웃음을 짓던 때, 피델 카스트로의 부보가 날아들었습니다.

영웅인가 독재자인가 실정자인가, 혹은 미국의 적인가. 그를 어떻게 인식할지에 따라 입장의 차이는 있겠지요. 어느 쪽이든 그의 죽음으로 한 시대가 끝났다는 것은 약속의 나라의 모델 국가, 유고슬라비아의 티토와 통하는 바를 느꼈습니다.

마지막 권을 '어느 공산주의 국가의 마지막'이라는 시점으로 설정한 것도 있어서, 정말이지 감회가 깊습니다.

이 점에서 카스트로의 유명한 발언, '지옥의 열기 따위는 실현될 리 없는 이상을 끌어안는 고통과 비교하면 아무것도 아니다'. 이것은 선한 당원이려는 토르바카인의 고뇌이며, 한때 다비드가 힐트리아를 등진 이유일지도 모릅니다.

현실과 이상의 절충이란 점에서 저희도 나날을 고민하면서 살겠지요. 하지만 이야기에서는 마지막 순간에 모델이 된 나라들과는 다른 길을 걷게 했습니다.

이걸로 약속의 나라는 무사히 완결입니다.

예상보다도 해피 엔딩, 혹은 배드 엔딩 중 어느 쪽이었을까요? 어느 쪽이라도 끈기 있게, 혹은 동지적 유대로 여기까지 함께해 주신 독자 여러분께 깊은 감사의 말을 드립니다.

기회가 있다면 여러분과 신작으로 만날 수 있기를 바랍니다.

마지막으로 이와모토 씨, 세카이샤의 담당자인 오카무라 씨에게도 다시금 감사를. 정말로 많은 이야기를 들어주셨습니다. 완결까지 올 수 있었던 것도 두 분 덕택이 큽니다.

여러분, 정말로 고마웠습니다.

2016년 12월 1일 카를로 젠

약속의 나라 4

2023년 08월 16일 제1판 인쇄
2023년 08월 23일 제1판 발행

지음 카를로 젠
일러스트 이와모토 에이리

옮김 한신남

발행 영상출판미디어(주)
등록번호 제 2002-000003호
주소 07551 서울특별시 강서구 양천로 570 NH서울타워 19층
대표전화 02-2013-5665

ISBN 979-11-380-3192-9
ISBN 979-11-319-4638-1 (세트)

구매 시 파손된 도서는 구매처에서 교환하실 수 있습니다.
기타 불편사항, 문의사항이 있으신 독자님께서는 노블엔진 홈페이지
[http://novelengine.com] 에서 Q&A 게시판을 이용해 주시기 바랍니다.